U0141056

XUELI XIAOHONG
QINLING ZUOJIA GUJU

雪里萧红

亲聆作家故居

王炳根◎著

| 福建教育出版社 |

目 录

雪 里 萧 红

在飞机上

历史的脚步匆匆，将要跨越新的千年，我在南中国的一个城市里打点着行装，决意前往北中国的一个寒冷的城市。

从福州飞往哈尔滨，空中航程 2489 公里。这种大跨度的远程飞行于我来说并非首次，但却感到神圣。午后 4 时，不知道是因为高空的原因还是错觉，此刻的太阳已在机翼的下方，满天燃烧的红霞与地平线上银色的雪国，蔚为壮观，而雪地中迎来又远去的村舍，让我想到机翼下方雪地之中人的渺小。

可我为何要作此远行，固执地要去寻找一个半个多世纪前就被冰雪覆盖了的灵魂？这个人与我无亲无故，也无任何的缘分，甚至也不是我的文学研究的对象，仅仅是为了一个人，为了这个人天才而短暂的人生。

这个人就是萧红。31 岁的生命，雪国占据了她的大半生。当她走出这个雪国，便没有再回来了，然而，在她的作品中，在她的精神世界中，却又始终飘洒着雪，她的最精彩的作品最深切的回忆，全在雪国。我最早读到的是《呼兰河传》，记得当时立即被开篇那句话惊呆，说："严冬一封锁大地，大地就满地裂着口。"冻裂了的大地、满是裂着口的大地会是一个什么样？这对一个南中国的人来说，很难想象。还说，大地一到严冬的季节，一切都变了样，天空是灰色的，混沌一片，而且整天飞着清雪。"清雪"又是一个什么样呢？

那时，萧红在南中国温煦的香港，病中回望着她童年的雪国故乡。

哈尔滨的夜

　　哈尔滨的天，五点便黑了，时差比我所在的城市早2个小时，这让我有些猝然。我在寒冷的夜晚，找不到七十年前的道外正阳十六道街的东兴顺旅馆位置，也找不到那个白俄开的"欧罗巴"，只能在可以称之为也是道外的一家酒店住下，这里恐怕离曾经留下过少女萧红求学身影的学校也很远。

　　我对哈尔滨和哈尔滨夜的感觉完全陌生。

　　将近七十年前的1932年仲夏6月，那时萧红还未诞生，那个叫张迺莹的女子，身怀六甲，被人抛弃囚禁在东兴顺旅馆，万般无奈之下，她拨通了一家报馆的电话，于是引来了她的救命恩人、后来成为患难夫君并且双双走上文坛的萧军。这个心酸的故事以"英雄救美"的方式流传文坛，画面强烈，十分抓人，但是我印象最深的却是他们此后在哈尔滨的窘境和艰难。

　　　他是一条受冻受饿的犬呀！
　　　在楼梯尽端，在过道的那边，他着湿的帽子被墙角隔住，他着湿的鞋子踏过发光的地板，一个一个排着脚踵的印泥。

　　　郎华仍不回来，我拿什么来喂肚子呢？桌子可以吃吗？划褥子可以吃吗……我坐在小屋，像饿在笼中的鸡一般，只想合起眼睛来静着，默着，但又不是睡。

　　　我饿了，冷了，我肚痛……肚痛，寒冷和饥饿伴着我……什么家？简直是夜的广场，没有阳光，没有暖。

　　　我再也不能抑止我的愤怒，我想冻死吧，饿死吧……

雪，带给我不安，带给我恐怖，带给我终夜各种不舒适的梦……一大群小猪沉下雪坑去……麻雀冻死在电线上，麻雀虽然死了，仍挂在电线上。行人在旷野白色的大树里，一排一排地僵直着，还有一些把四肢都冻丢了……从冻又想到饿，明天没有米了。

饿比爱人更累……

这些文字像冻雪般地洒落在哈尔滨。有一篇散文，题目就叫《饿》，通篇都写饥饿的感觉，一个又饿又冷的少妇，在哈尔滨的街市，在雪地的小屋中，等待一个又饿，又冷，加上又累的男人的归来。饥饿和寒冷，这就是萧红告诉我的哈尔滨的全部。我的行包中便有萧红这本散文集《商市街》，当然我不用翻阅也能清楚记得，夜的哈尔滨不仅陌生，而且充满了恐惧。我在夜色中走出酒店，我想体验一下萧红的感觉，那时也只有七点多钟，酒店前的街道上只有厚厚的积雪，看不到行人。稀落的汽车一辆一辆地从身边滑过，我一个人默默地走在雪地冰冷的路面上，脚下的积雪发出咔吱咔吱的响声，是不是被我碾碎了刚刚冻结的冰凌？果然也在下雪，可以从领口钻入我的脖子里的雪，是不是萧红说的清雪？说实在的，我完全没有必要在此时，独自一人走在寒冷的冰雪之中，我只是出于好奇与矫情，想让我的感觉与萧红接近一些。我在走上防洪大堤的时候，冰封的松花江就在眼前，我知道在冰封之下的松花江，隐藏着一些萧红与萧军的故事。但立即浮现在我面前的，却是大堤的坍塌，汹涌的洪峰冲进哈尔滨，处于道外的东兴顺旅馆，立时便淹至二楼，店老板逃走了，萧红被人遗弃，留下的一身债务才算被大水冲掉，一只好心的运木炭船，将那个大肚子的女人载走……

在冰封的大地上

从哈尔滨到呼兰县城，便是萧红描写过的冻裂的大地。我现在就行走在这东北松花江岸的大地上，没有萧红说的那种像小刀子般厉害的风，雪却是在不停地下着，没有感觉到冷。为了寻找冻裂的大地，停车走下水泥的路面，走到有泥土的旷野上去，大片大片被积雪覆盖着的土地，就是没有看到冻裂的口子。

路上没有见到马车，更没有见到七匹马拉的大车，萧红对在旷野中奔跑的大车的描写，实在是精彩之极。

七匹马拉着一辆大车，在旷野上成串的一辆挨着一辆地跑，打着灯笼，甩着大鞭子，天空挂着三星。跑了两里路之后，马就冒汗了。再跑下去，这一批人马在冰天雪地里边竟然热气腾腾地了。一直到太阳出来，进了栈房，这些马才停止了出汗。但是一停止了出汗，马毛立即就上了霜。

司机说，现在当然是见不到这个情景。只能遗憾！那时，张迺莹上哈尔滨念书，马车在旷野跑着，恐怕也得小半天的工夫，而现在，只有半个多小时的汽车。

根据萧红的描写，呼兰河的南岸，尽是柳条丛，过了河到了北岸才是呼兰的县城。我从南岸而来，没有见到柳条丛。也许是12月的寒冬，柳条都落叶了，隐退了，见不着它的影子，倒是看到衰枯了的芦苇一大片一大片地倒伏在河的两岸，中间结冰的地方呈白色，冰层下便是呼兰河不息的流水，不知道七月十五的盂兰会，呼兰人还放不放河灯？萧红写夜深三更过后，河沿上一个人也没有，河里边一个灯也没有了的时候，呼兰河那是多么的静寂至美：

河水是寂静如常的，小风把河水皱着极细的波浪。月光在河水上边并不像在海水上边闪着一片一片的金光，而是月亮落到河底里去了。似乎那渔船上的人，伸手便可以把月亮拿到船上来似的。

写作《呼兰河传》的萧红，有着横渡日本海的经验，所以这里出现了月亮在海上与在河上的比较，现在的河水被厚厚的冰层覆盖，纵是没有任何的污染，也是看不到那轮可以落到河底的明月的。

1940 年的萧红，叛逆了她的家庭，却是深恋着她的故乡。

祖母的屋子

现在我就站在了"萧红故居"的门前，一座典型的北方大地主的院落。七十年前，萧红反抗过的家庭，萧红叛逆了的家庭，或是萧红被开除出祖籍的家庭，我要探访的主人就出生在这个家庭之中。

在一列红窗灰墙灰瓦的房子里，在北方的土炕上，这里在 1911 年 6 月 2 日的那天产下过一个女婴，女婴起名张秀环，就是后来的张迺莹再后来的萧红。女婴出生后的 100 天，在南中国的武昌有一个以推翻满清王朝的起义，辛亥革命爆发。南中国的大革命与北中国小女婴的出生，当然没有任何的联系，但是，如果没有相对开明的社会环境，比如没有可以接纳女生入学的学校，包括办在呼兰县城的小学与哈尔滨的女子中学等，就不可能有一位叫萧红的作家了。

最先进入这一列五间屋子中的东面两间，这是祖母的屋子：

> 我家住着五间房子，祖母和祖父共住两间，母亲和父亲共住两间。祖母住的是西屋，母亲住的是东屋。

现在的西屋存列着实物，管理者一概将其标明为文物，并且到处都是用粗重的墨笔写下的"禁止抚摸文物"的警示牌，继承了当年祖母的传统。这里有青花瓶、座钟、太师椅、书案、小炕桌、炕被柜、梳妆台，有枕头顶、烟袋嘴、小铜锁、铜烛台、老花镜、筷子等，还有萧红的父亲穿过的青大襟、兰士林上衣和用过的印章等，就像一个小小民俗馆。在我的印象中，东北的土地改革是很彻底的（我是在周立波的《暴风骤雨》中得出这个印象的），作为大地主的张家，怎么可能经过那样的一场革命，还能留下这许浮财？这些在当时看来绝对是奢侈品，包括

室内的陈列 　　　　　　　炕柜

这个大院，这座房子，都不分给贫雇农①？我不知道这里的物件与萧红之间的具体关系，那个小炕桌，那个梳妆台，萧红曾经用过？都有这个可能，但我还是喜欢在想象中再现张迺莹儿时在这两间屋里的情景：祖母的屋子，一个是外间，一个是内间。当时的摆设是，外间摆着大躺箱，地长桌，太师椅，椅子上铺着红椅座，躺箱上摆着朱砂瓶，长桌上列着座钟，钟的两边站着帽筒，帽筒上并不挂着帽子，而插着几根孔雀翎。尤其是祖母的屋子里那两个钟，一个座钟，一个挂钟，座钟非常稀奇，画着一个穿古装的大姑娘，好像活了似的，好像会用眼珠子瞪人，那挂钟就更稀奇古怪，里面有一个长着蓝眼睛的毛子小人，眼珠子还会转动，这一切对儿时的张迺莹来说，都觉得十分的好奇，4岁的张迺莹5岁的张迺莹，便在这两间屋子里跑来跑去，对于那好奇的一切，总想用手去触摸，孔雀翎上金色的"小眼睛"、大躺箱上雕刻的穿着古装的小人，可是祖母总是不让沾边，手还未出，便招来呵斥："不许用手摸，你的手脏。"这让任性、敏感而心灵脆弱的张迺莹十分地沮丧与不甘。一方面，屋子里有无数的好奇，处处都是诱惑，一方面却处处设防，不许触摸不许乱动，理由是你的手脏，若张迺莹洗净了手，是不是就可以随意触摸呢？

　　当时的祖母就像现在保护文物一样，处处禁止，绝不让充满好奇的

---

　　① 后来，我看到一个资料，一如我的猜想，这些实物都是从民间收集来的，这个院子和这座房子是做了大量的搬迁，腾出来后进行修缮的，才有了我们今天看到的萧红故居。

萧红靠近，禁止的结果，要么是欲望被扼杀，要么就是反抗。儿时的萧红选择了后者，果然也就在这屋子里出现了惊心动魄的一幕：

> 我家的窗子，都是四边糊纸，当中嵌着玻璃，祖母是有洁癖的，以她的屋的窗纸最白净。别人抱着把我一放在祖母的炕边上，我不假思索地就要往炕里边跑，跑到窗子那里，就伸出手去，把那白白透着花窗棂的纸窗给捅了几个洞，若不加阻止，就必得挨着排给捅破，若有人招呼着我，我也得加速的抢着多捅几个才能停止。手指一触到窗上，那纸窗像小鼓似的，嘭嘭地就破了，破得越多，自己越得意。祖母若来追我的时候，我就越得意了，笑得拍着手，跳着脚的。

终于：

> 有一天祖母看我来了，她拿了一个大针就到窗子外边去等我去了。我刚一伸出手去，手指就痛得厉害。我就叫起来了。那就是祖母用针刺了我。

一排排捅破了的纸窗，我好像听到了萧红捅纸窗嘭嘭的声响，好像听见了纸窗被捅破时发出的劈里啪啦的声音，也好像听出了那一声刺痛的尖叫，被针刺痛了的小指头，从此结下的怨恨，在这间屋子里，在童年的心灵中。

我现在就站在屋子里，看着萧红儿时不能触摸的物件，还

炕柜与炕桌旁糊窗的白纸，经常被儿时萧红的小手捅破

有那排玻璃窗，窗纸已不存了，小手留下的血的印迹却能感觉得出来。有一个秋天，美籍华人作家李硕儒先生来到这间屋子里，夕阳西沉，残照中，他看到有一只橘黄色的蝴蝶扒在玻璃窗上，一动不动地看着他，几次挥手都不肯离去……李先生很快悟到，这可能是萧红灵魂的化身，为此深深地感叹。但是我想，纵是萧红的灵魂，也是不会停驻在这间屋子的玻璃窗上的。

后 花 园

有一处倒可能是那灵魂的憩歇地，这就是"萧红故居"背后那一大片的花园，萧红称之为的"后花园"。

我从迎门堂屋走进后花园。如果说，祖母的屋子是萧红的禁地，那么，后花园则是萧红童年的乐园。"我家有一个大花园"，叙述的口气自豪、欢快明亮。这是萧红作品中少有的亮色，是张迺莹童年的七彩光环，"这花园里有蜂子、蝴蝶、蜻蜓、蚂蚱，样样都有。蝴蝶有白蝴蝶、黄蝴蝶。这种蝴蝶极小，不太好看。好看的是大红蝴蝶，满身带着金粉。""蜻蜓是金的，蚂蚱是绿的，蜂子则嗡嗡地飞着，满身绒毛，满到一朵花上，胖圆圆地就和一个小毛球似的不动了。""花园里边明晃晃的，红的红，绿的绿，新鲜漂亮。"花园里，有一棵樱桃树，一棵李子树，一棵大榆树，还有一丛玫瑰。这就是张迺莹儿时的乐园，乐园的伙伴只有一人，他就是年迈七十岁的老祖父。祖父与祖母、屋里与屋外，简直就是两重天，"祖父一天都在后园里边，我也跟着祖父在后园里边。祖父戴一个大草帽，我戴一个小草帽，祖父栽花，我就栽花；祖父拔草，我就拔草……祖父铲地，我也铲地；因为我太小，拿不动那锄头，祖父就把锄头杆拔下来，让我单拿着那个锄头的'头'来铲。"干活干累了，一抬头看见了一个大黄瓜，跑去摘下便来吃，黄瓜没吃完，又见一个大蜻蜓，丢了黄瓜又去追蜻蜓，追不上蜻蜓便又采一个矮瓜花心，捉一个大绿豆青蚂蚱，待到一切都玩腻了，又回到祖父的身边，"祖父在浇水，我也抢过来浇，奇怪的就是并不往菜上浇，而是拿起水瓢，拼尽了力气，把水往天空里一扬，大喊着'下雨了，下雨了'。"这是一个绝对自由的天地，是"我"与祖父共享的乐园，不能让外人知道，更不能有外人介入。在幼时的萧红看来，祖母的屋子是压抑的，而长工们住的草房是荒凉的，只有这个后花园是自由的："花开了，就像花睡醒了似的。鸟飞了，就像鸟上天了似的。虫子叫了，就像虫子在说话似的。一切都活了。都有无限的本领，要做什么，就做什么。要怎么样，就怎么样。""人和天地在一起，天地是多么大，多么远，用手摸不到天空。而土地上所长的又是那么繁华，一眼看上去，是看不完的，只觉得眼前鲜绿一片。"

后花园的雪

　　我现在就走在后花园，寒冬的后花园，没有萧红描写的万千景象。此时，大雪覆盖，一片素白洁净，洁净到连雪痕也没有一丝，以至我的脚踩上去都有些揪心。为了突显后花园的欢乐与生机，萧红不忍写它在大雪覆盖后的情景，"大雪又落下来了，后园就被埋住了。"就这一句话，写的就是我眼前的情景，后花园被雪埋住了。现在这个后花园，在它夏天的时节，是不是也像萧红描写的那般热闹与生机？我在大雪覆盖后的情景中是看不出来的，但有一点可以感受得到，那就是这个花园现在可能太规整了一些，被那些横竖整齐的绿篱切割得一个方块一个方块，萧红那个自由的世界是不是这个样子呢？这使我想起绍兴的百草园，那一年我去的时候，可还是充满着野趣啊！

每一个作家都有他童年的圣地，而这个圣地不仅是他的生命之源，也是艺术之源。如果将百草园看作是鲁迅的童年圣地，将烟台东山上的炮台看作是冰心童年的圣地，那么，无疑，后花园就是萧红的童年圣地了。

我在雪地上，想象着萧红在这冰雪覆盖下曾有过的欢乐情景，思索着这个圣地对她的生命与创造的双重意义。

后花园还被萧红作了一篇小说的名字——《后花园》，一个悲凉的爱情故事，中年光棍冯二成子与邻家少女赵姑娘没有结果的爱情故事。也许这个爱情故事是从磨房长工冯歪嘴子与王大姑娘的爱情故事演变过来的。现在这个磨房被复制出来了，就在后花园的西边，我走至近前，门是关着的，看不到磨房里面的情景，那个牌子上说，这里是萧红常玩的地方，她曾偷家里的鸡蛋，分给穷孩子在碾盘上烧烤，让大家分享着她冒险的美餐。但我想，当时张迺莹完全可能没有这种阶级的意识，甚至没有穷人与富人的区别，只有童年的欢乐，这就与她对后花园的描写相一致了。这个磨房藏着许多故事，最主要的故事当然是冯歪嘴子与王大姑娘的悲怆的爱情故事，萧红在《呼兰河传》中用了最后一整章为其爱情故事作传，她记挂着他们，最后的一句话是："至于那磨房里的磨倌，至今究竟如何，则完全不晓得了。"

而对于后花园，萧红在香港这样牵挂着：

> 从前那后花园的主人，而今不见了。老主人死了，小主人逃荒去了。
>
> 那园里的蝴蝶，蚂蚱，蜻蜓，也许还是年年仍旧，也许现在完全荒凉了。
>
> 小黄瓜，大倭瓜，也许还是年年地种着，也许现在根本没有了。
>
> ……这一些不能想象了。

可能令萧红最不能想象的是，这个后花园在消失几十年后又重新出现在世人的面前，并且是因了她，因了它的小主人而声名远播，以至像我这样的人，竟是从千里之遥专程寻来。

祖父的意义

祖父是萧红生命历程中至关重要的一个人物，在一定的意义上说，没有祖父就没有后来的萧红。祖父之于萧红，是童年快乐的伙伴，遇上麻烦的保护伞，求知路上的启蒙老师，是灵魂深处的感念与回忆。

《呼兰河传》中，萧红用前两章写风景风情，自然的风景与世俗的风情，到了第三章，开始写人物，第一句话跳出的就是：

> 呼兰河这小城里边住着我的祖父。
>
> 我生的时候，祖父已经六十多岁了，我长到四五岁的时候，祖父就快七十了。

以"我"来比照着写祖父，充满着亲情。祖父是与后花园连在一起的，祖父也是后花园的一道景色，就像在祖父的草帽上插满大红玫瑰花又将草帽戴在祖父的头上一样。萧红不把祖父放在屋子里叙述，因为那是祖母的天下，是一个压抑的空间，等到祖母去世之后，才允许祖父走到屋子里，但也必须有"我"。"祖母死了，我就跟祖父学诗。因为祖父的屋子空着，我就闹着一定要住在祖父的那屋。"

于是，开始了启蒙的教育。

学《千家诗》，没有课本，祖父念一句，"我"念一句："少小离家老大回……"跟在后面念的声音比祖父的声音还大，不，不是念，而是喊。

于是，祖母的屋子才有了生气。

祖父不仅是萧红最初的启蒙老师，我甚至感到，他可能是萧红得以在县城上小学、至哈尔滨上中学的主持者，没有他的主持，萧红的上学有没有可能？那时，萧红的父亲在外地当老师，也当校长，还做过县的教育局长，从理论上有可能让女儿上学念书的，但是，他对萧红冷淡、冷漠，不管她的事，甚至不管家事，主张萧红上学在实际上恐难做到。

如果从自述性的《呼兰河传》中判断儿时的萧红，从常态看，确实是一个不讨人喜欢的小家伙："左手拿着木头刀，右手拿着观音粉，这里砍一下，那里画一下。后来又得到了一个小锯，用这小锯，我开始毁坏起东西来，在椅子腿上锯一锯，在炕沿上锯一锯。"这样的一种捣蛋和毁坏者的形象，竟然得到了祖父的容忍与保护，而祖父的容忍与保护又助长了她的任性和撒野，并且因为有了这种"无原则"的保护与宽容，对阻止者与禁止者生出了些许的仇恨，"使我觉得在这个世界上，有了祖父就够了，还怕什么呢？虽然父亲的冷淡，母亲的恶言恶色，和祖母的用针刺我手指的这些事，都觉得算不了什么。"只要有了祖父的爱，什么都不怕了，"有恃无恐"？当时我站在那间屋子里就想，祖父的宽容与爱对萧红意味着什么？祖父的爱无疑是纯亲情的与超功利的，"等我生下来，第一给了祖父的无限的欢喜，等我长大了，祖父非常地爱我。"祖父不仅与世无争，也不管家事，只爱给他带来欢乐的小孙女，这种对任性不加修饰的宽容与从纯亲情立场释放的爱，在客观上培养与浇灌了萧红心灵深处任性不羁的性格之花，极度的爱与极度的恨，任由情绪自由地漫延，绝对的任性与绝对的不受约束，不畏强暴，反抗压迫等，再加上敏感与适量的后天教育，这几乎就是作家的胚胎了。是祖父一手培植了这个胚胎，后来为中国的现代文学贡献了一名出色的女作家。但若从人生而论，也是祖父给萧红留下了缺憾，如果祖父能将他的立场稍微偏移一点，那么，可能会影响那个文学小胚胎的发育，但却可能成全萧红人生的完美。

这是祖父的意义？

当然是我的推断与猜想。

不归之路

萧红出生与父母居住的两间屋子，在迎门堂屋的西边，现在布置成了萧红生平与创作展览性质的展室，因为不完全是萧红的生平与创作展览，比较杂乱。萧红在不到 10 年的时间内，积累文字近百万，也就是说一年有 10 万字、一个月有近万字面世，包括她在生病的日子，包括她在旅途的时光，这在当时，应该算是高产的作家了，萧红的著作版本也是很多的，包括国内的各个不同时期的版本和国外的版本，但现在这里存列很少。研究文章与专著（包括传记）据说数量更大，是萧红作品的 10 倍（我未作过统计也无力作此统计，是否准确不得而知），说明研究萧红的人、爱萧红作品的读者很多，展览中，这方面也未得充分体现。萧红的照片也不多，数了一下，大概 30 多张，照片的画面质量不高，且说明也缺少动人之处，想想萧红的文字多么清新明快，萧红的展览说明当然应该有萧红的风格。

这也可能是我这人的挑剔。

有些逸出萧红生平与创作范围的存列，当然也有意义，比如，北京"吟红社"搜集到的一批艺术家、作家、诗人赠给萧红故居的著作；瑞士女作家赵淑侠的赠书；老诗人柳亚子寻找萧红墓的拜墓词；中国驻巴基斯坦大使馆参赞邱明伦等人的信函；尤里·苏罗夫采夫为团长的苏联作家代表团赠给萧红故居的纪念章和一些作家的代表作品；日本著名电影剧作家大野靖子女士及其丈夫的信函，信中告之，他们从东京寄给萧红故居一千元人民币，表示两位异国作家对萧红的一份敬意，并祝愿萧红故居早日建成等等。

在这个展览室中，有两件东西引起我的注意，一是《东昌张氏宗谱书》，也就是萧红家族的族谱，16 开本。在萧红的父亲张廷举之页中，印有张廷举单人免冠照片一张，其下为萧红的生母姜玉兰和继母梁亚兰的单人照片。族谱的编撰者不是别人，正是萧红的父亲、张氏第五代张廷举，编撰的时间为伪满康德2年（即1935年）8月，此时的萧红离家出走已过5年，父亲张廷举在当时就将萧红的行为视为"大逆不道，离家叛祖，侮辱家长"，宣布开除其族籍。所以，在这本《东昌张氏宗谱书》中，根本没有萧红辈分中"张秀环"的名字。另一件是一张彩色的图表，"萧红一生所走过的路"，呼兰→哈尔滨→呼兰→哈尔滨→北京→哈尔滨→大连→青岛→上海→日本东京→上海→北京→上海→武汉→临汾→西安→武汉→重庆→北碚→香港。从她出生的呼兰到她离开人世的香港，这个图表标示出的是一条不归之路。

　　这两件展品引起我的思考是：1930年夏天，也就是在萧红19岁的头上，离开或者叛逆这个家庭的情景，这个情景是如何发生的，她对萧红的生命意味着什么？萧红的出走，从形式上看是为了要继续上学，为了逃避包办的婚姻，但这个形式是在实质矛盾发生到一定阶段的外在表现，真正的原因则可能是发生在祖父的身上，那种宽容与超功利的爱所养成萧红的任性与固执；也可能发生在父亲与母亲的身上，无论是生母还是养母，她们不仅都没有给萧红以基本的母爱与父爱，而且表现为冷漠、冷酷、恶言厉色，再加上祖母在她小手指尖上留下的记忆，造成了萧红心底的反抗与叛逆，尽管她在小时候不知道这种反抗与叛逆会给她的命运带来什么，但她绝对的不屈从，不在心底给他们哪怕一点点的原谅，"祖母死了，我在后花园玩着。""祖母死了，我竟聪明了。"因而，当祖父死后，萧红的出走几乎就成了必然，就是没有包办婚姻那件事，也是要出走的，这一行为的意义既可以理解为反封建，但确切地说应该是性格使然，她的命运之帆就是在这个性格必然的驱使下，驶出了

萧红与鲁迅

雪里萧红

呼兰河的港湾，而又由于性格的使然，当然也有客观环境的因素，使她
走上了那条不归之路，包括她对婚姻的处理与和朋友关系的处理，都能
从萧红的自身中寻找到答案。我不太赞成将萧红的出走与早逝，一概归
之于家庭、社会与时代，因为，她本还是有另外选择生活之路的可能。
但她的性格而不是因为外界的制约，只允许她选择这条仅在 31 岁头上
就早逝的不归之路。但事物往往就是这样，双刃之剑有着处世的锋芒，
也有创造的锐利，萧红正是在这条不归路上，创造了她的艺术的辉煌，
《生死场》、《商市街》、《回忆鲁迅先生》、《马伯乐》、《呼兰河传》等等，
成为中国现代文学中最富艺术个性、最具生命意义、最敏锐的感觉方式
与叙述方式、最不受艺术形式约束的女作家，她在行走不归之路的短暂
时间里，创造了永恒的艺术生命。

雪里萧红

　　在萧红故居中最能体现萧红的个性与命运的当属那座萧红塑像，一座孤单的萧红雕像。

　　这座雕像立于一列五间屋的前面，四周一片雪白，穿着单衣薄衫的萧红，坐在冰冷的巨石上，手上有一本书，但她却是在托腮凝思，眼前是她描写过的荒凉的院子。站在萧红的身边，我立时感觉到一种寒冷，不是为我自己，而是为雪里的萧红，四周没有一点温暖，没有一棵树，一丛草，一盆花，她就那么孤单地一人独自坐在雪地中冰冷的石头上？不仅是她的雕像，她的衣着，她的神情与神态，以及雕像与环境的理解和处理，都独具匠心。这座雕像的蓝本是萧红1931年在北京的留影，但雕塑家融进了萧红31年凄苦的岁月，深刻地表达了萧红的个性，表述了她与时代、与社会、与这个家庭这个院子的关系，萧红，就是在这种荒凉而寒冷的环境中，顽强地挣扎着，孤独、坚强而愁苦地生活着……萧红的一切都可以从这座雕像上得以解读，具象的人物雕像，却有着抽象的象征意义和力量，哈尔滨的寒冷与饥饿，与萧军曾有过的远逝的岁月，鲁迅慈父般的爱，香港最后的岁月等等，真是一件非凡的艺术杰作，我不知道这位艺术家的名字，但我知道，他一准是萧红的艺术知己！

　　在这座雕像前，我还想起鲁迅先生说过的一句话："田军的妻子萧红，是当今中国最有前途的女作家，很可能成为丁玲的后继者，而且她接替丁玲的时间，要比丁玲接替冰心的时间早得多。"这是鲁迅的排列。然而，在生命的时序上，却出现了颠倒过来的现象，萧红（1911～1942）——丁玲（1904～1986）——冰心（1900～1999），我为萧红的早逝扼腕。但是，也许生命的能量与燃烧，瞬间的迸发，更具凄灿之美，萧红在她有限的生命之中，创造了无限的艺术，留下了不尽的话题。

1993 年，老诗人蔡其矫来此参观，面对这座萧红雕像，诗人写道：

生命承担爱的重负
难与庄生化蝶起舞
纤枝细条发声的年代
呐喊一朵花的半开

人海辽阔，世途多歧
呼兰河的灵魂
溶入南国滴血的心

受难的秘密，深藏墓碑下
大地之恋如老去森林
依然落叶纷纷

诗人是我的忘年之交，萧红的同代人，我在为他写传记时，老诗人讲到参观萧红故居的情景，那首诗是为在哈尔滨冰雪节上举行的诗歌朗诵晚会而临时写作的，但当他上台朗诵到最后一句时，自己已是泪流满面，全场一片寂然。

老诗人和我一样，也是从南中国而来。

现在我要走了，离开萧红故居，离开呼兰，离开哈尔滨。我来时匆匆，没有目的，现在又要匆匆离去，也无打算，甚至没有远行后的满足感。

千里迢迢，真的就是为了一次无目的的探访，与雪里的萧红作一次短暂相会？

三年之后，我才写下这篇文章。

林语堂的山地故乡

脚踏中西文化的幽默大师林语堂

引　子

　　幽默大师林语堂在 40 岁之后，在追溯他之所以成为今日之林语堂时，首推福建平和坂仔的故乡，那片层峦叠嶂的青山：

　　　　如果我有一些健全的观念和简朴的思想，那完全是得之于闽南坂仔之秀美的山陵，因为我相信我仍然是用一个简朴的农家子的眼睛来

坂仔的山与水

观看人生……如果我会爱真、爱美，那就是因为我爱那些青山的缘故了。如果我能够向着社会上一般士绅阶级之孤立无助、依赖成性、和不诚不实而微笑，也是因为那些青山。如果我能够窃笑踞居高位之愚妄和学院讨论之笨拙，都是因为那些青山。如果我自觉我自己能与我的祖先同信农村生活之美满和简朴，又如果我读中国诗歌而得有本能的感应，又如果我憎恶各种形式的骗子，而相信简朴的生活与高尚的思想，总是因为那些青山的缘故。

这些话出自他 20 世纪 30 年代用英文写作的《林语堂自传》，三十多年后即 1968 年，在台湾重新发表中文版时，林语堂为此附记，说这部成于 30 多年前的自传，"句句是我心中的话"，读者可作他的"自述见志之文读去"，极是严肃与认真。而他在早一些的《四十自叙》中，则有这样的诗句：

> 我本龙溪村家子
> 环山接天号东湖
> 十尖石起时入梦
> 为学养性全在兹

"东湖"为坂仔的别称，"十尖"与"石起"便是坂仔村前村后高山的名字，林语堂说，他的为学养性全部在这儿形成。

林语堂在他去世前一年，也就是 1975 年，著有《八十自叙》，回溯 80 岁人生，80 年成长，更有斯语："我能成为今天的我，就是这个原因。我把一切归功于山景。"

中西文化集大成者林语堂，将他一生的幽默与性灵，一世的光荣与梦想，全都归之于那片山景，那是什么样的山，什么样的景啊？

诞生室

我从漳州经天宝、南靖进入平和，来到林语堂的山地，只需要一个多小时，而在将近一百年前，林语堂从坂仔前往厦门上学，行程则要三天。坂仔属平和县的一个镇，林语堂的坂仔当时只是一个村，现在房子和人口都多了，但地理位置未变。

诞生林语堂的眠床（替代品）

儿时的林语堂，那时他的名字叫林和乐

"林语堂先生诞生室"是近年来根据一张老照片整修的，而老照片上的小屋比现在的房子更有情调，庭院中有井有花木，白色的墙与木板的壁，错落有致，屋后有棵高大的凤凰树，我走进这个诞生室，感觉到实际是个小小的博物馆，林语堂赞美坂仔几段重要的话，以语录的方式，放大了挂在墙上，红底白字，很是夺目。

107年前，林语堂就诞生于这个小屋？据说，这位一生追求快乐的幽默大师出生时可是不快乐。上了40岁的乡村牧师、父亲林至诚，外出布道染上重感冒，大汗淋漓，回家却没有及时更衣，转为严重肺炎。母亲焦虑，林语堂却在此时挣扎着来到这个世界。怎么办，连个照顾的人都没有，连个请接生婆的人也没有，母亲只得自己为自己接

生，忍痛产下了这第五个儿子。父亲
也只得拖着重病之躯，到屋后那条小
溪中为母亲清洗生产时的"那些脏东
西"。这就是林语堂出生时的情景，
他绝不比一般人高贵，也没有什么幽
默，却是多了几分艰难。现在，催生
林语堂的那张眠床就摆在小屋的中
间，眠床后且有一木梯，据说，因为
家庭人多，母亲平日住在阁楼，等到

与弟弟赤脚走在泥土上

腹中的婴儿就要降生之时，才从楼上下来，睡到这张眠床上。我怀疑这
张眠床是替代品，不是原物，一百多年前闽南的眠床不会这般简陋，应
该有雕花，雕花的床沿，雕花的床楣，雕花的床棂。而床后的木梯则比
较接近真实，因为楼梯不属家什之物，只求实用，粗糙一些是可能的。

出生时不快乐的林语堂，父亲给他起了一个快乐的名字，叫和乐。
和乐兄弟6个，姐妹2人，他在儿子中名列第五，也就是说，当他从这
间小屋呱呱坠地之时，兄弟姐妹已是6人，一个很有生气的家庭，也可
能是一种充满吵闹的家庭。但乡村牧师林至诚自有一套教子的办法，兄
弟姐妹之间要友好和善，平日脸上要挂满笑容，尤其不许吵架。孩子们
都很听话，照着父亲的教导去做，不时地将笑堆在脸上。和乐一出生，
满脸是血，但当他睁开双眼，第一眼观看这个世界时，却是一片笑脸！
指出这一点，对理解和研究林语堂极为重要，要知道，童年阴影往往从
这时产生，和乐面对的是灿烂的微笑。据说这种定型式的笑脸，后来成
了林家兄弟姐妹的一个"标识"，当他们离开这间小屋时，也将这个
"标识"带到了厦门，带到了上海。在外面的世界里，他们发现这个脸
上总是挂着笑容的习惯并不怎么好，"长大以后，我得尽量摆脱这个习
惯，以免显得傻气"。在上海读书时，林语堂严肃地劝告他的弟弟：不
要见人就笑以示友好，不要引起他人讨好的误会。笑也是一种童年"阴
影"？林语堂说要尽量摆脱，但实际上他的一生都没有摆脱开去。我从
诞生室存列的各个时期的照片上，都看到他脸上和善的笑容。

童年的林语堂，遵照父亲的教导，脸上要挂笑容，他做到了，但七

个兄弟姐妹（四哥和平早殁）完全不吵架，这可就难。据《林语堂传》（林太乙著）记载："和乐生性顽皮，有一次被大人关在屋外，不许他进去，他便从窗子扔石头进去，一面叫道：'你们不让和乐进去，石头替和乐进去！'他最喜欢大他五岁的二姐美宫，但两人有时也吵架。有一次，和乐大发脾气，便躺在泥洼，像猪一样打滚，然后爬起来对二姐说，'好啦，现在你有脏衣服洗啦！'有时他太顽皮，林至诚找棍子要打他。和乐一听说要打，就吓得面无人色。林至诚看了舍不得，只好把棍子放下来。"顽皮的林语堂，真要吵起架来，还真和一般的孩子不一样，带有某种独创性，这些有趣的往事，也都发生在这间屋子。我当时还真想去找一找那个泥洼，可都一百年了，什么样的泥洼没有填平呢！

林语堂在这所房子里，住到 10 岁。10 岁后，他便乘了小舟到厦门上学，开始是读小学，继尔进入教会办的浔源书院读中学。那时从水路到厦门，行程三天三夜，所以，林语堂和他的三哥和清往往是一年回家一趟，也就是在暑假才回坂仔，远远见到家屋，兄弟俩就弃船上岸狂奔，放声大喊："阿奶，我们回来了！"全家人以至全村人都为他们高兴，为他们激动。小小的屋子一下子多出了两个在外地求学的儿子，真是热闹非凡，兄弟姐妹们都放任自由，有时，他们会躲进屋里，等待母亲出现，当母亲走到门前时，会突然扑到母亲的身上，让母亲又惊又喜；有时，他们也会来点小幽默，比如，在门外假装成乞丐的声音，向牧师娘要点水喝，令母亲忍俊不禁。

就这样，林语堂在这所房子里，度过他充满笑容的童年，这个事实竟然发生在 1895 至 1905 年的封建中国，发生在南中国一个贫困的山乡，简直就是一个奇迹！也许因了这个奇迹，也就造成另外一个奇迹，林语堂，一个山地牧师的儿子，竟然成为红遍东西两半地球的文化巨人。

林语堂到厦门上学两年之后，父亲任职的新教堂建成，旧教堂扩建为牧师的住宅，这时，牧师林至诚的住房就宽畅多了，有了个大客厅，客厅里挂有两张画，一张是母亲从《星期六晚报》上剪下的西洋少女，很俊很甜的脸，手里拿着一顶无边的帽子，另一幅画是光绪皇帝，大概是因为父亲拥护"百日维新"的缘故。

水　井

　　南方古建筑中的庭院，多有水井，这可能与南方水源充足，南方人较为顾家的观念相关。在我对一些南方古建筑的访问中，故事往往从水井开始。林语堂诞生室的水井，与林语堂的生命连在一起，但又超越了林语堂，它早于林语堂，它养育林语堂，它的生命长于林语堂，这口古井有可能承载着与林语堂真正的"肌肤之亲"。

　　80岁的林语堂，在他回忆到童年生活的时候，用了一段文字专门来写这口水井：

　　　　在家，男孩子规定是应当扫地，由井上往缸里挑水，还要浇菜园子。把水桶系下井去，到了底下时，让桶慢慢倾斜，这种技巧我们很快就学会了。水井口上有边缘，虽然一整桶水够沉的，但是我很快就发觉打水满有趣，只是厨房里用的那个水缸，能装十二桶水，我不久就把打水推给二姐做。

　　水井，原来是林语堂童年时两种劳动方式——扫地和挑水其中之一的场所，而且是快乐的水井。在林语堂的自传中，没有写到体力方面的劳动，作为山里的孩子，未上山打过柴。作为他自称的农家子，也未下地干过活。那么，他的劳动，扫地与挑水，浇浇菜园子里的菜，给自家的水缸装满水，实际上与真正的山里的孩子、农家子的劳动有本质的区别。不为谋生，只是作为课外生活的延伸与补充，所以，有了"我很快就发觉打水满有趣"之类的话。以林至诚的寒苦出身论，本没有能力让他的七个子女都不参加谋生的劳作，这一切的改变，全都因为他已成为乡村牧师。这里就涉及到基督教文明、传教士们对中国尤其是南中国的影响，甚至于贡献。我忽然觉得，林语堂与赛珍珠后来会走得那么近，有那么多共同的理念，是不是因为他们都受基督教文明关怀有关？一个

在浮源书院读书时与同学和老师的合影

是传教士的后代，一个是受到基督教文明的恩惠，因为改变林语堂农家子生活道路的，甚至将林语堂推上大学者台阶的，正是因了父亲林至诚牧师的身份、基督教的文明观念、基督教在华的文化策略等等，如果离开这一切，水井边的林语堂打水与挑水，就不是那么有趣的事情，而是过早承担起生活重任的话题了。现在这口水井，被封盖了，看不到水井的深处，看不见井水的清澈，在它的旁边，坂仔镇政府于 1994 年 10 月立一石碑，上书"饮水思源"四个字，题款为"林语堂先生故居饮水井"。我在第一次到坂仔时，没有读懂这四个字，认为它太泛了，没有特点，现在看来，这四个字有了些含意，可以解读为对养育了一代伟人文明之源的思念？

　　我知道这口水井也就是后人确立林语堂诞生室位置的基本坐标，记得吸引我来此访问的第一句便是："林语堂当年用过的水井还在！"这里有很多的潜台词，林语堂在大陆遭批挨骂多少年，竟然还有他用过的水井？要知道，在那个疯狂的年代，不要说是一口井，纵是一个湖，如果知道它与林语堂有关，岂不被填平？

礼　拜　堂

　　严格意义上说，林语堂诞生室并不是父亲林至诚的私产，而是坂仔基督教会的公房，由牧师林至诚居住。从《坂仔礼拜堂旧貌平面图》看，规模相当可观，不仅有大礼拜堂，还有小礼拜堂，有教室4间，圣恩楼一座，有执事办公室，有牧师楼二层，有一般的厨房，有牧师的专用厨房，有顾堂工人的宿舍，有专门的厕所，在大礼拜堂侧还有一个卫生间，有一个很大的后花园等等。我甚是怀疑，这是一个世纪之前的坂仔？规模如此之大、文明程度如此之高、设施如此之完善，很难想象是在一个远离城市也远离海洋的山地。

　　这张图也基本显示了儿时林语堂的生活环境。

　　林语堂，礼拜堂中长大的孩子，这里曾经给过他许多乐趣："童年最早的记忆之一是从教会的屋顶滑下来……站在牧师住宅的阳台上，可以透过教堂后面的一个小窗望下去，看见教堂内部。在教堂的屋顶与牧师住宅的桁桷之间，只有一个很窄的空间，小孩可以从这面的屋顶爬上去，挤过那个狭窄的空间，而从另一面滑下来。"（林语堂：《我的信仰》）同时，他也在这个环境中，听母亲用闽南话读《圣经》，听父亲讲《圣经》中的故事，兄弟姐妹还围着油灯轮流读《圣经》，他们评论是非的标准，常常用的是《圣经》中的语言、典故和人物。因为父亲规定兄弟姐妹之间不得吵架，但平日表达喜怒哀乐的情绪总是需要的。比如有时候，弟弟爱睡觉，大姐就说他是"魔鬼撒旦"，或"魔鬼撒旦的儿子"，等等，用《圣经》中的语言表达自己的感情。小时候的林语堂，不仅看大人们祷告，睡前与饭前，自己也和兄弟姐妹们一起祷告，别人的祷告不清楚，林语堂的祷告非常认真与虔诚，每回祷告，必是认定有主在听，所谓"三尺之上有神灵"，但儿时的林语堂，又是一个爱思辨的小家伙，并且会被自己的思辨弄得寝食不安。比如，每餐饭前，都要做祷告，感谢上帝的赐予，可林语堂住在山地，"明明白白地知道我目前的一碗饭不是由自天赐，而却是由农夫额上的汗而来的"，为什么说是主的赐予呢？既然说上帝无所不在，幼小的林语堂想试探一下，是不是真的无所不在？乡村牧师儿子的口袋，常常只有铜板一枚，买下一个芝麻饼，剩下铜钱四文，只能

当年教堂的英国铜钟

再得糖果四个，林语堂说他是天生的享乐主义者，想吃味道更好的东西，因此"渴想得银一角"。为此，他虔诚地默祷上帝，祈求赐予，让他在路上拾得一只角子。祷告的时候，林语堂紧闭双眼，慢步行走，然后睁开双眼，不见银角，再闭眼再祷告，仍不见路上有角子，如此反复，一一落空。这样虔诚，为何不赐予？这令他对上帝失望。可见，基督教文明给林语堂以恩惠，但林语堂并不是一个忠实的基督教徒，他在教义与现实之间，产生了歧义，形成了思辨火花。据他自己讲，10岁以前，就为上帝与永生的问题，斤斤辩论，不得结果，这是他的童年之光，并且一直照亮后面的道路。

礼拜堂带给林语堂的西方现代文明，却是印象至深。也就是这座礼拜堂，由于它的大礼拜堂屋顶太高，跨度太宽，渐渐出现了倾斜，这在漳州整个教区可是一件大事，几乎引起骚动。远在西溪教区主事的英国传教士范礼文博士来此视察，决定从美国购进一批钢筋，加固这个礼拜堂。施工时，范礼文带着他的太太，坐镇坂仔，亲自指挥，组织实施。林语堂亲眼所见："这些钢条用一只大钉固定在中间，那只大钉可以把钢条旋转到所需要的适当长度。它们连接在支持屋顶的木条上，螺旋钉一扭紧，钢条把木条牵拉在一块儿，大家可以清楚地看见教堂的屋顶被提高了几英寸。"（林语堂：《我的信仰》）林语堂认为，这是发生在他童年时代一件非常重要的事情，那教堂屋顶升起之时，是伟大的值得纪念的一刻。也就是这一回，范礼文博士和他的太太住在林语堂的家中，走后，林语堂在楼上他们住过的地方，发现了一枚光亮的纽扣，几个兄弟姐妹都被这个好看的东西吸引住了，猜测了半天，也不明白是什么，但

那个精致的亮亮的东西，确实好看！与此同时，还发现了几个盛牛油的罐头筒，全屋简直都是牛油气味，姐姐只得把所有的窗子敞开，好让屋里散掉那种难闻的气味。

这座于 1917 年兴建的、由范礼文博士用美国钢筋加固的礼拜堂，毁于何时？在这个旧址上，是一座规模不小的坂仔中心小学，我从学校的操场经过，去看 20 世纪 90 年代初新建的坂仔礼拜堂。据说，老牧师林至诚海外的后代，曾为建立这座礼拜堂出过力。坂仔新的礼拜堂，平时只有一位 80 岁的老者看管，老者打开锁住的铁门让我们进入。他说，这里只有到做礼拜时才热闹，平时都是关闭的，院内 160 多盆花木，全靠他一人义务管理。我看了看礼拜堂，一个大礼拜堂，一排三间平房，远没有当年林至诚牧师礼拜堂的规模与气派。上到二楼，还有一个顶层，顶楼上有钟亭，一座浑厚的大铜钟，悬于亭阁之上，这是当年林至诚牧师敲击的铜钟，是范礼文博士从英国进口的铜钟，是坂仔礼拜堂留下的唯一一件纪念品。在得到允许的情况下，我手拉绳索，当了一回敲钟人，一个世纪之前的铜钟，洪亮而悠远，久久地回荡在林语堂的山地故乡。

父亲的影响

坂仔对于林语堂，是"一切"的起点，而对于父亲林至诚而言，却是一个生命的驿站，他从天宝而来，终又回天宝而去，但正是因了父亲的这个驿站，才造成了他的"一切"。

林至诚本是漳州天宝五里沙人，父亲被太平天国的军队拉去当了脚夫，从此无回，林至诚自幼随母亲长大，母亲改嫁后，保持林姓，19世纪 50 年代之后，中国五口通商，开放洋教，基督教在厦门、漳州风行一时。林至诚从小贫寒，当过小贩，"肩挑糖果，四处叫卖。下雨天他母亲赶紧炒豆，让他卖豆仔酥。他有时也挑米去监狱卖，因为可得较高利润。他也挑竹笋到漳州去卖，两地距离约十五里。"由于长年肩不

林语堂的父亲，山地牧师林至诚

离担，肩膀上竟磨出了一个肉瘤，至晚年也没有完全消失。林至诚多次对林和乐讲述这样的一个故事：在一个炎热的下午，他经人介绍为一个基督教徒挑东西，这个基督教徒没有一点怜悯之心，将所有的东西都加到父亲的担子上，而轻松地跟在他身旁，还故意说你乖，是个诚实的孩子，这让父亲很不好受。但苦出身的林至诚，自小聪慧，认字读书，无师自通，由于受到母亲影响，成为第二代基督教徒，24 岁入教会的神学院，从此改变命运，被长老会派至坂仔，成为牧师。林至诚大概 26 岁来到坂仔，中经三十余年，63 岁左右告老还乡，又回到了漳州天宝，至今，老牧师与夫人的墓地就在天宝五里沙一片潆潆的香蕉林中。

父亲对林语堂最重要的是性格方面的影响。林语堂说，"家父虽然并不健壮，他的前额高，下巴很相配，胡须下垂。""是个无可救药的乐观派，锐敏而热心，富于想象，幽默诙谐。"林至诚用闽南话布道，亲切、生动并且诙谐，没有多少文化的农人也都爱听，所以，往往是他走到哪里，哪里就是人们集会的中心，并且笑声不断。林至诚不像封建家庭中的父亲，总是将自己视为家庭中的普通一员，平等而和悦，有时会当着孩子们的面为牧师太太布菜，也会给孩子们讲笑话，"父亲说的笑话之中，有一个是关于在厦门传教的先驱搭拉玛博士。当年的教堂里是男女分坐，各占一边。在一个又潮又热的下午，他讲道时，他看见男人打盹，女人信口聊天儿。没有人听讲。他在讲坛上向前弯着身子说：'诸位姐妹如果说话的声音不这么大，这边的弟兄们可以睡得安稳一点儿了。'"（林语堂《八十自叙·童年》）实际上，林至诚自己也就是这样的一个人，用很轻松、幽默的语言，化解着天下的难事。以现代的教育理念，家长是孩子的第一个启蒙教师，父亲的一举一动一言一行都将在孩子的心中留下印象，并且逐渐形成孩子的性格。显然，林至诚这种生活的态度与幽默的性情，自小对林语堂性格的形成，产生了非常重要的作用，以至他在生活重压之下，常常想起父亲，以至他的《生活的艺术》之类的作品，时不时地渗透着林至诚式的生活艺术。林至诚有一回还很认真地对林和乐说，他看过所有飞机飞行与制造的原理，但他怀疑那种铁家伙真能飞上天去，这个话题引起父子俩共同的兴趣，因为，林和乐也是一个机械迷，他在厦门读书时曾看过一张涡轮的原理图，根据这个原理，他想制造一种能将井中的水自动吸上来的机器，省去每日从井中打水的劳累。

决定林语堂前途命运的是父亲的前卫观念，用林语堂的话说是"极端的前进派"，"在厦门很少男孩子听说有个圣约翰大学之时，他已经送自己的孩子到上海去受英国语文的教育了"。有时，林语堂自己都弄不明白，父亲何至有这样的前卫观念与激进的思想，不仅将他送进了上海的圣约翰大学，还想象着将他的儿子送到哈佛、牛津、剑桥这样世界一流的大学去读书，娶一个像上海女子那样会写文章的漂亮媳妇回来。这在当时的1911年，皇帝老爷子刚刚被赶"下台"，便有了这样的惊人之举和前卫观念，面对那间简陋的林语堂诞生室，面对这片依然如故的山地，我也真是觉得不可思议。

不像现代媒体的发达，电话、电视、广播、网络、报刊等等，覆盖了全球的每一个角落，逃离现代文明的影响倒是变得十分的困难。但在一个世纪之前，文明的传播与影响，往往是一个人，有时是一席话，当然也可能有少许的载体，"得风气之先"，用现在的话来解释，指的就是最先接受某种信息并受到影响。我理解乡村牧师林至诚的"得风气之先"，就是因接近了一个人，读了一张油印的小报，虽然现在林语堂诞生室看不到这个人的照片与这份小报，但我分明感觉到他们的存在。这个人就是帮助坂仔加固礼拜堂的范礼文牧师，一份由他邮寄的小报《通问报》（林太乙译为《教会消息》）。通过与他们的接触，才有了林至诚的前卫观念，才有了林和乐西去求学的道路——学英文，接受西洋教育。

对此，林语堂在他的《八十自叙》中是这样叙述的：

范礼文博士（Warnshius），后为伦敦纽约国际协会秘书。他为人胸襟开阔，眼光远大，通情达理，又多才多艺，实远超过当时一般的传教士。不知道由于什么好运气，西溪得以有这么个好牧师派来此地，这里离坂仔很近。范礼文博士大约六英尺高。使我们接受到西洋学问的，就是这位牧师。在"上海基督教文学会"，在由林乐知（Young J. Allen）主持之下，当时发行一份一张纸的周报，叫《通问报》（Christian Intelligence），油墨纸张甚劣。今日手下若还保存一份就太好了。范礼文博士不但把这份周报寄给我们，另外还寄上海基督教文学会出版的很多书和小册子。家父遇到了他，算是找到了知音，不久与他成了莫逆之交。

但林至诚毕竟不是财主与富翁，一个月薪 20 大洋的乡村牧师，要养 9 口之家，且都让他们接受不同程度的教育，要实现心中的宏愿，并不是容易的事情。当林语堂在厦门浔源中学毕业后，真要送他到上海读圣约翰大学，父亲实际上已拿不出一分钱了，数年前，三哥上圣约翰大

林至诚一家，父亲前面的那位便是后来的林语堂

学，父亲变卖了漳州五里沙老家的祖屋，按手印时滴落的泪迹未干，又要送第五个儿子去上海，钱在哪里？坂仔可是没有房产可以变卖了。这里又是乐天派的性格起了作用，林至诚没有悲观，没有被 100 大洋压垮。他以西方提前消费的思想，加上中国人情的观念，筹到了决定第五个儿子林语堂命运的 100 大洋——林至诚求助一个发了财的学生，三日后 100 大洋送到了坂仔的礼拜堂牧师的家里，也就是我现在站立的地方。

就这样，林语堂成了上海圣约翰大学的一名学生，这是关键性的一步，这一步的迈出才算是走出了坂仔的山地。

坂仔除了留下林至诚牧师敲过的那座铜钟之外，还有一张照片，是全家的合影，牧师站在后排的一侧，将中间的位置留给了牧师太太，从照片站立的位置上，便体现了这位乡村牧师的民主思想。王兆胜在《闲话林语堂》中解读了这张照片："他身穿一套传教士的行装；礼帽紧紧扣在头上，宽大的传教服遮蔽了大半个身体。他是属于瘦弱但骨骼结实那一类，挺立的腰板透出一股刚直、自信和坚忍的气度。尤其是英俊的脸上的表情是那样丰富而可爱，在微微的笑容里仍然蕴含着慈祥、从容、机智、幽默和理想主义的光彩。总起来看，照片上林语堂的父亲虽是一个没有多少文化的乡村牧师，但却有一股潇洒超脱的飘逸之气从照片里溢出，尤其在与林语堂母亲憨直得有些木讷的表情对比中，这一点更为明显。"这张照片摄于 1903 年，林语堂 8 岁，乡村牧师年近 50。

在中国的传统文化中，君君臣臣父父子子，等级森严，父与子的矛盾，父亲与儿子的冲突，成为家庭矛盾与冲突的基本形式，而坂仔的林至诚却是儿子们的朋友与引路人，他们和谐、平等、自由、民主地生活在一个屋檐之下，父亲为儿女们操劳，儿女们接受父亲的恩惠，这大概都与基督教的影响有关。我站在这间小屋里，站在林语堂父亲的那张照片前，像是在接受一种民主、自由、平等、和谐与爱的洗礼，当我们在呼吁全社会都来实行这种观念时，我想首先应该从家庭开始，从父亲开始，没有家庭的民主和平等，自由与和谐，怎谈全社会？

二姐的忧郁

　　不用说，二姐美宫也出生在这间小屋里，在通过水井过道式的偏房里，有一张二姐单独的照片，忧郁而美丽，她的额头突出，而额眉紧锁，有神的目光低垂，望着不远的地方，仅此，是不是预示了她的生命之火不会燃烧得久远？林语堂夸他的二姐是个美女，说牙齿又齐又白，可惜照片中没有露出白牙。我在这张照片前，复活着二姐美宫的音容笑貌。就在隔壁的水井旁，和乐从井中打水，二姐则在五弟打上来的井水中，浣纱洗衣，亲密的配合与欢快的笑声，如在我的眼前耳边。我是一个无神论者，但我又有一个有着复活与再现前人生活场景嗜好的人，因而，那一刻，我确信他们姐弟就在水井台边。同时，我还似乎听到了铃声，那是乡村牧师林至诚手里摇出的铃声。铃声召唤着他的儿女们还有教会的青年，来到刚刚收拾过的小屋里，围着饭桌，听着他们的父亲，

听着乡村牧师用闽南话念《幼学琼林》、《声律启蒙》等等，时不时还会夹带着几句从范礼文博士那儿学来的英语。因为，他还引导他的学子，可以读读林纾翻译的《茶花女遗事》，读读《福尔摩斯》。这里的上课相当自由，夏日，若口渴，可以走至井边，打上井水，饮泉止渴。而到了母亲的面前，这对相差了4岁的姐弟，则是另外一种情景，他们将刚刚从大仲马那儿看来的一点东西，开始联合串编故事，且编且讲，令母亲听得入神，待到母亲为故事中的爱情与侦探结果而焦虑不安时，姐弟俩却戛然而止，令母亲伤心落泪。

忧郁的二姐美宫

二姐美宫同样在厦门上完了免费的浔源中学，这已很不简单了，但美宫还想去福州上女子大学，二姐真要迈出那一步，可能就没有林语堂了。因为，上福州女子大学需学费80大洋，如果有了这笔开支，乡村牧师林至诚是否还经得起后一笔的100大洋的债务波浪呢？这是很成问题的。同时，如果二姐美宫走了另外一条道路，就没有二姐早殁的伤痛，那么忧郁之美就可能从林语堂的性格中抹去，而这一点也是十分重要的。我认为，在一定的程度上，林语堂的生命其实融入了二姐美宫的青春之美，所以，林语堂将二姐视为生活的"顾问"与生命的"伴侣"。

　　不能继续上学的二姐面临的则是婚嫁，但二姐的心还留在学校，每当母亲为她提婚事，美宫便将灯吹灭，在黑暗中落泪，在夜色里啜泣。最后，二姐无望，只得答应了那门婚事，对方是个老实的农人，家住范礼文担任牧师的西溪。二姐出嫁，恰与林语堂前往上海读圣约翰大学同路。那天，林语堂陪着二姐从溪上经过。过去到厦门上学，总感到水路太长，今日有了异样的心情，二姐从此便是他人了，再也不能与二姐在井边汲水浣洗，不能与二姐编排故事，儿时人生的伴侣将就离去，就像分去了身体的另一半，想到这些，林语堂黯然神伤。到上海读大学的快乐都被这忧伤的情绪所替代，他希望船行得慢些，多陪伴二姐一会。到了西溪，林语堂停下来参加二姐的婚礼。就在昨天的早晨，二姐还从身上掏出四毛钱对他说："和乐，你要去上大学了。不要糟蹋了这个好机会。要做个好人，做个有用的人，做个有名气的人。这是姐姐对你的愿望。"这些话的分量极重。因为，林语堂知道，父亲是在他与二姐谁上大学之间作了选择，最后是牺牲二姐。多少年后，林语堂在回忆到这一情景时，心情还很沉重："我上大学，一部分是我父亲的热望。我又因深知二姐的愿望，我深深感到她那几句话简单而充满了力量。整个这件事使我心神不安，觉得我好像犯了罪。她那几句话在我心里有极重的压力，好像重重地烙在我的心上，所以我有一种感觉，仿佛我是在替她上大学。"而这种愧疚并未因此而了结，10个月之后，二姐遭遇瘟疫，死于非命，还怀有8个月的身孕。一个火一样的生命在她青春年华时突然熄灭，一支美丽的鲜花在它盛开之时忽然枯萎，这对林语堂而言，是一个绝对接受不了的事实。第二年，当他从上海回到坂仔，路经西溪，面对心灵深处的二姐，和乐号啕大哭，不能自已。以后，每次路经西溪，和乐总感到满脸忧郁的二姐，远远地站在岸边，望着弟弟行近与远去。

二姐就葬在坂仔的西山上，我朝那边望了望，青山无语，二姐美宫绝对不会想到，因了那一次上学的退让和那一番叮嘱的话，成就了一个全世界知名的弟弟林语堂，而她忧郁的短暂的生命之花，却在弟弟林语堂情深的描述中，在一代又一代读者的想象中，永远地绽放。

二姐美宫的意义，在于为林语堂乐观、平和、幽默与闲适的性格中，注入了忧郁的成份，这是一种令乐观、平和、幽默与闲适走向深刻的重要成份。忧郁的性格是一种美，尤其是一种柔性之美，但忧郁成不了大事，乐观、平和、幽默与闲适则可能缺乏深刻，容易流于乐天派的浅显，但当忧郁之美进入之后，情况就大不一样，我们在《赖伯英》、《风声鹤唳》《京华烟云》中都感受到了这种忧郁之美，感受到了那种缺少尖锐的矛盾冲突之下思想的深度。

“东湖”之水

林语堂诗云"环山接天号东湖"，并不表明坂仔真有那么一个东湖的存在，只是在青山之间，有流水经过，林语堂就是从这山间的流水中，走向了现代文明，走上了通往世界级大师的道路。

现在，我也要走出这间林语堂的诞生室，走到水边去。在此担任义务管理的林光福老师，带着我和专程从南昌远道而来的作家陈世旭，穿过后院，来到水边，清澈之水依然流淌，我站在岸上望着水流的方向，自西向东，平缓远去。

这条溪流是当年坂仔与外界联系的唯一的通道？林语堂到厦门读书到上海读书都是从此起航？那个小码头似乎还隐约可见，我之所以将其推断为小码头，是因为岸边有一排古老的店面铺房。有了这个定位，想象中的情景依次出现：雨中，10岁的林语堂和他的三哥，在父亲的护送下，来到溪流的岸边，小舟张着竹篷，停靠在雨中的小码头，三哥与林语堂跳上了小舟，父亲送上了一应衣物，就在小舟点篙离岸之时，父亲林至诚忽然叫住离岸小舟，从店铺又买来糕点，急急送至舟上，父亲担心，孩子们可要在船上三个整天啊。

　　有一夜，我在西溪船上，方由坂仔（宝鼎）至漳州。两岸看不绝山景、禾田，与村落农家。我们的船是泊在岸边竹林之下，船逼近竹树，竹叶飘飘打在船篷上。我躺在船上，盖着一条毯子，竹叶摇曳，只离我头上五六尺。那船家经过一天的劳苦，在那凉夜之中坐在船尾放心休息，口衔烟管，吞吐自如。其时沉沉夜色，远景晦冥，隐若可辨，宛是一幅绝美绝妙的图画。对岸船上高悬纸灯，水上灯光，掩映可见，而喧闹人声亦一一可闻。时则有人吹起箫来，箫声随着水上的微波乘风送至，如怨如诉，悲凉欲绝，但奇怪得很，却令人神宁意恬。我的船家，正在津津有味地讲慈禧太后幼年的故事，此情此景，乐何如之！美何如之！那时，我愿以摄影快镜拍照永留记忆中，我对自己说："我在这一幅天然图画之中，年方十二三岁，对着如此美景，如此良夜，将来在年长之时回忆此时，岂不充满美感么？"

　　林语堂在 40 岁之后回忆到曾有过的西溪夜行，显示了它的美与静。之前，我的叙述一直围绕着人文环境而展开，到了西溪，林语堂则走进了大自然的怀抱，在与自然的亲近中，陶冶着性情，积蓄着美感。从 10 岁到 17 岁，由坂仔到厦门，来来往往的 7 年。从 17 岁到 21 岁，从坂仔到上海，来来往往的 4 年。总计 11 年之久。林语堂都从这道溪流，先是乘小舟，到了西溪换乘五篷船，直到厦门。林语堂在这条河道上，

形成林语堂山地文化观的坂仔群山

尽情地享受两岸风光之美，清澈流水之美，平稳至静之美，但是，与沈从文之于湘西之水、鲁迅之于绍兴之水、冰心之于大海之水不同，"东湖"之水，最终没有形成他的人生观，也没有引来哲理的思考，所以，40岁之后的林语堂、80岁上的林语堂，讲到他的坂仔故乡对他的影响时，多指那片青山。

遥望青山

其实，当我从林语堂的诞生室走出，便见四围青山，到了溪岸，水光山色绝佳，我手上有一支 100～400 毫米的变焦镜头，我拍下了山水相连的景色，我在登上坂仔礼拜堂尖顶亭阁时，拍下了绵延的山景，近山都被蕉林覆盖，远山黛青而空濛，离得很远。纵是 400 毫米的长焦镜头，也很难将它们拉近，我不知道儿时的林语堂如何登上高山？

林光福老师告诉我，南面的那片山为十尖山，北面的那片山叫石起山，他这里没有用"那座山"而用"那片山"，因为，在他看来，山体相连，何处分座？对此，林语堂是这样描写的："坂仔村之南，极目遥望，但见远山绵亘，无论晴雨，皆掩映于云雾之间。北望，嘉溪山矗立如锯齿状，危崖高悬，塞天蔽日。冬日，风自极狭窄的狗牙谷呼啸而过，置身此地，人几乎可与天帝相接。"（《八十自叙》）在另一篇文章中，林语堂则是这样描写："前后左右都是层峦叠嶂，南面是十尖（十峰之谓），北面是陡立的峭壁，名为石缺，狗牙盘错，过岭处危崖直削而下。日出东方，日落西山，早霞余晖，都是得天地正气。说不奇就不奇，说奇是大自然的幻术。南望十尖的远岭，云霞出没。幼年听人说，过去是云霄县。在这云山千叠之间，只促少年孩子的梦想及幻想。"（《回忆童年》）

这两处均为远望与仰视的描写，充满了一种神奇与敬畏之心，可见，在林语堂的心中，水是亲近的，山是敬畏的，与天帝可以相接的千叠云山，除了敬畏之外便只能梦想、幻想了。在山的面前，一切都变得渺小与悲戚。据说，童年的林语堂曾登高山，站在山巅俯瞰山下的村庄，村庄的农人，如蚂蚁般在山下移动，这个发现令林语堂目瞪口呆，幼小的心灵受到强烈的震撼！他曾以孩童的目光，无数次地仰视过大人，觉得他们高大，而高山令其如此渺小。"登泰山而小天下"，幼时的林语堂尚无这种皇权思想，但人的渺小与青山的伟岸，却使他开始形成一种高地人生观，长年在与高山静默的对望与厮守中，逐渐地感觉那山进入了血液，成为生命的一部分。没有什么比它更高贵，没有什么能与之抗衡，也没有什么可以成为打击它的力量。高山不能像某些东西可以带回家去，林语堂就将它置于心间。在高山面前，一切都只不过为过眼烟云的芸芸众生，基督教影响下的林语堂，默默地将上帝的位置让给了青山，以山峰作为衡量一切的标准，他的处世哲学、生活态度、艺术观念等等，都可能受到了这种高地人生观的影响。当美国人、新加坡人面对摩天大楼夸夸其谈的时候，林语堂觉得这很可笑，"比方你生在那些山间，你心里不知不觉评判什么都以山为标准，都以你平日看惯的山峰为标准。于是，你当然觉得摩天大楼都可笑，都细小得微不足道。"而对于人们所终生追求的商业、政治、钞票等等，林语堂认为那也是荒谬的、渺小的。当你以高地文化观念处理人事关系，你就不必为权势低头，"一个山地人站在英国皇太子身旁而不认识他一样。他爱说话，就快人快语，没兴致时，就闭口不言"。林语堂说："我要享受我的自由，不愿别人干涉我。"他说，这也是他做人的基调。而对于自己，无论写了多少书，什么红了半边天，发明了某某打字机，编了多么洋洋大观的《林语堂汉英词典》啦，也没有什么了不起，因为"山逼得你谦——逊——恭——敬"！

如此说来，那么，有人要问："生活的意义到底是什么？要不要有人生的追求？"

林语堂平静地回答："自在与快乐。"

林语堂曾多次肯定地说："生活要快乐！"

这就是我现在面对的"十尖"与"石起"，告诉山地少年林语堂生活的全部？

1917年，林语堂22岁，乡村牧师林至诚完成了上帝指派他到坂仔布道的使命，回到天宝五里沙，与他的母亲相会。那时，林语堂在北京清华学堂任教，此后，再没有回到这个生他养他教他育他的山地故乡，此后，风雨如磐，岁月如晦，生命如歌也如泣，然而，远离的青山却在林语堂的心中越来越清晰，越来越高大，高大到远远超出了现实的存在。

1962年，林语堂67岁，女儿接他到香港游玩，三女儿太乙对父亲说，香港有山有水，风景像瑞士一样美，父亲正色道，不够好，这些山不如我坂仔的山，那才是秀美的山。女儿将父亲带到落马山峰，可见一片片田地和薄雾笼罩的山丘，很激动，以为会引起父亲的好心情。林语堂却只是眯起眼睛望了望，不吱声。女儿就问父亲，坂仔的山是什么样子的？父亲连说了三个山字：青山、有树木的山、高山！接着他批评香港的山好难看，许多都是光秃秃的。而当女儿将父亲带到山顶，此处有树木，是青山，从山顶望下四面是水，父亲却还是摇头，他的心目中坂仔的山，是重重叠叠的，山中有水，不是水中有山！直到这样，女儿才明白过来，原来，父亲一直沉浸在故乡那片快乐的童年山峦，眼前什么样的山，能替代父亲童年的山？

故乡山地的青山，已经脱离了山的具象，成为一种精神的高度，一种生命的向往，一种人生的情结！

修建故居的提议与纪念馆的建立

又回诞生室。

这些年来，陆陆续续不断有人来此寻访，来此参观，面对这间破旧而潮湿的小屋，有人为这个"两脚踏中西文化，一心评宇宙文章"的大师鸣不平。有人认为应该在此重修林语堂的故居，规模起码应该与林语堂的地位基本相称；有人认为应该建造一座纪念馆，让海内外的有识之士慕名而来；有人也正在筹建林语堂纪念图书馆等等。而当在解读了一天的坂仔山地之后，我和陈世旭先生都认为，就保留现在这个样子，只要在那棵高大的凤凰树下，建一个可供闲坐与谈天的茶座即可，品着闽南的功夫茶，望着、谈论着林语堂的故乡山地，足矣！

继而我想，如果有可能，在林语堂的高山之巅，造一个平台，建一个茶亭，平台上立少年林语堂塑像，让每一位登上高山之人，与林语堂拥立一会，望着山下的芸芸众生，体验一回山地人生。

林语堂有言，只要你是山地的孩子，你就永远不会忘记山地。我引申一下，只要当过一回山地的孩子，也许就可能体验到山地情怀！

在大陆，倒是有一处，真的建造了一座颇具规模的"林语堂纪念馆"，那是他父亲的故乡——漳州天宝的五里沙。

林语堂在大陆重新兴起，大概也就十几年的时间。之前，因了他受到鲁迅的痛击，因了他与国民党与"蒋总统"的亲密关系，因了他长期的西风美雨，更因了他不事争斗而主张幽默、闲适与平和的生活态度，还有什么高地人生观等等，一切都与那时大陆提倡的阶级斗争、人定胜天的哲学相悖。所以，这半边天基本没有林语堂的分，甚至连与鲁迅在一起的合影，他也被干净利落地剔出去了，没有留下一点痕迹。直到

漳州林语堂纪念馆

20 世纪 80 年代的中期，情况才有所转变，林语堂的名字与作品开始在媒体上出现。1995 年 10 月，林语堂先生诞辰百年之际，由厦门大学、福建省社会科学院、福建省文联、福建师大等单位，在厦门联合召开了一个学术研讨会。我出席这个会议并做了半天会议的主持人。到会 50 多人，论文 30 多篇，这是大陆第一次召开如此规模的林语堂学术研讨会。

那时，林语堂先生已经逝世 20 年了。

五里沙建造纪念馆是这之后的事情，是由几个文学爱好者提议，也是几个文学爱好者出力，半是官方半是民间性质建起来的。规模还不小，在一片山地之上，在一片蕉林之中，81 个台阶与 5 个平台，象征了先生 81 岁的年龄与人生的五个转折。纪念馆里，有部分林语堂照片陈列，有林太乙、林相如送来的部分著作版本，极是珍贵。这儿的规模当然比坂仔诞生室要大得多，但引起我联想的空间却有限。因为，林语堂在这儿本没有生活过的。有特色的是纪念馆那道如空格稿纸的幕墙，只是"林语堂纪念馆" 6 个字，却用了草书，林语堂一生平和，纪念馆为何要用如此张扬的字？幕墙前，林语堂的塑像倒是很有个性，长袍与皮鞋自然的结合，体现了林语堂亦中亦西的特点，坐姿与沉思的神情，手握惯用的烟斗，体现了悠闲与享受人生的意味，换了一个角度看去，林语堂俯瞰青山，青山由一片蕉林组成，游游沧沧，延绵数里。

红砖墙红瓦房

一

　　总这么认为，一个作家一个诗人，在他童年的时候，便已雏形。或者说能不能成为作家与诗人，成为什么风格的作家与诗人，故乡是个重要的因素，甚至是决定的因素。

　　蔡其矫可纳入行吟诗人的行列，他一生中走过的地方无以计数，仅是长期居住地便有三处：北京（先是竹竿巷后在大雅宝）、福州（他工作的单位属福建省文联，凤凰池大榕树下有他的一套两居室宿舍）和晋江的园坂别墅。北京、福州与园坂三点一线的生活，成为蔡其矫基本的生活形式，对他的作用是互为因果，但影响最大的还是他的童年故乡，园坂那忧伤的红砖屋与红砖墙。

　　蔡其矫的一生写诗大致有2000余首，在他回溯近六十年的创作时，将诗歌分为六大系列：大地、海洋、生态、乡土、人生与爱情等。尽管诗歌的题材极其丰富，手法也为多变，但有一点却是始终深藏在蔡其矫诗歌的灵魂之中，那就是忧与伤，忧国忧民，忧天忧地，为美的消失而伤感，为爱情的远去、情人的距离而伤感，可以说，忧郁而伤感，是蔡其矫诗歌的基本母题，是蔡其矫诗歌的基本情调。没有忧伤便没有蔡其矫诗歌的美，没有那些永远散发着艺术魅力的《川江号子》、《红豆》、《祈求》、《波浪》、《南音》、《在西藏》等诗作。

　　而这一切，最初却是深藏在他童年的故乡。

二

　　1918 年 12 月 11 日，蔡其矫在园坂出生。母亲陈宽娘后来又生了
10 个弟弟和 5 个妹妹。他是头生，老大。那年，母亲只有 16 岁。蔡其
矫出生时，父亲不在母亲的身边，独在万里之遥的万岛之国印尼闯荡谋
生，因而，祖母特别疼爱这个从娘胎里带来一头卷发的长孙，并且要亲
自抚养，这就使得蔡其矫一出生便在这个家庭中显得特别，那座闽南常
见的红砖小院，成了他最初的人生舞台。

　　我的乡土是多么寂寞：带忧伤的红砖屋，寄生着花蛇的如盖的
大榕树，龙眼林中遍地的青苔蕨草以及静静飞舞的金龟子。我童年
的玩具就是老屋后面的潮湿的泥沙和昆虫，带着两支有节的长须的
天牛，有小黑圆点的灿烂的花姑娘，还有叫声响亮的蝉。亲自抚养
我的老祖母，爱花如命，她培育的兰花和蔷薇，年年都花开如云似
锦，把不大的天井点缀得生意融融。我的小姑姑背着我在花前和庭
外。把大自然的情趣灌输到我心的深处。几个堂姐和邻居小女，在
夏夜星空下的宽大藤床或坐或卧，讲一些使我想入非非的月娘和神

遥远的园坂

85 岁的蔡其矫讲述儿时发生在红砖
墙内的故事

祇对人类生活的干预。这时，蝙蝠从墙缝飞出飞入，农家烧肥土的烟味缭绕不绝，似乎还听到露水滴落阶前的轻响。

这是诗人晚年的描述，红砖屋、红砖墙、金龟子、大榕树上的花蛇、青苔与蕨草、天牛与蝉等等具象，全都笼罩在忧伤的氛围之中。这些具象与忧伤，便也永远笼罩在诗人的灵魂之中。

6岁时，蔡其矫开始到私塾念书，私塾就在他们家小院的隔壁，虽是邻居，但却隔了一道山涧溪流。风和日丽时，溪流的水潺潺而下淙淙流过，如琴弦和鸣。若是暴雨过后，山间的小溪便被洪水灌满，水流跳跃奔腾，水声咆哮如雷。6岁的蔡其矫对这里的水涨水落很有兴趣，有时，站在溪边，久久不离。祖母在山涧这边，私塾先生在山涧那边，唤着其矫其矫，而那咆哮的山洪，往往将那呼唤淹没，先生只得过来抱起他不听话的学童，蔡其矫的两条小腿还在空中晃荡。

在私塾，最初的启蒙读本是《三字经》，"人之初，性本善，性相近，习相远……"蔡其矫跟在先生的后面，摇头晃脑地用闽南话大声地诵念，6岁的孩童如何懂得经文中的意义，老师也不像现在，先作课文讲解，私塾先生就是让你念，念个昏天黑地，不明文中意义的蔡其矫，高声朗诵起来却兴趣盎然，那种对音韵的感染，在不知不觉中浸入幼小的心灵，甚至对那不明意义的声响，也觉得兴味无穷。《三字经》念完，接下来念《千家诗》，这《千家诗》更是让幼小的蔡其矫着迷，除在私塾里跟在先生的后面大声朗诵外，放学回到隔壁的红砖院内，有时一路上还随时暗诵，虽然分辨不清平仄，但在内心能感受到诗顺与不顺，私塾里与蔡其矫同龄的还有4人，4人上同样的课，但每次背诵都是他最先完成。先生惊奇这个孩子的记忆，有时便会给他加上一些诗句，蔡其矫也总是很快记住，背诵下来。第二年，7岁的时候，便开始作对子，天对地，日对月等等，往往是先生刚出上句，蔡其矫便对了下句，为此，私塾先生上门表扬，这令红砖屋内的老祖母很是风光。成了诗人的蔡其矫认为，这种教育对他的文学修养起了重要的作用，直至晚年，忆及这些，仍说："中国教育的传统做法是从诗开始，而诗的基本手法是对比。这从世界观的培养来说，是很有道理的。世界是由矛盾对立组成

晋江园坂村与紫帽山

的，没有矛盾就没有世界；没有黑暗不见光明，而没有光明也看不出黑暗。那时候对诗的内容是无知的，但对语言形式已先入为主。这是旧式教育并不是毫无可取的地方：记忆的力量是无穷的，习惯成自然，认识的过程是感觉先于理解。"

蔡其矫儿时的乐园，是后山那片生长着亚热带植物的混合果林。从屋后的小路，经过一座座如碉堡般的厕所，便是那个乐园，祖母叫它后壁沟。这里，龙眼树、番石榴、枇杷、木瓜等果树在羊齿草丛中生气炯然，蔡其矫有时是在小姑姑的带领下，但更多时候是自己一个人，来到果林中间，寻着嗡嗡的声音，捕捉翻飞的金龟子，然后用丝线绑住它的一只脚，于是，得胜回家，牵着他的金龟子满屋翻飞满院奔跑。在那混合果林中，也是花蛇们出入的地方，它们或是盘在树上，或在草丛中穿行，或从乱石中爬出，年少的蔡其矫并不惧怕，甚至对它们身上的花纹产生了兴趣，有时会面对盘在树枝上的花蛇看上半天，直到花蛇远去。

园坂一带的地名，古时曾以"紫"字命名，紫即是紫气之意，吉祥之语。园坂旧称紫坂，与之相近的湖叫紫湖，相望的山就叫紫帽山。紫湖与紫帽山现在还是这么称呼，不知从什么时候起，紫坂改为园坂。在蔡其矫的印象中，与家门相对望的紫帽山，一直是他的神往之地。那儿有瀑布，有深池，半山腰有金粟洞。金粟洞里有金碧辉煌的神像，过去是仙人居住的地方。大人们经常带了好吃的，带了香烛和爆竹上山敬香。逢年过节，这里不仅是敬神的场所，也是娱乐的天地，终天香烟缭绕，鼓乐喧天。金粟洞的四周，春夏秋冬都会开出好看的花朵，紫帽山的山顶，则有凌霄塔，站在那儿，可以看到与大海相连的泉州湾，那出海口，也许就是父辈们漂泊南洋的起航之地？7岁那年的春节，蔡其矫随着车鼓队第一次登上紫帽山，那真是令人兴奋的打击乐演奏队伍的大游行呀，蔡其矫夹在鼓乐队的中间，一路敲打，一路欢呼。快要登山的时候，还在山前的紫湖边小憩，湖边的水鸟被震天的鼓乐惊飞，湖边纯一色巨大的荔枝林，浓荫之下都见不到天日，大白天也有一种阴森的感觉。好在人多，一点也不觉得害怕。歇过之后，鼓乐队继续登山。那么高的山啊，却一点也不感觉到累。到了金粟洞，却原来是一座雄伟的庙宇。在那些威严的神像面前，蔡其矫不敢随意地跑动，好像有一种让他惧怕的神秘力量。那次登山，留下的遗憾是，没有站到凌霄塔顶，远望泉州湾。

蔡其矫在这样的环境中生活了 8 年，一个完整的童年。8 年的乡野生活，以 8 年时间堆积起来的忧伤，涂抹了他后来的诗歌创作基调，足够他用一辈子了。晚年的蔡其矫，曾在那座即将坍塌的旧屋前，背靠那片红砖墙，讲述他忧伤的童年故事。

三

然而，园坂的意义并没有就此中止。

1932 年的园坂，蔡其矫 14 岁。为这一年的故乡，成为诗人之后的蔡其矫，专门写过一首《1932 年的园坂》：

园坂的济阳楼

高处是沙质的旱田

低处是成林的龙眼树

丘陵下——贫穷的村庄

忧郁的黑瓦

哀伤的红砖

白日里也只有深沉的感叹

独有一棵百年的榕树

把天空染成绿色

给人带来一片希望

上海暨南中学的侨生蔡其矫

诗歌的写作年限为 1964 年，46 岁的蔡其矫，回忆 14 岁故乡的生活景象。这里依然出现了红砖黑瓦的具象，出现了忧郁与哀伤的意象，突出了贫困与希望，这或许是那时主流意识形态的体现，但实际上，这一年的园坂，发生了大变化。这个变化对蔡其矫的人生与诗歌的意义都非常重要。

这一年，叔父蔡钟长带了一笔巨款，回到园坂，要在这里为蔡家建造一座本地一流的洋房，图纸是表兄丁德泮（教员，后来是科学家）设计好的，在园坂旧屋的不远处另外择地，开始了洋房的建造。蔡其矫记得很清楚，建造洋房的那一段时间，家里热闹非凡，远近最有名的打石工匠、木匠和泥水匠，全都集中来了，他们几乎是不分白日与黑夜，叮叮当当地响个不停，从动工到竣工，前后长达两年，叔父蔡钟长支配和指挥一切，洋房落成时，父亲从印尼赶回，望着这座南洋风格的楼房和楼前房后的花园庭院，激动得流下了眼泪。父亲回到完工后的新家，亲自在花园中为酷爱花的祖母种下了一棵名贵的茶花——观音白，还有一片猩红的玫瑰。蔡其矫的父亲兄弟，虽然都是在外闯荡的商场中人，但他们的祖宗却有过文曲星般的辉煌，从蔡邕到蔡襄，曾有中郎与大学士的文职官衔，蔡氏的后代以此为荣。按照闽南建楼的习惯，新建的洋楼顶额，鎏金镌刻"济阳传芳"四个大字，昭示着这座楼为蔡氏后人所建。"济阳"者地名也，宋时的河南济阳，蔡氏从那儿迁徙而来。在一层大厅的门楣，则有"荔谱流芳"4字，两旁是"族本中郎派，家承学士风"，"荔谱"者，蔡襄的名篇《荔枝谱》的简称是也，蔡氏祖上的辉煌全都彪炳于屋宇。

济阳楼的建成，一开始便为蔡其矫遮风蔽雨，不仅为其生存，更是为其心灵，积累着生活的激情，带着忧伤的歌重新上路。

1936年，在蔡其矫的人生履历上，是红色的，也是忧伤的。那时，他在上海暨南大学附中读书，受北平的"一二·九"学生运动的影响，这年的春假，蔡其矫没有回到福建，没有回到建造不久的红砖别墅。在那个假期，他在上海参加了震惊一时的"曹家渡暴动"，学生们走向街头，高呼口号，打砸冲击，警察出来包围和镇压，要不是因为行人的掩护，将他藏进了一家路边的商店，蔡其矫可能就被警察抓走了。还有一次，地下党召集蔡其矫他们到一个小河边的小房子，大讲国民党的内幕，以后又组织了不少的进步活动，蔡其矫都积极参加。也就是这些活动，由于是共产党组织的，几十年后，成了确定蔡其矫为红军时期参加革命的依据。此为红色。而1936年的忧伤也同时从中酿成：一个大蔡其矫3岁的缅甸华侨姑娘、生命中的第一位恋人傅冠玉，按照"革命＋恋爱"方式，出现在游行的队伍中，出现在蔡其矫的生命里。但是，早年的恋爱没有得到家庭的承认，蔡其矫也不想结婚成家，痴心的傅冠玉却为蔡其矫殉情，在一个月夜里服毒自尽。蔡其矫在安葬恋人之后，精神受到极大的打击，只得休学，回到了园坂故乡。在济阳楼中，蔡其矫终日将自己关在三楼平台的小阁楼上，连吃饭也不下楼，祖母命人将饭菜送到阁楼上，有时蔡其矫勉强扒了几口，便又停箸，回到与傅冠玉共同生活的回忆之中：

冬天公寓的夜晚
最初陌生的感情

幸福沉睡的呼吸

以及黎明温暖的目光

那不再的柔情、温馨和笑容

都不知不觉远去了

春天桃花的长堤上

编造花冠戴头顶

整日欢乐感染云天

最初的热爱、魅力、纯洁

都不知不觉远去了

夏天刚刚过去的挚爱

秋天郊野的散步

冬天炉前互相取暖

初次尝到生活的舒心、沉迷、眼泪

都不知不觉远去了

铁道旁边的坟地

藤蔓攀援的墓碑

亲爱的人不再醒来

青春、热望、悲惨的生命

都不知不觉过去了

　　三个月后，红砖屋红砖墙竟然神奇地将蔡其矫从忧伤中拯救出来，蔡其矫先是从三楼平台的阁楼中走到了平台上，远处紫帽山云影与近处龙眼树的芬芳，蔡其矫可以看得见，可以闻得着。之后，蔡其矫下到二层的卧室，长睡了三天三夜，之后，如风中之竹的蔡其矫走出了济阳楼，走到了童年的乐园。但是就在他准备回上海复学之时，却传来了"八·一三"的炮声，日本侵略者的铁蹄与炮火，阻断了重回上海的道路。

不能回校的蔡其矫，这回是离开故土，远走他乡。但园坂的红砖屋，园坂的红砖墙，永远在风中雨中、在艳阳之下，等待着蔡其矫的到来。

从 20 世纪 30 年代到 40 年代，蔡其矫在外漂泊，为了他的诗与人生，为了他的理想与生存，直到 50 年代初，蔡其矫再次望见了那红砖屋，红砖墙，还有忧伤的《南音》：

> 洞箫的清音是风在竹叶间悲鸣。
> 琵琶断续的弹奏
> 是孤雁的哀鸣，在流水上
> 引起阵阵的颤栗。
> 而歌唱者悠长缓慢的歌声，
> 正诉说着无穷的相思和怨恨……

四

园坂故乡，真正给蔡其矫以生命与艺术的再生是在 70 年代。

1976 年的夏季，蔡其矫从"文革"时期的下放地永安，回到园坂。本来，蔡其矫作为回城回单位的干部，应该回到福州，但福州没有他的立足之地，园坂的红砖屋再一次接纳了这个受尽苦难的游子。

这一年，蔡其矫将全套崭新的木制家具：一张高低床，一张书桌，两把靠背椅，一对沙发，一张茶几，一个书橱，一张小圆桌，四个小方凳，从永安运回了园坂。所有的家具都未油漆，樟木或楠木等硬质木材散发着芳香。当那辆装满这套家具的汽车，从福厦公路上下来，进到路边的园坂村，在大队部前的广场停下，当那套崭新的硬木家具就卸在了广场上，全村的人都围上来了，惊动的程度不亚于蔡其矫的父辈当年在园坂盖起的那座济阳楼。蔡其矫将它们一一安放在二楼的两间下房。书

70年代末与年轻诗人狂舞的天井中堂

橱、茶几、木沙发放在右边的房间，书桌与高低床则在左侧的房子里，蔡其矫就像永远地回到自己的故乡，再也不愿离去。

这一年的端午节，蔡其矫从泉州市和晋江城关召来了他的年轻朋友，久未相见的朋友见到诗人回到故乡，也都非常兴奋。他们在蔡其矫带回的硬木沙发上坐坐，在高低床上躺躺，就像过节一样。而中国的端午节不也就是诗人节么，似乎是在一刻之间，人们的思维都激活了。年轻的朋友就在大厅中，听蔡其矫从北京带来了"小道消息"，他们谈论着祖国，谈论着前途和命运，在这初夏万物骚动的季节，正当他们在高谈阔论之时，忽然崩出一声清脆的吉他声，刹时，大厅寂静，那久违了的声响？就在人们四处张望之际，一位年轻人从怀中托出了一支闪亮的吉他，在他再次轻轻拨动之后，忽然，急风骤雨般地弹出了印度歌曲《拉兹之歌》，啊，多么熟悉的歌曲，多么自由的旋律，蔡其矫第一个不由自主地哼唱起来，"啊，到处流浪，到处流浪……"，另一位年轻的朋友也跟着哼唱起来，接着，所有的朋友都哼唱起来，并且从开始的哼唱，到大声的歌唱，从围坐在桌旁到全体的站立，清脆的吉他与狂放的歌唱，在大厅回响，在每一个人的心灵，在所有的朋友中间，甚至是在所有的关心祖国命运的人们中间回响！就在这时，大厅顶上巨大的玻璃天窗洞开，电闪的蛇光，轰隆的雷鸣，电闪雷鸣中，大雨瓢泼而下，犹如天水奔流。蔡其矫兴奋不已，拉起偎在身旁的一位华侨姑娘在人群中跳起了舞，飞速旋转的快三，令在场的年轻朋友眼花缭乱。蔡其矫一边跳，一边兴奋地叫，来呀，来呀，快来跳舞呀，就在蔡其矫的喊叫中，一对又一对的年轻人加入了旋转的行列，于是，大厅在旋转，天窗在旋转，雷电在旋转，没有人停得住旋转的脚步，灵巧的与笨拙的，会跳的与不会跳的，男的与女的，女的与男的，女的与女的，男的与男的，手拉着手，肩靠着肩，相拥在一起，相抱在一起，啊，大雨倾盆，昏天黑地，吉他声早已被覆盖，歌声早已被淹没，狂舞的声浪与大地的雷鸣，融为一体，好像雷电不息，狂舞不止……

　　1976年的端午，诗人的节日，当时，大地仍然冰封，人们噤若寒蝉，而故乡园坂，先就给了蔡其矫的勇气与力量：

　　　　　冷寞是一半的死亡
　　　　　热望是一半的生命
　　　　　凭着震天的风雨
　　　　　我们宣告要自由
　　　　　任何禁令都不能制止，
　　　　　听吧，它于大风大雨中
　　　　　正在我们心中引吭高歌。

　　　　　啊，女友
　　　　　今天你真美丽！
　　　　　你有如植根大地的花茎
　　　　　迎着烟云晃动
　　　　　在风中雨中

迷人的花冠缓缓开放。

当你可爱的小嘴微张

闪着星眼曼声歌唱

我幻想你那如梦的歌声中

展开一片灿烂的星空。

谁呀，在今天

没有一粒疯狂的种子？

谁不为自己

留下最美好日子的回忆？

让那垂死的人

在病床上计算他的功绩，

咱们还是计算

曾走过多少拍子

不沉重如铅，而是滑翔如飞！

　　回到园坂的蔡其矫，和他的故乡一样，在风雨中一次次亢奋，在绿色中一次次苏醒，青春回来了，活力回来了，他似乎有了再生之感，有用不完的力气，写不完的诗！由于在"文革"中，福建有一批文化人先后去了香港，早先他们是蔡其矫的学生、读者甚至崇拜者，在刚刚有了松动之时，凭了他们在香港特殊的环境和位置，已经捷足先登，纷纷向蔡其矫约稿，一时，香港的《海洋文艺》等报刊上，大量地出现了蔡其矫的诗歌，压抑了十几年已年近花甲的蔡其矫，此刻激情无限，春青勃发。

　　园坂的聚会是经常的，有附近的朋友，也有远来的朋友，70年代末与80年代初的园坂，因了蔡其矫回乡而进入到一个诗意的年代，在这座济阳楼里，到处都弥漫和散发着文学的气息，打字油印的民间诗刊《双桅船》，《福建文艺》编辑部编辑油印的舒婷第一本诗集《心歌集》（用于"朦胧诗讨论"），复刊后的《人民文学》、《解放军文艺》，新创刊的《榕树》、《十月》、《当代》，整套的《星星》诗刊和从香港寄来的

《海洋文艺》，还有大量的各地油印出版的小报小刊等。那时，每天从全国各地寄来大量的书报刊，由于房子大，蔡其矫——让它们自由地生活在济阳楼里，从不丢弃也不收拾，凡是到济阳楼来拜访蔡其矫的编辑记者、文朋好友，开始总被那些书报刊吸引住，翻阅起来，不仅散发出文学的气息，还有一种历史的感觉。当时的邮递员觉得奇怪，济阳楼里怎么突然寄来这么多的东西？那个叫蔡其矫的人是个什么大人物？他怎么认识全国各地的那么多人？全国各地的那些人为什么都知道有个园坂村？蔡其矫也没有想让他弄清楚这些，只是笑笑，以笑来感谢，以笑代回答。

　　20 世纪 70 年代末 80 年代初的园坂，没有电话，与外界沟通与联系，主要是写信，包括一些近在眼前的朋友，也得书信往来。那时，蔡其矫只要有北京的消息，只要得到一首好诗，便会写信告诉他的朋友们，年轻的朋友也就会不约而同地来到园坂。一次，蔡其矫从舒婷那儿亲笔抄录的《何其芳诗集》（总共三卷，卷一收录何其芳作于 1931 年到 1932 年的诗作，卷二为 1933 年到 1935 年，卷三是 1936 年到 1937 年），蔡其矫写信向他的朋友们报告了这个消息，于是，朋友们便也都带上了本子来济阳楼。蔡其矫告诉他们，早年就喜欢何其芳的诗，他的第一首诗《乡土》就是受了《泥水匠的故事》的影响，不过，这么全的诗集他也是第一次得到，是从舒婷的抄本中抄过来的。蔡其矫还怕年轻的朋友不理解抄诗的做法，又严肃地告诉他们，抄诗是他的一个习惯，抄写实际上是一种最认真的读书方法，这种强迫似的学习方法，会让你记得住，记得牢。于是，在济阳楼的楼台上，围绕着刚刚点燃的油灯，何其芳，从这个小本，跳到了那个小本，从男青年的笔端滑到了女青年的眉梢，忧伤的红砖屋默默地呵护着，红砖墙则静静地在那儿凝视。

　　至今的济阳楼，仍然散发着七八十年代的文学气息。

　　也许，故乡的红砖屋红砖墙，永远都是忧伤的，哪怕是在欢乐的时候，哪怕是在蔡其矫 80 年代的诗歌创作的鼎盛期，忧伤也总是伴随着他，不知道这种忧伤是故乡的本质，还是诗人的本性？在众多的文学青年的朋友中，蔡其矫又从中发现了新的恋情，故乡的红砖屋成了他忧伤的等待之地。自从她走进了园坂，便成了园坂主人梦萦魂牵的一个人。

　　她参加聚会，不会唱歌却会跳舞，疯狂地跳舞。每次聚会，她总是在大厅里旋转，没有累的时候。蔡其矫与其对舞，没完没了，蔡其矫也没有累的时候，他们在跳舞时，她总是以明亮的眼睛，直视着蔡其矫。蔡其矫也是"一瞬不映地，面对你清澈明亮的神圣。"从第一次起，那明亮的眼睛就给蔡其矫以深刻的印象，她不像有的女性还带着腼腆与羞涩，或是看得久了，靠得近了，便会有意无意将视线移开，不，她不会这样，她的明亮，她的定定的凝视，令蔡其矫想起夜空中最灿烂最妩媚的星星，并且会从这种从不游离明亮的眼睛，"鼓舞起疯狂的信任/带着希望攀登"。而有时，蔡其矫会感到那明亮的眼睛是"深沉的火"，是"巨大的网"，是"万丈的深渊"。

也许就是这双明亮的眼睛，给蔡其矫留下深刻的印象，但也造成了他们之间的距离。也许她很高傲，也许她很渴望，也许她很矜持，也许她有太多的话要说，也许他们彼此的内心都太明白。总之，当那双眼睛消失的时候，当那双眼睛不在跟前的时候，蔡其矫会有许许多多的梦想，但当她出现在眼前时，梦想与现实之间，却又隔了遥远的距离。

在一次聚会将尽未尽之时，蔡其矫忽然诗兴大发：

   在现实和梦想之间
   你是红叶焚烧的山峦
   是黄昏中交集的悲欢；
   你是树影，是晚风
   是归来路上的黑暗。

   在现实和梦想之间
   你是信守约言的鸿雁
   是路上不预期的遇见；
   你是欢笑，是光亮
   是烟花怒放的夜晚。

   在现实和梦想之间
   你是晶莹皎洁的雕像

是幸福照临的深沉的睡眠；
你是芬芳，是花朵
是慷慨无私的大自然。

在现实和梦想之间
你是来去无踪的怨嗔
是阴雨天气的苦苦思念；
你是冷月，是远星
是神秘莫测的深渊。

现实与梦想，似乎永远存在着距离？终于有一次，她留下了，留在了济阳楼，"我已投入深渊，当你微闭眼帘"。早晨起来的时候，她就在济阳楼的露台上，对着远处青翠的紫帽山，梳理着她的长发。这时，太阳出来了，蔡其矫为她的梳妆拍照，但是阳光下，蔡其矫在那明亮的眼睛里，好像看到了跳动着苦涩的泪水。

然而，距离的消失仅是短暂的，之后便是漫无边际的等待：

我的心像风筝断线在天涯
眼睛裹着忧思，当你不来
我数着阴雨和晴天
遇风起风落就猜
阳光·燕子·行人
都是我所期待，当你不来
我做梦：红叶，烟火，茶花
于幽暗的室内，都在
对你的缅怀啊
当你不来。

诗是艺术提升后的心灵记录，但，蔡其矫曾说，他写给她的诗，几乎都是真实生活的下载，她总是时断时续地来到园坂，来时不讲等待，走时不定未来，这让蔡其矫非常难以猜透，也正是这样，给蔡其矫的内心时时以等待，等待情人的到来，时间总是漫长的，而这种漫长又是由甜蜜与苦涩伴随。

因了红砖屋，也因为红砖墙，更令蔡其矫忧伤。

<h1 style="text-align:center">五</h1>

蔡其矫在年过 80 岁之后，作出了一个重要的决定：选择了故乡园坂，他的出生地，他的诗歌的再生地，作为自己最后的归宿。为此，他将母亲的墓地迁至村后那片荒芜的山谷，先后用了数年的时间，投资了好几万元，修路、填土、筑岸、蓄水、造桥、建亭、植树与栽花，如今已成为刺桐、木棉、桂花、玉兰、洋紫荆、相思树、玫瑰、杜鹃、米兰

蔡其矫诗歌回廊

等成行成片的风景地。他希望安息在此的母亲，不再忧伤，他希望自己的长眠之地，一年四季都有鲜花相伴，他要用自己的手，将最后的安息之地装扮得花团锦簇。暮年的蔡其矫，最欢迎朋友到园坂，去看他的山谷林，去看他的忧伤的红砖屋红砖墙。

山 中 叶 笛

20世纪50年代，郭风曾以清纯的"叶笛"，吹出了南国太阳的香味，从而确立其在新中国成立之后的文学地位。此后，他曾躲过1957年反右斗争这一关，但"文革"开始后，便被批斗、抄家、游街示众、关进牛棚。1970年冬天，郭风结束了在"牛棚"接受审查的生活，在没有发现和无法确认其有重大的历史问题后，摘去了"国民党文化特务"、"三反分子"的帽子后，以参加"毛泽东思想宣传队"的名义，下放农村，地点为闽北最偏远的山区——浦城县。

从"牛棚"走向"下放劳动"，实际上是文化大革命的继续。然而，"下放劳动"对作家而言，却出现了意外的效果，恰如乌鸦威胁叼着的乌龟，说，要把你扔到池塘里去。扔下的结果是，乌龟得到了新生。郭风便是这样，下放劳动成了精神的放松与生活的长旅，一次文学的新生。

在一个冬日寒冷的早晨，郭风一家人上路了，带了那么一堆破旧的家具、杂什和少量书籍，在一辆大卡车的装载下，沿着闽江的沙石弯道，上路去了浦城。为了写作郭风传记，又一年的早春二月，我也驱车上了去浦城的公路，追寻二十八年前郭风的足迹。当小车驶上316国道，驶上了那上等级的水泥路面时，陪我同行的郭风的儿子郭景能，告诉我二十八年前的情景：小妹就在身边，只有6岁，母亲也在身边，父亲低头无语，一家人挤在卡车的一个角落。11月的风越往北走越冷，就是在那冰冷的寒风里，大卡车在弯弯曲曲的山道上，足足行驶了一整天，光是翻越即将进入浦城的张元山，就得在盘山公路上盘旋近两个小时。不像现在，我们的小车从隧道中通过，只要花上十几分钟。那日，大卡车抵达浦城县的招待所已是入夜时分，雨很大，也很冷，可郭风等人还没来得及洗漱，便被请去观看革命样板戏了。

也是抵达浦城的那个晚上，有雨，也很冷，郭景能带我去寻找二十八年前到浦城那个晚上观看样板戏的剧场——县赣剧团①。不过，那时的地方剧团不演地方戏，都演革命现代京剧，那一夜看的是《沙家浜》。郭风与下放干部一道坐在后排，前排都是县里的领导，当时的剧场只能容纳二三百人。终于找到了昔日的那座剧场，郭景能大为高兴，走进剧场，却没有当年的景象，戏台上虽也热闹，少男少女们是在《蓝色多瑙河》的旋律下，滑着旱冰，其熟练的程度，似行云流水，让人惊讶。郭景能说，他去找找，看是否还有熟人？我独坐空旷而冰冷的剧场，望着眼前舞台上旋转而昏暗的灯光，想象着阿庆嫂与胡传魁与刁德一"智斗"，体验着二十八年前郭风们的心情。

郭风说，是夜大雨滂沱，他与家人只得在县招待所住一宿，第二天便又上路。根据组织分配，被安排在九牧公社。郭风是饱学之士，自然知道这"九牧"二字的分量，当年徐霞客入闽"登仙霞"、"游浮盖山"，曾"夜宿九牧"。郭风是在晨雨停歇之后上路的，"驱车至九牧公社报到，只见办公室内，中央置火盆，盆内炭火融融，几位干部围在火盆边学习文件。他们见我一家来，都让座。且说山岭上已经下雪。"干部们说过之后，讨论着对郭风如何安排，最后确定分配至杉坊大队。

杉坊村、松坊溪

于是，在这个闽北远山的高寒地带，在那个重岭上已经有了雪的山村里，大队干部为郭风一家安排了一个住处。那是一间早已无人居住、多年失修的茅草房，一面靠山一面向阳，可向阳的一侧，五尺高处无遮无挡，寒风直入，屋内如同室外，白天尚有阳光照进，可晚间如何挡风？雨天雪天如何御寒？郭风面对老妻小

① 浦城为闽浙赣交界处，地方戏受江西的影响，剧种为赣剧而非闽剧。

山中叶笛

59

儿，无能为力，一家人只得挤在一起，以各自的体温相互温暖，抵御山间直入的雪天寒风。郭风说，那一夜格外的漫长，他几乎是在麻木的状态下度过的，只因有了妻儿睡在身边，一家人总算能挤在一起，心里才有了些许的安慰。第二天，大队干部又来，郭风指着无遮无挡的"天窗"，希望能再调一个住处，以解妻儿受冻之苦。

干部竟是应允。新的居住环境，让郭风有了好一些的心情：

> 七十年代初期，举家四口旅居于闽北浦城县的一个小山村——下杉坊。连同我家，这个自然村当时只住四户人家。就当时的乡村行政体制而言，它隶属于九牧公社的杉坊大队……全大队都在海拔八百米至九百米的深山重岭之间，有三条山溪流经境内，其中有两条山溪便在我当时的居屋的门前汇合，出山口流入浙江。溪上有木桥，溪畔有水磨坊，林木蓊郁，鲜花遍野，鸟声时或传来。
>
> （郭风：《杉坊花鸟志·题记》，《汗颜斋文札》海峡文艺出版社1997年9月版）

这一次居住的虽也是一间木屋茅房，但它收拾完好，室内暖和，前后四间房，中央一处大厅堂，郭风一家租住其中两室。前屋可见溪流，可听溪水流淌之声；可见终日不停转动的水磨坊，可听水声与木声；可见溪畔木桥，可见沙石公路，时有汽车从路桥驶过……后屋，是一片山岭，一片纵是雪天依然蓊郁的山林，有茅竹、有柿树、有飘香的桂花、有时或传来的鸟声……住进此屋，住进下杉坊，郭风的心情大为好转，立即喜欢上了它：

> 我于十一月十二日来到松坊村。我看见村前的溪流，清澈而又明净。
>
> 到处是稻草垛。地里的紫云英已播下了，秋天的荞麦开着淡白的花，开着淡红的花。
>
> ……四周的山确实很高。在松树林的苍郁和杉木林的暗绿中间，我看见枫树像红色的火焰，在燃烧着……有时一阵寒风吹过，

我看见林间仿佛有众多的红色的火焰，有众多的橙黄色的蝴蝶，在青苍和暗绿的幕幔间，一齐飞舞起来。

我觉得这里的秋天，很美丽。我很快觉得这里的土地和它的秋天，对我有一种质朴的情意。这我要珍爱。

（郭风：《晚秋》，《你是普通的花》人民文学出版社 1981 年 1 月版）

故乡的木兰溪

并且有了一种家的感觉，甚至有了一种故乡的认同感。当他看到四周的山峦和溪边的林荫，瞬间，竟有一种乡情流过他的心中。眼前的情景，使他想起兴化湾的日出，暑天里降落在木兰溪沿岸，荔枝林里亚热带骤雨的风情；想起那里的叶笛，那里的笙歌。这种从童年起，日积月累，不知不觉间培养起来的情感，对故乡风物很深的爱，现在竟和眼前的情景联系在了一起。当这种由故乡培养起来的乡情，从他的心中流过时，这里的土地将成为他心中一个新的家乡。

我现在就站在郭风二十几年前视为家乡的土地上。环顾四周，茅屋不在，有一排新建的砖房立于当年的茅屋地基之上，郭景能很失望，见到昔日的房东，才有了一些心情。我的视线是屋后的山，那被郭风描绘得如诗如画一般的后山，确实很美！屋前的溪流呢，不深，也许没有郭风在时的深度与宽度，但水依清，"清澈而明净"五字仍可使用，有村姑提篮在溪中浣衣，红色的衣裳与清澈的溪流，二十几年前的郭风是否经常可见此情此景？

> 这是一条多么好的溪涧。溪上有一条石桥。溪中有好多大溪石。那溪石多么好看，有的像一群小牛在饮水，有的像两只狮子睡在岸边，有的像两只熊正准备走上岸来。
>
> 溪底有好多鹅卵石。那鹅卵石多么好看，有玛瑙红的，有松青的，有带着白色条纹、彩色斑点的。还有蓝宝石般发亮的鹅卵石。
>
> 溪水多么清。溪中照着蓝天的影子，又照着桥的影子；照着蓝天上浮游的云絮的影子，又照着山上松树的影子，照着翠鸟的影子；秋天里，开放在岸边的蓝色的雏菊，向溪中的流水照亮她们的影子；溪中照着丛生在岸边的蒲公英的影子。
>
> 要是四月来了，那多么好……
>
> （郭风：《松坊溪》，《你是普通的花》人民文学出版社 1981 年 1 月版）

郭景能告诉我，在溪边，大队给他们一家划了一块自留地，可种一些蔬菜，景能带我来到自留地边，仍有旧篱，可是二十几年前的残存？我从郭风二十年后忆及在此处种植四季豆、苦瓜、丝瓜等菜蔬的描写中，分享了这块自留地给郭风一家带来的实惠与喜悦。郭风说，他一家四口旅居于闽北一小山村时，家里有一小块自留地，他们在此块小自留地上种四季豆、苦瓜、丝瓜和菠菜。自留地里最初有些"收成"的是菠菜。菠菜下种后不久即发芽，又不久即长成长形绿叶，可连根拔起做菜，不像四季豆、苦瓜等要搭棚，然后待其开花结实，始可摘回做菜。有一天的中午，夫人做了一道菠菜炒豆腐，一家人吃得津津有味。他们在饭桌上还讲着有关菠菜炒豆腐的民间传说。女儿小，不大听得懂，儿子和夫人大感兴趣，饭桌间出现一种家庭的融和气氛。郭风说："这对旅居客地的我，深感可贵。"

这几乎是进入到一种农家乐的氛围了。可郭风毕竟不是一位自给自足的农人。郭风说，刚到山村，感到此地民风淳朴，对他未有任何的歧视，而刚刚从"牛棚"中走出，摘下了几年一直压迫着的种种政治大帽，进入山野，有了温饱，自然感到一身的轻松。那时，并不为后来的文墨作想，也不为孩子的教育作想，轻松而单纯。

当然，还有门前的溪流、山峦与霜雪，有花的香味，有鸟的和鸣，这些都给他以精神的安慰。我接触过不少那个年代下放劳动的作家、学者，回忆这一段生活，似乎都有一种宁静的心境，反而不像现在被物质的欲望弄得心性骚动。自然他们还有一种对前途与命运的忧虑，这种前途包括民族的、国家的、家庭的与个人的，只是将它藏在心底而已。我曾经在一个阴天的下午、一个不眠的晚上，独自行走在郭风二十几年前走过的田塍。溪水的流淌确实充满了诗意，踩在夜霜上的心情，也很静，从乌柏树下经过时，有惊飞的夜鸟，这一切无疑都是具有某种美学意义的自然现象。而在充满着忧郁心情的郭风看来，更是有了一种诗意。我想象着，在霜天的月色中，常有一人独行于山间小道，风中寒冷，群山寂静，远处有夜雁的孤鸣，路旁时或有山兔越过，郭风在霜天的夜色中独行。十余年后，郭风在向远逝的妻子倾诉时，是这样描写的："每个夜晚，我往往要到夜深，才从大队部踏着山间的月亮或夜霜回到家中。而你总是坐在煤油灯下等着我的敲门声。"

此后，这些具象都出现在郭风的作品中。1979年1月，上海的《文汇报》发表了郭风《写给孩子们》的一组六篇散文诗：《松坊溪》、《松坊溪的冬天》之一、之二与之三，还有《桥和桂树的传说》。

　　　　下雪了。
　　　　雪降落在松坊村了。
　　　　雪降落在松坊溪上了。
　　　　雪降落下来，像柳絮一般的雪，像芦花一般的雪。像蒲公英的带绒毛的种子在风中飞，雪降落下来了。
　　　　雪降落在松坊溪上了。像芦花一样的雪，降落在溪中大溪石上。那溪石上都覆盖着白雪了：
　　　　好像有一群白色的小牛，在溪中饮水了，好像有几百只白色的熊，正准备从溪中冒雪走到覆雪的溪岸上了。

好像溪中生出好多白色的大蘑菇了。

雪降落在松坊溪的石桥上。像柳絮一般的雪，像蒲公英的飞起来的种子般的雪，纷纷落在石桥上。桥上都覆盖着白雪了：

好像有一座白玉雕出来的桥，搭在松坊溪上了。

（郭风：《松坊溪的冬天》（之二），《你是普通的花》人民文学出版社1981年1月版）

抒情而优美，童真与童趣，视觉的流动，简洁的浸染，叠句与回环式的吟咏，令人想起《雨季》，想起《花的沐浴》，想起《闽南印象》，想起《木兰溪畔—村庄》，想起十几年前的郭风，想起二十几年前的郭风，甚至还可能联想出40年代的郭风。

这是典型的郭风的文体，这是一组十分漂亮的散文诗，一种只属于郭风的文本，具体的故事都退却了，变得空灵，如从远天飘来的传说，变为具有充分想象与抒情特征的文本。

这是一种阅读的感觉，运用的是一种评述的语言，实际上，我在松坊溪畔（现实中的杉坊溪）站立的时候，我一直在想，郭风是如何将严酷的现实转化成诗意的？

郭风刚下放时，体重只有90多斤，消瘦而苍老，村民们误以为他已是60开外的老人（其实只有52岁）。虽然作为下放干部、作为老人，村民们会尽可能给予照顾。但是，"上头"规定的劳动指标，依然必须指派，而郭风又是诚实之人，每回的任务都尽可能去完成。那年春上，生产队的社员出动刘青积肥，每人10担，郭风也要完成相应的任务。平日，郭风的体质就弱，并且又患高血压，为了完成任务，从刘，到挑，到沤，累得天昏地暗，有时在田埂上坐下都觉困难，得在原地旋转几圈方能弯腰坐下。当时以为是劳累所致，实际上这是一种病态，以后相当长的一段时间，郭风在坐下之前，都得在原地扶上桌椅转上好几圈，方能入座。

郭风说，最令他后怕的是一次进深山砍毛竹，就是所谓搞副业吧。那时，允许进山砍竹极不容易，村民们一次可砍下并扛回七至八棵粗壮的毛竹。郭风说他只能扛回两棵，并且得咬着牙才得以将其扛回。其

九牧仅存的木牌坊

时，女儿小，未上学，父亲走到哪里，她便跟到哪里，像条小尾巴，被哥称之为小"紧跟"。那日砍伐毛竹，郭风走在前头，女儿紧跟在后，行到一山崖，足有两三米高，山崖的深处则是一片沼泽般的烂泥。郭风说，当他行至山崖时，腿都在打抖，如果不能挺住，一头栽下去，不仅是自己没有了命，连小女儿也会带下去。郭风说，时到今日，想起来还觉后怕。

大凡40岁以上的村民，提起郭风，都还记得，都有话题。比如，关于他的工资，说是全县最高，比他们的县委书记还高。比如，抽烟，说，一天要抽好几包呢，"大红鹰"，每包1角3分钱。再比如，说郭风连秤也不认得，一次收购肥料，队长本让郭风掌秤，这是个轻松活，可他不会认秤，只得让他去记账了，等等。一些传说，现在信口说来，轻轻松松，可在当时，谁能理解郭风的艰辛与苦衷呢？

现实中生活的艰辛与沉重，走进作品中却是凄美而忧伤。

《夜霜》、《水磨坊》与《战壕》等，就是以《山中叶笛》而命名，出现在1979年《解放军文艺》2月号上的（那时，全国的文艺刊物很少，《解放军文艺》不仅在军内而且在地方，发行量极大，影响也极大）。其实，这一组当年在杉坊村油灯下偷偷地写在笔记本上的散文诗，在具象上都未出现叶笛，但郭风却以"叶笛"命名，可能显示了作家的某些思考？比如，有意将这些作品及待后要发的作品，与二十二年给他带来声誉，给他以创作个性与风格界定的"叶笛"联系起来，从而显示出其作品艺术风格与个性的延续性，同时，又以"山中"二字以示区别。

我沿着溪边的小径，要走回到村里去。

我看见稻草垛上，凝结着白霜。

我看见池沼边的草地上，凝结着白霜。

我看见村庄的木棚、篱色，凝结着白霜。

我看见溪岸上的乌桕树上，梅树上，凝结着白霜。

月亮好像一枚冰冷的黄玫瑰。北斗好像几颗冰冷的宝石。我看见月光和星光把乌桕树和梅树的树枝，画出枝影来，画在溪岸的草地上。

我受到深深的感动了。可真是的，我看见溪岸上的草地，凝结着白霜，好像一块无尽铺展的白色画布，上面画出了非常美丽的树影；好像墨笔画出来的浓墨色的树影、淡墨色的树影。

这一刻间，我忽在无缘无故地思念起一位友人，一位刻苦的、勤奋的、谦逊而又有点固执的画家来了。

（郭风：《夜霜》，《你是普通的花》人民文学出版社 1981 年 1 月版）

这里没有一处写到叶笛，这里只有夜色下的白霜，但它却韵味十足地体现了"叶笛"之神韵，郭风之个性。

只是多了一重"山中"，一种"思念"，还有一层深沉的情感与画面的底色。一段时间，郭风利用在下放时积累的生活与感情，在全国各主要报刊上连续而大量地发表这一类的散文诗，在处于反思与抚摸伤痕的文坛上，在刚刚出现新绿的大地上，吹奏着他的带有夜色与霜重的"山中叶笛"。

我应该有勇气说出来，我真心地爱你。

……你喜欢野外所有的泥土么？你在野地里开花。呵，我现在记清楚了，是在一个雨后，我在一个山村里旅居期间，我听见你在石桥旁边的草地上唱的一支歌；我无意间听见你唱的一支歌，认为这是我第一次听到关于下雨的真实的赞歌；认为这是一支多么朴实的歌。

（郭风：《你是普通的花……再致蒲公英》，《你是普通的花》人民文学出版社 1981 年 1 月版）

正如郭风自己对蒲公英所抒写的，他的"山中叶笛"在 1979 年与 1980 年祖国大地上政治色彩仍然十分流行的季节里，确实也是那样的朴实，那样的动听，也是那样的别致。那时，人们都在反思"文革"，揭露和批判那些在"文革"中所出现的荒谬和犯下的罪恶，郭风却吹着一支从山中带来的叶笛之歌，似一曲"雨后"的牧歌，一支"雪后"的花朵。

在杉坊村，郭风生活了两年，从 1970 年的秋天到 1972 年的秋天……

真可谓秋去秋来！

郭风说，当时真是没有想过回城的事情，一家人都去了，户口工资关系都在乡下，就这么安家了吧，安心了吧。实在说，人在逆境，不可能有太多的奢望，平安就好。郭风对我说，你们没有经过那种动乱与分离，体会不到那种劫后安生的情感。那时的郭风，与文学保持联系的就是读读书，从福州带下去的书。比如，《西塞罗文集》、《安徒生童话》、苏东坡的随笔等，当然还有阿索林、果尔蒙等。郭风说，那纯粹是爱好式的阅读或说消遣性的阅读。

只是到了后来，有人知道了郭风的身份，知道了他是个作家，是个写东西的人。于是，县文化馆、县剧团常来"借用"他，或让写个小剧本，或请他出出墙报。当时，担任县革命委员会宣传组组长的蒋仁，"文革"前读过郭风的作品，对郭风很是尊重，甚至会出一些题目，比如，农业学大寨，农民种植田埂豆等，能否写成小歌剧？郭风依着写了。这次去浦城，我还见到了那位扮演收获田埂豆的老爷爷的演员，颇有意思。

郭风说，开始萌生一点回城的念头，开始对"文革"包括"牛棚"与下放等问题有一点思考，是在林彪事件之后。那日，浦城的群山，下着漫天的大雪，下放干部集中在县城的礼堂听中央文件的传达，也是很神秘。郭风说，相当于传达"5·16"通知那般神秘，当他们那些干部从礼堂走出，面对漫天飞雪，真有说不出的痛快与兴奋。下放干部们相互默默地握着手，相互将自己内心的热流传与对方。也许，还有出头之日吧？汽车将郭风载回了九牧，载回了杉坊，飞舞的雪，落在了地上，落在了车上，落在了郭风不曾拍打的衣衫上，一点也不觉冷。

在山村，我开始思考着一些什么。特别是林彪在空中自我毁灭之后，更促使开始思考我党和国家的命运和前途。我要表达心中的情感。我要表达我对于党和国家的信念。我在山村暗自写下一些散文的草稿。你支持我继续写下去，我觉得自己有了力量。这便是《雪天漫笔》、《夜雁》、《夜霜》……情感显然变得深沉的散文。

（郭风：《致亡妇——秋声逝世五年祭》，《晴窗小札》第146页）

几个月后，郭风在意想不到的情况下，被通知去了省委党校学习，先是郭风孤身一人回到福州，继而是妻子和儿女也先后回来了，他又可以做着文学的梦了。

雨中凤凰

湘　西

　　我在湘西的日子里，整一个感觉便是"湿漉漉"三个字。到现在还不能从这种感觉中解脱出来，只要一想起湘西，两脚好像就泡在水里。那日傍晚，山间大雨磅礴，打着雨伞，从沈从文 80 岁时书写的"张家界"三个字边经过，耐克的旅游鞋内可以听到水的声音，似乎一下全明白了沈从文为什么老在他的作品中写"水边的故事"。《雨后及其它》、《边城》、《长河》、《湘西散记》，无论是前期还是后期的作品，都没有离开过水，以至最重要的作品都发生在水边。当时手头无书，晚上在雨中的宾馆，一边用毛巾塞进鞋中汲水，一边漫无边际地想着这些事情，便也感到水的灵气了，身上脚上再湿，也不那么心烦了。

　　张家界成为名山，成为旅游者的圣地是 20 世纪 80 年代的事情，沈从文于 1982 年写下那三个字，6 年之后便永远地回到他的故乡。沈从文 14 岁之后的兵丁游勇生活，实际上就是在这样一些浑沌未开的山间水边度过的。那种纯朴与善良、那种愚昧与落后，都是今天的旅行者所不能体会得到了。我们只能借助昔日的书写，反观一些变化了的形态，尽可能地去回味吧。别说今天，就是沈从文创作的年代，上个世纪的 20 年代、30 年代以至 40 年代，中国的现代化进程尚未出现，但都市的毛病却是开始暴露，并且被这个敏锐的乡下人看出破绽。于是，他用一只眼睛盯住都市，另一只眼睛回望着湘西大地，尤其是那水边发生的故事，吊脚楼，楼上窗口中妇人痴盼的眼神，过滩的小船，"下水如一尾鱼，上岸接近妇人时像一只小公猪"的水手，还有长河的落日，远近被染黄的苗家村寨等等。这个从湘西乡下来的年轻人写出的作品，竟被久居京城的文人看中，像京剧中的耍家伙的艺人一般，招来台下一阵阵的吆喝声，并且从此确立了这个乡下人在文坛中的地位，甚至成了被后来的研究者称之为"京派"（即乡土派）代表人物。

> 我原是不折不扣的乡巴佬，辗转于川黔湘鄂二十八县一片土地上。耳目经验所及，属于人事一方面，好和坏都若离奇不经。这分教育对于一个生于现代城市中的年轻人，实在太荒唐了。

荒唐、好奇进而向往，这是湘西的魅力。沈从文从不忌讳自己是乡巴佬，这是成功后的自信与自负，也是成功的资本与源泉。我现在所走过的湘西大地，无不被沈从文所涉足。常德公路上，两次与沅水相逢，之后便是桃源县的桃花源，再往前便是沅陵。坐在车上看着沅江烟雾濛濛的水面，不知道沈从文有多少次地写到了它。那时的小船在水中在雨中慢慢地行驶，人在船篷下，与江，与水，与雨，与天，都是贴得那么近，想想头天晚上在妇人身边撒过的野，或者想到当天晚间要到妇人身边当一回小公猪，船就行得快一些了。我的眼前也出现过船只，无论是运沙的船，装货的船，抑或打鱼的船，心情一定不会超过"沈从文"。我从很远的地方拍了几张孤船行于沅水的照片，也许仅是为了说明这条沅江上还在行船，但实际，与沈从文的行船大有区别。

现在从常德至沅陵，从公路乘汽车，两三小时便可抵达，沈从文行走的时代，主要靠沅江上的船只。从沅陵（那时称辰州）至常德440里，顺流要快一些，溯水而上，则就得十八天的工夫。那时，眼前的这条河是湘西腹地与外界往来的主要通道。"延长千里的沅水流域及上游十多条支流，十多个县出产的桐油、药材、牛皮、猪鬃、烟草、水银、五倍子、生漆、鸦片烟，从这里经洞庭运往长沙、武汉、上海。东南沿海所产鱿鱼、海带、淮盐、花纱、布匹、煤油、药品、白糖等轻工业产品及日用消费品，也经这里运往湘西及川、黔边境吸收消化。"（凌宇《沈从文传》北京十月文艺出版社 1988 年 10 月版）现在这些任务都转嫁到陆运的汽车与火车上去了。沈从文在沅江一带找差事、当兵丁，多从沅水而过，见到水便如今天见到了高速公路，比独行于山道要畅快得多。那时的船只特别，仅从船形上便可判断出它的用途与属地，就像今天的车型与车牌，都是一眼便可以判断出来的。沈从文常常站在码头上看船，洪江油船、麻阳船、辰溪船、洞河船、白河船都各有特点，至于运盐的大鳅船，运粮的乌江子，专门用于载人的桃源划子，则更具特色，尤其是大鳅船前尾尖锐，与一般的船比有不凡的气势，这大概与盐船有时也到大海边有关罢。看得久了，沈从文还能判别出不同船的水手不同的气质呢。

少年时便开始在湘西闯荡的沈从文（那时叫沈岳焕），没少在沅河上乘船，一坐就是好些天，水手靠岸对着妇人当过"小公猪"之后，回到船上余兴未减，或是因长天水色，船上的人无以解闷，荤话自然就来，沈从文描写女子的本领，就是从这里得来的：

> 他那时年纪不过25岁，却已赏玩了40个左右的年轻黄花女。他说到这点经验时，从不显出一份自负的神气，不骄傲，不矜持。他说这是他的命运，是机缘的凑巧。从他口中说出的每个女子，都仿佛各有一份不同的个性，他却只用几句最得体最风趣的言语描出。我到后来写过许多小说，描写到某种不为人齿及的年轻女子的轮廓，不至于失去她当然的点线，说得对，说得准确，就多数得力于这朋友（曾芹轩——引者注）的叙述。一切粗俗的话语，在一个直爽的人口中说来，都常常是妩媚的。这朋友最爱说的就是粗野话。在我作品中，关于丰富的俗语与双关比譬言语的运用，从他口中学得的也不少。
>
> （《从文自传·船上》《沈从文全集》13卷北岳文艺出版社2002年12月版）

故　居

我是在80年代初，从《新文学史料》中读到《从文自传》的，对杀人如麻的军队与湘西，没有多少好感，但对沈从文"所生长的地方"凤凰，却是觉得神奇。此后，这种神奇又从美国学者金介甫先生那儿传达到了我的耳朵。大概是80年代的中后期吧，神通广大的金介甫先生，通过公安系统的关系，来到福建，接待单位是当时的《警坛风云》杂志社。我那时在《福建文学》当副主编，不时为《警坛风云》写一些关于"侦探文学艺术寻访"之类的文章，并且由林斌兄做成了专栏。我知道金介甫先生对于中国文学的意义，沈从文从湘西走向世界，此公功不可没，是他最早写出了沈从文的传记，向西方世界介绍中国鲜为人知的新中国成立前的著名作家沈从文。记得本应该座谈侦探文学、公安题材的创作，但听到的却是金介甫先生刚刚去过的凤凰，说那地方太美，非出个沈从文不可。再后来，是从台湾的诗人、画家和导演雷骧，和后来因为《人间四月天》而在大陆闻名的蔡登山先生那儿听到了凤凰，他们为

沈从文故居纪念馆

了拍摄30年代中国"作家身影"而去凤凰，在沱江泛舟，听黄永玉说沈从文，更是令我神往了。所以，我在凤凰宾馆刚刚入住，立马便去寻找沈从文的凤凰。

最先找到的是沈从文故居，大街上有牌子招你过去，进入一个小巷，尽是小摊，摊面上满是沈从文——书、音像、明信片等等，故居的门牌临巷，沈从文去世的那一年（1988年）便被列为文物保护单位，可见毕竟是凤凰，有文化的底蕴与敏感。门票20元，比北京、上海

期望当将军的父亲沈宗嗣　　　　　　瘦小、精明的母亲黄英

的作家故居还贵！也又感到凤凰人精明了，你千里迢迢来看被沈从文制
造出来的凤凰，你会过沈从文的家门而不入？

诞生沈从文的居室与眠床

我持票走了进去，却是有了讲解的。

这确是沈从文兵役前居住过的房子，不大的建筑格局，布置却是合理，前进的左右厢房，天井左右偏房，后进有中堂，还有左右厢房。这在当时的苗族居住区，应该算是好房子了。故居的说明中说："始建于清同治五年（1866年），系木结构四合院式的建筑。"除正房外，其他各处都用于沈从文生活与创作的展览，还有票房与纪念品出售处。沈从文的父亲生下时，祖母期望他能当将军，他也有当将军的"风仪"，不过到了民国二十年也就是1931年，沈从文已在文坛出名，父亲爬到了"上校"，离将军还有一截。故居中有父亲的照片，也有母亲的照片，母亲黄姓，所读的书比父亲还要多，几个兄弟姐妹初步的教育，都是由这个瘦小、机警，富有胆气与常识的母亲来负担。沈从文说，他的成长得于母亲，"她教我认字，告我认识药名，告我决断；做男子的极不可少的决断。我的气度得于父亲影响的较少，得于妈妈的也较多。"这是30年代说的话，从以后沈从文的生活道路判断，这种受母亲影响的"决断"还是带有明显的柔性色彩，这也是沈从文得在北京文坛生长下去的重要原因，柔性的决断与刚性的决断还是有区别的。

故居中有诞生沈从文的眠床，一应床上用品，还有橱柜妆台，沈从文用过的摇篮，有些苗人的风味，但估计也是替代品。这个房子早已易主，不可能保留原物（中国近代经过激烈的社会动荡，包括新中国成立后，又是运动与斗争，财产的流动性极大，能够在原地保留原物的可能性极小，欧美国家对作家故居实物保存完好，这与他们社会动荡小与对私有财产保护的力度有极大的关系）。不过，这座房子能如此完好地保存下来就是万幸了，我在此感受到那个撒野、逃学、不守规矩的小家伙在这座房子里受困的情景。因而，想尽一切办法，躲到外面去，成了那个小小的沈岳焕时有的冲动。这个外面是不断地延伸的，先是镇箪的大街小巷，之后是湘西，之后是湘川黔鄂边境，之后是北京，之后是中国，之后是世界，我感到从这个房子里所产生的冲击力，能量之大，之恒久，真是了不起，时间也就那么三四十年。

因而，故居没有只陈列童年的、少年的沈岳焕，同时陈列着成名的沈从文。有几件实物印象极深，一件是张楠木嵌石的桌子，有个用中英

在这张桌子上写作了名著《边城》

文两种文字标示的牌子，说那是1933年沈从文购置的明朝大理石的旧书桌，沈从文在这张桌子上，早年写作了《边城》，晚年完成了《中国古代服饰研究》。古梓木的太师椅是与桌子相配的，也快被沈从文坐坍了，还有一个又高又大却是很窄的旧书架以及用于休闲时的藤躺椅。一张桌子拉近了几十年的距离，我只是很想知道抗日战争爆发后，沈从文经武汉、长沙，取道湘西去了云南，在昆明西南联大任教，1945年后才又回到北京。在这一段时间内，这张桌子也跟随过沈从文？讲解员答不上来。同时，还有下放五七干校时使用过的被褥，军用被、白床单等，这背后都有故事，但讲解员也只能告诉你所能见到的东西，背后的东西一概未知。不过，这些都不影响你对一个作家童年故事的兴趣。

捉了蛐蛐打架，养了鹌鹑，养了鸡，养了鸭子，养了鹅，也都用来打架，斗鸡在许多地方都见过，斗鸭、斗鹅、斗鹌鹑，便是苗人特有的？尤其是这个未来"将军"的后代，虽然只有四分之一苗人的血统，但他的玩法比苗人还多还机智。斗过鸡斗过鸭斗过蛐蛐，有时还斗人，个子小的沈岳焕打架也是一把好手，一上场，揪上比自己个子还要小的上去就使劲往地上摔，得胜回家。在沈从文的记忆中，只有一次失手，被一只大黄狗扑倒在地，算是输了一回。沈从文后来回忆说，很奇怪的是，"在许多地方本来不善于打架的东西，一到了这里，也像特别容易发气容易动火。这地方小孩子的天才可惊处，真是太多了。"

虹　桥

　　沈从文的家不在水边，但学校就在水边。在家受到加倍爱护的沈岳焕，受不了学校那样严格的约束，逃学成了家常便饭，领导他逃学的是一个张姓的表哥，带他去桔柚园玩，到远近的山上玩，到各地野孩子堆里玩，到水边去玩。因为学校近水，老师担心孩子下河玩水，中午放学时，在每一个学童的手心用红笔写上一个大字，如果下了水，字便没有了，回家便要受到处罚。这对顽童沈岳焕没有约束力，他与表哥可以一手高举，并不曾入水，一手划水，将身体泡在水里半天，任流水从身上轻柔地流过……中年的沈从文回忆道："感情流动而不凝固，一派清波给予我的影响实在太大。我幼小时较美丽的生活，大部分都与水不能分离。我的学校可以说是在水边的。我认识美，学会思索，水对我有极大的关系。"

我在傍晚时分，从"边城"赶回"镇筸"，想见到给幼小的沈从文带来美丽生活的水与小河，但我没有直至水边，而是在跨越沱江的虹桥上观水。这里离水面有一些距离，但流动的河水还是看得真切，真切可见河底浮游的水草。古城的吊脚楼则在水波中扭动，变得有些妩媚了。沈从文认为，因为水才有了屈原，才有了《九歌》，中国文学史才会是现在这个样子，我站在虹桥上望水，忽然也想到类似的话，因为水也才有了沈从文，中国现代文学史才会是现在这个样子。

恰巧我抵凤凰值端阳节前，这个专门为纪念楚人屈子的节日，在湘西的水面上演得从来都是神圣、隆重与激烈。沈从文写过赛龙舟壮观的场面："那一天是五月十五，河中人过大端阳节。箱子岩洞窟中最美丽的三只龙船，皆被乡下人拖出浮在水面上。船只狭而长，船舷描绘有朱红线条，全船坐满青年桡手，头腰各缠红布，鼓声起处，船便如一枝没羽箭，在平静无波的长潭中来去如飞。河身大约一里路宽，两岸皆有人看船，大声呐喊助兴。且有好事者，从后山爬到悬岩顶上去，把百子鞭炮从高岩上抛下，尽鞭炮在半空中爆裂，砰砰砰砰的鞭炮声与水面船中锣鼓声相应和。引起人对于历史发生一种幻想，一点感慨。"此刻，我也从虹桥下一片锣鼓的喧嚣，见到了从岩下使出来的龙舟，金色的阳光落在一片明晃晃赤裸的脊背上，桡手们在锣鼓的指挥下奋力挥桨，划出的水流卷出了一圈圈的旋涡。也许因为不是正式的赛事，只是作为演习，所以，每一条龙舟只顾自己划去，并不争着上游，但能在虹桥上观一回划龙舟也真是幸事，虽不及沈从文描写的那般激烈与壮观。

虹桥，实际上就是南方常见的那种风雨桥，也称廊桥，供过往人自由往来，并为其遮风避雨，可现在被开发为茶座了。上至桥上，不管你喝与不喝他的茶，"桥票"是要买的，因而，虹桥上的人并不多，这确实也又便宜了我这个登桥的人。因为人少，可以两边观景，观了下游看上游，无人遮挡，风景都很美，有好些景让你拍照，我恰又带了一支佳能"大白"，真是尽兴。龙舟退去，河面开始平静，平静的河面出现了暮归的游船，一只一只的向上游驶去，汇到了船坞里去了。这时恰是落日时分，夕阳从山的背后一层层地落下去，霞光就有层次地涂在灰色的吊脚楼的房顶上、飞檐上、窗楣上，苍黄、忧郁而愁人，光影落在河

沱江上的龙舟

水，便是一麟麟的波光，一直伸到你的脚下……

沈从文写道：

> 落日黄昏时节，站到那个巍然独在万山环绕的孤城高处，眺望那些远近残毁的碉堡，还可依稀想见当时角鼓火炬传警告急的光景。

又写道：

> 河岸上那些人家里，常常可以见到白脸长身见人善作媚笑的女子。
>
> 如今这些都不见了，残毁的碉堡，白脸长身见人善作媚笑的女子。只是河边苗家妹子洗衣捣杵的声音还可依稀听见。

暮色中，沱江两岸风景最美，也是沈从文所不曾见过所不曾描写到的。受到某种华夏文化的影响，如今许多的旅游景点都以红灯笼来装饰古旧、来粉饰古老，这种强烈的色彩点缀在以灰暗色调为主的民居建筑物上，确实有很好的效果。吊脚楼前的红灯笼在阳光下还不是很明显，一旦在暮色之中徐徐点亮，并且是点缀在江岸吊脚楼的轮廓中，便是越发的喜气而又秀气，这是其他地方的红灯笼所不能及的。红灯笼亮后不久，吊脚楼里的灯光也跟着热闹了起来，每一格窗口，有可能是酒吧，有可能是饭馆，有可能是咖啡厅，霓虹灯显示了它们各自的操守，只是从外面看去，楼里与窗内的红光并不明亮，甚至有着某种暧昧与含蓄。红灯笼、霓虹灯与窗口室内的亮光，交织着投到临近流动的水面上来，水色也都一片潮红，波光里似全部连在一起的吊脚楼也都在晃动。

我在虹桥上一个人独坐许久，回宾馆时，青石板的小巷，已没有多少行人了。也许游人此时都到灯市中的这个或那个窗口里去了。我则从这个小巷走到那个小巷，不再寻找什么了，只是想听听自己行走在青石板上的脚步声……

水　边

2005 年秋天，我在日本关西大学做访问学者时，讲到了沈从文，讲到了凤凰，并且以我拍摄的照片，为听众放了幻灯片。我说，我很感谢凤凰给了我一个丽日晴天，让我看到了水边的落日，要知道，南方的雨本来就很多，也因了这种雨，给年少的沈从文以某种忧郁的气质，这种气质从他的作品中透出，便是一种美了。沈从文有句名言："美丽是愁人的。"

《边城》是美得令人生愁的。渡口、大黄狗、爷爷与翠翠，当爷爷在一个雷雨交加的晚上，伴随白塔的坍塌而死去，而所爱的人又远走他乡，一向天真活泼的翠翠，明亮的眼睛都会令人生愁。

《湘西散记》是美的，也是愁人的，纯朴、神秘以至怪异的风土人情，在现代文明的冲击下，也都渐渐地消失了。存在的是一种美，消失的是一种愁，存在与消失也都是美得令人生愁。

雨中凤凰

端阳前后，恰是湘西的梅雨季节。以后，我又在雨中行走了。我多么地希望能在水边寻找到沈从文笔下的渡口，还有那种渡船，可是现在的水边已无故事了，沈从文的描写只能在文字中留存它的气息。实际上，沈从文本人在为湘西之美、凤凰之美唱着挽歌的时候，自己则在往都市里挤、往他批判的那些人堆里扎的时候，这就决定了那种美只能在忧愁中消失。

雨中水边的寻找，实际上就是一种景观，而非一种生活。沈从文都已从水边走向都市，难道今天的人还能从都市回到水边？只是一种精神的向往罢了，甚至是一种都市生厌的矫情。

不过，沈从文最终还是回到了水边。

1988年5月10日，沈从文在北京病逝，走完了他的86年的人生历程。三年之后，他在亲人的怀抱下，回到了凤凰，回到了水边。骨灰的一半撒在了环城的沱江之中，一半安葬在听涛山下。

我从沱江乘舟而下，小河中的沈从文，听涛山下的沈从文，都在水里，都在雨中。

五彩石的墓碑上，刻着沈从文的另一句格言：

照我思索　能理解"我"
照我思索　可认识"人"

墓碑的背面是昆曲戏剧家张允和女士对妹夫沈从文的人生评价：

不折不从　亦慈亦譲
星斗其文　赤子其人

墓碑面向沱江之水。
黄永玉则在下三个台阶的另一碑台上，狂书一气：

一个士兵要不战死沙场　便是回到故乡

沈从文以这种方式，回到了水边，回到了雨中凤凰！

丹柿小院的落叶

一

　　想到老舍先生的故居去看看，已经有好多年了，虽然它就在王府井大街的灯市口，虽然我一年要去北京好多次，但一直未果。今年秋天，在北京召开"冰心佚文与遗稿发布会"，终于有了一个时间空当，我想，无论如何要去了。头天晚上，想给舒乙先生打个电话，但我在提起电话听筒时，却又放下了。

　　我从中国现代文学馆打车去老舍故居，司机还是问了好几次的路，实际上已经到了丰富胡同，他说让我下车自己找，大概就在这个位置，我一伸脚一抬头，"老舍纪念馆"的牌子就在眼前。一座小小的灰色门楼，灰墙上嵌着一块汉白玉碑，上书"北京市文物保护单位　老舍故居

1984 年 5 月 24 日公布"。
旁边还有说明文字，表明
老舍自 1950 年至 1966 年在
此居住。

　　前后一十七年。

　　"十七年"是个经常在
中国当代文学史中出现的
概念，或者叫"文革前十
七年"。对这一时间段的文
学艺术作品政治评价与批
判，直接导出了史无前例

灯市口丰富胡同的老舍故居

的"文化大革命"。老舍在这十七年中，是个获得过"人民艺术家"头衔的剧作家，是个紧跟时代步伐的积极分子，是个文人中的劳动模范，是个海内外知名的作家。十几年写了十几个剧本，其中包括《龙须沟》、《春华秋实》和《茶馆》等，但是他最终没有逃脱那个厄运。我不知道眼前的这座四合院还能寻找到一点什么？

我在门房购票，10元。我持着无人检票的门票，走了进去。原来是座很小的四合院啊。我站在空落无人的庭院，不知道先进哪一间好。

二

1949年底，老舍从美国回到北京。一个全新的社会，对一个作家的敏感心灵，震动非常大。他用了这样的语言来表达自己的感情："我爱，我热爱，这个新社会啊！"

作为一个文人，老舍回国后读的第一部书是《毛泽东选集》，读的第一篇文章是《在延安文艺座谈会上的讲话》。1942年他在重庆，除了从事"文协"工作，便是埋头写作他的《四世同堂》，抗战胜利后，应美国国务院的邀请去了太平洋的彼岸，现在得补上这一课。这一课补下来，非同小可：

> 我以为，仗着一点小聪明和长时间的写作经验，我就可以安安稳稳的吃文艺饭。可是，毛主席告诉了我和类似我的人：你们错了，文艺应当服从政治！
>
> （《歌德》，《老舍自述》京华出版社2005年10月版）

过去的文艺是自由的，是独立的，是个人的事情，是谋生的手段，就是抗战时的重庆，宋美龄曾举办过一个写作征文，也没有提到文艺要服从抗日。毛主席说，文艺要服从政治，而这个毛主席是伟大的领袖，这个国家的政治是为老百姓的政治，在思索一番之后，老舍很快便做出了决定:"我要听毛主席的话,跟着毛主席走!听从毛主席的话是光荣的!……我要在毛主席的指示里,找到自己的新文艺生命。"一连好几个惊叹号,最后是句号,决定了,并且马上行动,《生产就业》,老舍的新作,《龙须沟》,老舍在新社会的"成名作",此后,一十七年,老舍在文艺服从政治的观念下,基本按照这个路子走了下去,并且成就非凡。

《茶馆》是老舍在十七年中创作的经典之作,无论是对人物的创作还是京味语言的使用,都达到了老舍艺术生涯巅峰的高度。别以为这是老舍摆脱了艺术对政治的从属关系,遵从艺术规则而产生的杰作,恰恰老舍认为,《茶馆》是政治的。听听他自己怎么说的:

> 茶馆是三教九流会面之处,可以多容纳各色人物。一个大茶馆就是一个小社会。这出戏虽只有三幕,可是写了五十年的变迁。在这些变迁里,没有法子躲开政治。可是,我不熟悉政治舞台上的高官大人,没有法子正面描写他们的促进与促退。我也不懂政治。我只认识一些小人物,这些人物是经常下茶馆的。那么,我要是把他们集合到一个茶馆里,用他们生活上的变迁反映社会的变迁,不就侧面地透露出一些政治消息么?
>
> (《十年笔墨与生活》,《老舍自述》京华出版社 2005 年 10 月版)

这段话与《茶馆》一样的经典,甚至是对他十七年作品的脚注。老舍一方面说,要服从政治,但他又说不懂政治,没有说的另一句话是,只懂艺术。因为,他从自己懂的生活与艺术出发,写作为新社会服务的作品,而这个为新社会服务便是为政治服务,便是服从了政治,便是听了毛主席的话,一切都变得顺理成章,水到渠成,而一切又都在艺术法则之下运作。可以说,这是当时从旧社会过来、或从海外归来的作家与艺术家寻找到的成功的艺术之路。我所熟悉的从日本归来的冰心是这样,从旧社会过来的郭风也是这样,他们都在强大的政治形态下,竟是留下了一些精致的文学之作。

三

我在院中正房的西厢房里看到的那张桌子，便是老舍写作《龙须沟》、写作《茶馆》、写作《西望长安》的地方吧。桌子的质地很好，硬木，中间镶嵌着大理石，大气而稳重，符合老舍的爱好与品性，桌上摆放着铜质台灯、红木文具盒、眼镜、烟灰缸等等。我想象着夏夜的晚上，小院清凉，偶尔有夏虫鸣唱，有萤火虫飞过，老舍在那盏台灯下为他剧中的人物，安排一句又一句精彩的台词：

> 唐铁嘴：王掌柜！我来给你道喜！
>
> 王利发：（还生着气）哟！唐先生？我可不再白送茶喝！（打量，有了笑容）你混得不错呀！穿上绸子啦？
>
> 唐铁嘴：比从前好了一点！我感谢这个年月！
>
> 王利发：这个年月还值得感谢？听着有点不搭调！
>
> 唐铁嘴：年头越乱，我的生意越好！这年月，谁活着谁死都碰运气，怎能不多算算命、相相面呢？你说对不对？
>
> 王利发：YES，也有这么一说！
>
> （《茶馆》，《老舍全集》第十一卷，人民文学出版社1999年版）

那个时候，老舍一定没有想到关于政治的话题，一定全身心沉浸在艺术的创造之中。我很想站到桌子的旁边去感受一下，但我无法靠近，桌子被挡在室内，观者只能站在门外，而且桌子上的一切，全被一个大玻璃罩罩得严严实实，这使我感到有些不舒服。据说那桌子上，有很珍贵的印章之类，比如齐白石为老舍刻的印章，冯玉祥将军赠送的玉石印泥盒之类的东西。这当然是要珍藏的，但是，作为一个作家的故居，观众更希望与作家走得更近一些，感受得更真切一些，不希望以隔离物人为地将他们挡开。

书房与卧房同为一室，且是他一人的卧室，空间极小，极其简朴的室内布置，床与衣架、床上的青花被褥、床头有张单人沙发，都是老舍生前的模样？那么，在那床灰白花边的床单上，有规则地摆着25张扑克牌是怎么回

昔日老舍高谈阔论的客厅，如今只留下一抹岁月阳光

事？是老舍最后一夜留下的？还是平日的习惯？我似乎感到这分五行五列摆开的25张牌，充满了玄机。我没有看到说明，也不能接近，这种玄机与命运之类的联想便挥之不去，我甚至想到唐铁嘴所说的"谁活着谁死都碰运气"这句话。

正房的客厅很洋气，中西合璧，沙发上的坐垫、沙发靠背上的白色雷丝披肩、红木花架、小圆桌、青底流花的丝质地毯等，无不透出一股接受过西方文化的东方文人的色彩与气息。不用说，老舍常在这里高谈阔论，在这里会友，在这里与演员说戏。老舍与演员的亲密关系，大概是在中国戏剧史上少有的，他不仅要写戏，还希望在舞台上准确地活现出他的人物、他的京味。估计北京人艺的演员大都来过这个客厅，听过老舍说戏，喝过老舍的茶，甚至抽过老舍的烟（老舍一般不请烟，他觉得自己的烟都不够抽，但说到兴奋时除外）。在我组织的一次活动中，曾经邀请于是之先生参加，《茶馆》中的王老板便是由于先生演活的，活动曾至福州鼓山喝水岩泡茶。于先生当着老舍的公子舒乙先生谈起在他们家喝茶的经历，说老舍对北京的茶道非常熟悉，他不仅说，还当场作了表演，剧作家的老舍，就像导演一般地指导着他们。于先生说时，便站了起来，用南方的茶壶茶杯表演了起来。现在于是之先生也业已作古，老舍先生的客厅更是空空荡荡，秋日温暖的阳光，从窗外探进头来，照射在沙发之上，像在追寻当年的主人。

四

四合院东西各有三间厢房，这里陈列着老舍的生平与创作，从正红旗下的儿子，到英国的文学起步；从在济南、青岛的任教，到在重庆扛起"文协"大旗；从《老张的哲学》、《赵子曰》、《二马》，到《猫城记》、《离婚》、《月牙儿》；从《骆驼祥子》到《四世同堂》，众多的版本，尽在陈列之中。在中国的作家中，拥有如此丰富的著作版本，除鲁迅、林语堂之外，大概就是老舍了。建国之后的陈列，更是荣誉满堂。授予"人民艺术家"的奖状，与毛泽东、周恩来等党和国家领导人的合影等等。如果说 1949 年前的老舍是一个自由作家，那么，1949 年后，老舍则完全属于新社会，处于主流生活，投入到文学艺术界的各种活动中去了，投入到党和人民的怀抱中去了。有一段话表达了他的这种惬意心情：

在精神上我得到尊重与鼓舞，在物质上我也得到了照顾与报酬。写稿有稿费，出书有版税，我不但不像解放前那样愁吃愁喝，而且有余钱去珍藏几张大画师齐白石先生的小画，或买一两件残破而色彩仍然鲜丽可爱的康熙或乾隆时代的小瓶或小碗。在我的小屋里，我老有绘画与各色的瓷器供我欣赏。

《骆驼祥子》的版本

在我的小院中，有各种容易培植的花草。

（《十年笔墨与生活》，《老舍自述》京华出版社 2005 年 10 月版）

北京的"人民艺术家"，应该赢得如此安定、安逸与闲适的生活。

实际上，就是老舍居住在这座小四合院的十七年间，中国的文坛、北京的文坛从未平静过，一波又一波的斗争，一次又一次的批判，但老舍安然无恙。为何？因为老舍一直在为新社会唱着赞歌，他写戏，都写现代戏，从不写帝王将相，不写"落难公子中状元"，也从不写鬼戏，不写《海瑞罢官》，不写《谢瑶环》之类的戏，他始终将人民放在他的舞台的中央，既不直接写政治，也不远离政治。所以，在文革的风暴来临之际，他不会意识到那个批判《海瑞罢官》的运动，会运动到自己的头上来。

现在我退回到院子里来了，就是那个被他的夫人胡絜青诗意般地称为"丹柿小院"的院子。由老舍亲手栽下的两棵柿树依然挺拔立于院中，秋风的吹拂下，树叶开始变黄，开始落叶了。我踩着落在院里的树叶，在庭院中徘徊，从我进来便一直在想这样的一个问题：老舍最后是以什么样的心情，走出这个院子的？

我来的那一天是 9 月 9 日，也就是老舍 40 年前离开这个院子走向太平湖的后几天。1966 年 8 月 24 日。我知道在这个 40 周年的忌日，曾有不少的人到此集会，纪念和缅怀这位伟大的艺术家。对于 40 年前的事情，到会的人大都不一定去说，就是亲历过那件事的人，也不一定能解开那个历史的谜团。有一本书叫《太平湖的记忆——老舍之死》，郑实与傅光明访问了几乎全部的当事人，但就是当事人也都没有说清楚，

丹柿小院。老舍亲手栽下的两棵柿树已遮盖了院落

卧室。床上的扑克牌

就是老舍的夫人胡絜青不同时间段的叙述，事实中的某些细节也有出入，而她的叙述与儿子舒乙的叙述也不完全相同。这是在事实的层面上，那么，事实层面下的东西呢？更是一个谜团。从目前的研究看，一般将8月23日，被红卫兵殴打、被辱作为导致老舍走向太平湖的唯一原因，这绝对没有错，是"文革"直接造成的命案。但是，我要说的，老舍反右时没有受到冲击，历次的文化批判都没有涉及到他，直到批判《海瑞罢官》，真正是山雨欲来了，他还在风平浪静之中，就那么一下子，突然被推到了熊熊的烈焰之中，一夜之间，导致了毁灭，这里似乎缺少了一个过程，或者说，这个过程不被世人知晓？从老舍的作品中，去研究老舍死的形式，"一定是跳水！"从老舍的作品中去研究老舍死的可能性，这也是一种方式，并且从此可以受到启发，是否还可从其他的方面去研究老舍之死？比如其他社会与家庭的环境，比如心理学的角度，再比如性格与命运等等。

床上的那25张扑克牌又浮现在我的面前。

在很大的意义上，老舍的死，是一个谜团。这个谜团是老舍最后创造的一部杰作，当然是一部悲剧性的杰作。我常常将一个充满谜团的作家之死，视为他自己最后的一件作品，甚至是一部杰作，一部悲剧性的杰作。这件最后的作品，将与他其他杰作一样，有着永久的艺术魅力。在这个意义上说，对老舍的死的研究除了政治的批判与控诉之外，是不是还可以将视野拉得更开阔一些？这样说，并不表示我对老舍先生的不恭，对"文革"不够痛恨！

微黄的柿叶落下了，我要了一把扫帚，低头在丹柿小院清扫落叶。

灵魂深处永久的家

风呵!

不要吹灭我手中的蜡烛,

我的家还在这黑暗长途的尽处。

(冰心:《繁星》61)

中剪子巷

1993 年 1 月 23 日,93 岁高龄的冰心先生发表了《我的家在哪里?》。这是一篇文笔精美感情真挚而强烈的散文,我想,这篇作品将在冰心的整个文学创作中,以至中国的散文史上留下精彩的一笔。后来我读到了萧乾先生的《大姐的梦》。萧乾在他的文章中,以一生知己的深情作出了这样的评价:"读了冰心大姐的新作《我的家在哪里?》仿佛握到一颗使人爱不释手的水晶:玲珑剔透,似在素淡的月色或绰绰灯影下看人生。映照出的是一个小而完整的穹苍:大姐走过的和正在走着的灿烂旅程。"

冰心先生在这篇文章中记述了一个梦境:"昨天夜里,我忽然梦见自己在大街旁边喊'洋车'。有一辆洋车跑过来了,车夫是一个膀大腰圆、脸面很黑的中年人,他放下车把,问我:'你要上哪儿呀?'我感觉到他称'你'而不称'您',我一定还很小,我说:'我要回家,回中剪子巷。'"接下来,她叙述了回中剪子巷的路上北京街头一些生动有趣的情景,然后写道:"只有住着我的母亲和弟弟们的中剪子巷才是我灵魂深处永久的家,连北京的前圆寺,在梦中我也没有去找过,更不用说美国的娜安辟迦楼,北京的燕南园,云南的默庐,四川的潜庐,日本东京麻市区，以及伦敦、巴黎、柏林、开罗、莫斯科，一切我住过的地方，偶然也会在我的梦中出现，但那都不是我的'家'!"醒来时，"我在枕上不禁回溯起九十年来所走过的甜、酸、苦、辣的生命道路，真是'万千恩怨集今朝'，我的眼泪涌了出来……"先生最后写道："我这人真是'一无所有'! 从我身上是无'权'可'夺'，无'官'可'降'，无'款'可'罚'，无'旧'可'毁'，地道的无顾无虑，无牵无挂，抽身便走的人。万万没有想到我还有一个我自己不知道的，牵不断，割不断的朝思暮想的家!"

我不知道多少遍读着这个作品，然而，读多少遍也无法透解这位世纪老人如此深沉而强烈的感情。

冰心所说的"灵魂深处永久的家"，就是1913年，冰心的父亲谢葆璋任海军部军学司司长，举家北迁，从福州搬至北京，住进的那座中剪子巷的三合院，并且，一住就是10年，直到1923年前往美国留学。

当时的路号为：北京东城铁狮子胡同中剪子巷14号。

根据冰心先生回忆，他们一家人搬进这座三合院时，乘坐的是"马车"，路是由黄土铺成的，车轮碾过，便会扬起一路的尘土。这座三合院是冰心的父亲谢葆璋从一个姓齐的旗人家租来的，三合院分北房和东西厢房，东厢房为客厅，还有父亲的书房，西厢房是舅舅杨子敬的居室与弟弟们读书的地方，冰心的一家，居住在北房，北房的正房有玻璃后窗，有雕花的隔扇，隔扇上的小框里，或嵌着一首唐诗，或嵌着一幅花卉山水画，冰心觉得很是新鲜，也很喜欢。北屋的后面有一小院，有一个半人高的小楼，原来房子的主人在楼上供狐仙，在楼下供财神。1993年夏季的一天，张锲去医院看望冰心先

当年的墙头与门牌都不是这样的，更没有这样丑陋

生，当谈到这座三合院时，冰心先生还特地补充了"楼上供狐仙，楼下供财神"的细节。谢葆璋是个热爱生活的人，在他租下这座三合院之后，对房子进行了一些重新的安排与设计。在进正院的大门口处，加了一座影壁，影壁上装有电灯。院子里，谢葆璋砌上了花台，种了花，并且搭起了一座葡萄架，种上了从烟台带来的葡萄。在空地处，还特地安装了一架秋千，供孩子们玩耍。经过谢葆璋改造的这座三合院，当时，被人称之为"谢家大院"。

尽管如此，冰心住进这中剪子巷的三合院内，开始一年多的时间，却是过得平淡而乏味，虽然弟弟们也都来了，但并没有福州那座大院里的欢乐，也没有烟台海边的心境。冰心在《我到了北京》中，这样描述当时的心境：

> 走到北京的最初一段，却如同列车进入隧道，窗外黑糊糊的，车窗关上了，车厢里的电灯亮了，我的眼光收了回来，在一圈黄黄的灯影下，我仔细端详了车厢里的人和物，也端详了自己……北京头一年的时光，是我生命路上第一段短短的隧道。

冰心的生活出现这种情况，大概与当时的大环境有一定的关系。民国之后，父亲谢葆璋为能来到北京，为新生的国家做事，心里是很高兴的。但是，到了北京之后，很快就感觉到，临时大总统袁世凯的所作所为，与孙中山的主张大相径庭，使这位经历了许多、也企盼了许久的军人大失所望。父亲的情绪变得极为消沉，他对外界的许多事情，似乎都失去了激情，除了去衙门打点之外，便是呆在家中看看书，种种花，根本就没有当年在烟台的芝罘湾，终日带着女儿嬉耍游玩的兴致。冰心的天地缩小了，童年的欢乐，也渐渐地远逝。在这座三合院中，白天，她帮助母亲做一些力所能及的家务，读一些母亲订来的杂志（家里有《妇女杂志》、《小说月报》、《东方杂志》），到了晚上，再也不必担心祖父的"关电闸"，但同样也就没有那种大家庭的嬉戏与热闹。冰心除了帮助弟弟们温习功课，便是为倦了的弟弟们讲故事。据说，在这一段时间里，冰心为弟弟们讲过300多段故事。这是一个非常了不起的数字，那时的冰心也不过是十三四岁吧。

贝满女子中斋的教学楼，当年没有那么多自行车，冰心坐的是人力黄包车

　　进入北京贝满女子中斋使冰心平淡的生活发生了变化。这所中学与福州的女子师范学校一样，同为卫理公会的教会学校，在这里首先接受的是宗教知识。每到星期天，学校都把非基督教的学生，不分班次地编在一起，听协和女子大学校长麦美德教士讲《圣经》的故事，冰心说不上世界到底是不是如此，但却是引发了思考的火花。在这所中学，除《圣经》知识之外，更重要的是受到了数学、历史、地理、英语等系统教育，每门功课都在95分以上，作文还得过100加20的高分。

　　在贝满女子中斋的4年中，冰心由于学习成绩突出，且又活泼可爱，所以，同学们都很喜欢她，亲切地称她为"小碗儿"。学校与班级组织的课外活动，冰心都积极参加，比如，演剧、演讲，都是少不了她的。1917年夏，北京、天津的一些女子中学组织夏令营活动，冰心也参加了，她和女学生们登山、游览，采集各种标本，还曾经骑上毛驴，在山涧石径上来回溜达，就像当年在烟台骑在大白马上，好不开心。在这里，冰心不再是在父亲或父辈的保护下参加野外的活动，她开始独立了，开始以自己的方式创造欢乐。在这之前，冰心还参加过有生以来第一次的集会游行。1915 年，袁世凯阴谋复辟，妄图称帝，而日本政府趁机提出"二十一条"，从而引起了全国人民的公愤，纷纷举行集会抗议。冰心和她的同学们也参加了集会游行，她们列队来到中央公园（即现在的中山公园），发表演说，捐交爱国捐，同学们发誓不买日货，共同抵制日货，昔日在烟台种下的爱国的种子开始发芽。

北京贝满女子中斋，即是现在北京第一六六中学，在王府井附近。从中剪子巷到学校，有那么一段路程。1992 年，《散文天地》创刊，主编张贤华要我代为向冰心先生邀稿。那次先生给的文章是《牵动了我童心的一文一画》。文章中，先生记述了当年她上学时的一些情况：

> 青年摄影家徐勇送给我一本他的摄影册子，和一本挂历，在第一项"胡同印象"上有一辆"洋车"，就引起我不尽的回忆。我记得 80 年前我家也有一辆洋车，是我家"包"来，专门拉我父亲上下班和我上下学的。那辆车很新，车夫名字叫王祥，是个高大雄壮而又可亲的汉子，在我上了 4 年中学和 3 年大学之中，他一直拉着我们。

我是作品的第一个读者，是在出租车上读着这篇作品的，春日的夕阳照进车内，我在车内细细地体味冰心描绘的 80 年前的风情及先生的感情。我联想到，冰心先生梦中的洋车和车夫，与那个拉她上学，又拉她回到中剪子巷的车夫，和那辆洋车是否有一些联系呢？如果有的话，是否对先生所说的"灵魂深处永久的家"有了一层理解？

三合院的窗前

后来，我专门去了中剪子巷。如今的张自忠路中剪子巷 33 号，即为以前的中剪子巷 14 号，冰心先生所说的三合院。

当我走进去的时候，与我曾多次在内心默读过的情形相去甚远，那花坛呢？那葡萄架呢？那秋千呢？那东西厢房呢？都不复存在。早砌的，新砌的，露着青砖与红砖的加盖的"刀把房"，"刀把"折出几方不规则的空地，便算"庭院"便算是路了。我从这路走进，这才看见那熟悉的幸存的北屋，苍然地站在面前，黑褐而厚重的瓦顶屋檐，诉说着遥远的岁月，屋后有一高大的槐树，尚未生出新芽的槐树，黑色的枝条遮盖着屋顶，于是那北房在我的感觉中多出了几分古老和亲切。我向北屋走近，屋前拉蛛网般的绳子，晾着大人、小孩子的衣服，还有胸罩和小内衣之类。有人也向我走近，问我找谁，我说，我从福建来，我想看看这房子。我问他们，是否知道，80年前，这屋子曾住过一个作家。有一中年妇女回答我，说，听说过，有一个叫冰心的作家曾在这儿住过。有一小孩说，是冰心奶奶。我说，是的，就住在这北屋，他们各自点了头，也就各自回到自己的屋里去了。只有那小孩，一直跟着我，但并不再说什么。

在拍过照片之后，我现在的任务就是想靠近那个北屋朝南的窗口。我在那窗口站立了许久，小孩也站立了许久，却并不和我说话。我只是默默地站在窗口，想象着当年发生在这窗口的情景。

当我在离开这座当年的三合院如今的大杂院时，我知道，历史就在眼前，还是当年的太阳，还是当年的房屋。但是，一切都改变了模样，这儿的居民只是因近来在舒乙、张锲等一些作家陆续前来寻访之后，才有人知道，这座大杂院曾住过影响过我国几代作家、几代读者（包括他们在内）的老作家冰心先生。我想，历史还在向前滚动，多少年之后，是否还能寻到这块故地？

无论是历史的还是现实的，我记住了那个院中的北屋南窗，那是冰心先生居住了10年的窗口。我们知道，在这10年间，无论是贝满女子中斋、还是协和女子大学、抑或燕京大学，冰心都没有住过校，也就是说，10年里，她没有离开过这个窗口。于是，就跳出了这么一个画面：有一个天生丽质的少女，她那明亮的眼睛（她的眼睛一直是那么的明亮透澈），望着窗外庭院中飘洒的雪花，雪中的树、雪中的飞鸟、雪中的秋千架。但她的想象似乎更丰富更遥远，而出神地望与无尽的想是分不清的。于是，又出现低头的凝思与书写，我们已看不到她的眼睛，但我们可以看见她那移动的手臂和翻动的纸页……

协和女子大学理预科生谢婉莹

我不能肯定这个窗口真就出现过这种情景，但我还是侥幸地认为，也许在滚动着的无数的历史画页中，有这么一组镜头。这样想，对我自己是一个安慰。因为眼前的窗口，太杂乱，堆积着木棍、蜂窝煤、遗弃不用的杂物、高高竖起来的拖把等等，还有那一大片晾晒的衣物，阳光在很远很远的地方就驻足不前，已是春天了，吹来的风还是很冷，我只能用我的想象来改变眼前的现实。

现在想来，其实，这一切都不怎么重要，重要的是曾经有过的事实。这个事实就是：冰心在这个窗前开始了她的创作生涯，从此走上了终生不渝的文学之路。在那 10 年中（准确说来是 10 年中的后 5 年），19岁至 23 岁的冰心，在五四运动的影响下，在中国旧文学走向新文学的交替之间，创造了一种又一种新的文学形

燕京大学的校门

式，一个又一个的灿烂与辉煌。比如，以《两个家庭》、《斯人独憔悴》、《去国》、《超人》、《烦闷》等为代表的"问题小说"，以《繁星》与《春水》为代表的新诗，以《笑》、《一只小鸟》为代表的白话美文等，在她之前的文学史上是不曾有过的，在中国新文学史上，都可以标定为"第一次出现"、"最早出现"，具有文体的开创性的意义等等。这些在中国文学史上的经典之作以及她在这一时期创作的其他作品，应该可以说，大都源自这扇北窗吧！

窗前是天，是地。窗后是父，是母，是家，还有"弟弟们"，大弟为涵、二弟为杰、三弟为揖。冰心在这儿沐浴着北国的春风：

> 母亲呵！
> 　天上的风雨来了，
> 　　鸟儿躲进了它的巢里；
> 　心中的风雨来了，
> 　　我只躲进你的怀里。

有人批评冰心的这种小圈子、小家庭的温情主义，但这恰恰是冰心的文学赖以生存的真实的天地，离开了这天、这地、这家，冰心很可能就没有当时的那种喷发而神奇的创造力。一般说来，成为作家很重要的因素之一，需要有独特的生活与情感的经历及磨练，这既是他的精神财富也是他的创作源泉。冰心同时代的一些重要的作家，往往是从家中走出，或者是从封建家庭中冲出来，只身闯荡天涯，在时代与社会的腥风血雨中，走上了文学之路。如果要说家，对他们而言，是一种志同道合或一时的志同道合的重新组合。我们所熟知的鲁迅、巴金、沈从文、丁玲、郑振铎等，大都如此。而冰心与他们大不一样，她始终没有离开过这个家，她没有个人太大的磨难与痛苦的经历，她的创作却在当时产生过很大的影响，甚至连沈雁冰先生在读过她的《超人》之后也"不禁哭了起来！"而冰心在写作这些作品时，却是倚着那平静的北窗。

阳光从窗外射进，风雪挡在窗外。父亲和母亲慈爱地唤她"莹官"，弟弟们亲切地叫她"莹哥"，冰心则甜甜地喊着"爹爹"、"翁妈"、"涵

冰心（右一）与同学在演出后的留影

弟"、"杰弟"、"小小"，除了当时社会大环境带给这个家庭的惊动与思想的烦闷之外，就家庭本身，几乎像屋后的那棵古槐，根、枝、花、叶，相处得有序而和谐，天然一体，无法离分。

中剪子巷14号，对冰心而言，既是生活之所在，也是精神之依托，别说是出走，就是一时离开它，也会生出难以割舍的依恋。除学校组织的有关活动之外，冰心少有单独的交际，这是大家闺秀的矜持，还是过分地依恋这个家？卓如在《冰心传》第170页中有这么一段话：

> 如何摆脱这恼人的烦闷呢？只有"家"是人生的安慰，人生的快乐。她回到家里，屋子里暖香扑面，一切都笼罩在寂静里，母亲对着炉火，弟弟头枕在母亲的膝上睡着了。母亲温柔的爱，孩子天真快乐的睡眠，一天的愁烦，都驱出心头。

这段话的大意本是取自小说《烦闷》，而实际可能是冰心生活的写照。对于这些，也许有不少的家庭可以做到，给孩子以安慰，给孩子以保护，甚至给孩子以自由生存的空间。然而，冰心的家除去这些之外，还给孩子以灵气，给孩子文学创作的灵感。这也许就是冰心之所以"躲"在那个小天地中能写出影响当时、传之后世的作品的重要原因吧。

家庭的故事

冰心在这一时期所创作的"问题小说"，广泛而深刻地触及了当时的社会问题。这里有关于社会黑暗的问题、妇女问题、青年问题、甚至战争问题，而其中不少的作品最初的创作灵感，却是来自家庭。1919年9月18日，第一次以"冰心"的笔名发表的《两个家庭》，是父亲与母亲一段关于一位烟台海军学校的留学生因错娶官家大小姐而酿成的人生悲剧的谈话引发的创作灵感。《去国》中那个严肃而又悲凉的故事，则是从父亲对衙门中留学生的感叹中受到的启发。而在创作名篇《斯人独憔悴》时，写到儿子颖石与父亲化卿的冲突时，竟也没个词了，于是，只得去请教父亲，父亲接过笔，在稿纸下写下一行性格化的对话，于是，冰心的思路顿开，顺当地写了下去。这个作品发表后的几天，《国民公报·寸铁栏》发表了笔名晚霞的短评，此后，该作又被改编为三幕话剧。

这些故事取材于父母，写作于家庭，都与中剪子巷是分不开的，与那个北窗是分不开的。

现在的一些作家，在发了几个作品之后，爱开个作品研讨会或座谈会什么的，并且要有名气的评论家参加。如果要说讨论会，冰心第一个作品讨论会，是在她家里开的，参加者是她的父亲母亲与弟弟们。那是在她写了《秋雨秋风愁煞人》后，收到一封同学的信引起的争论：母亲说，你写的小说，总带些儿悲惨，叫人看了心里不好过。父亲说，只怕多做这种文字，思想不免在渐渐趋到消极一方面去，担心她平日的壮志，终究要消磨的。冰心自然也和父亲母亲有些争论，但由于她对社会已有了自己的看法，于是便有了她的第一篇创作谈：《我做小说，何曾悲观呢?》。在冰心一生的创作中，不知道开过多少次讨论会，但我认为，无论有多少次，这1919年开于家庭的作品讨论会是最为重要的一次。

《繁星》与《春水》可说是冰心最重要的作品，它开了一代诗风，带出一个"小诗运动"，而冰心说，这两部作品，有她三个弟弟的功劳。

一九一九年的冬夜，和弟弟冰仲围炉读泰戈尔（R Tagore）的《迷途之鸟》（Stray Birds），冰仲和我说："你不是常说有时思想太零乱了，不容易写成篇段么？其实也可以这样收集起来。"从那时起，我有时就记下在一个本子里。

一九二〇年的夏日，二弟冰叔从书堆里，又翻出这小本子来。他重新看了，又写了"繁星"两个字，在第一页上。

一九二一年的秋日，小弟弟冰季说，"姐姐！你这些小故事，也可以印在纸上么？"我就写下末一段，将它发表了。

与母亲和弟弟

与父亲谢葆璋

是两年前零碎的思想，经过三个小孩子的鉴定。

这就是冰心的家，她的父亲、母亲和弟弟们在文学上，所给予她的……包括1923年冰心即将去美国留学，也是在这个家里，答应了弟弟们的请求，将在旅途的感受与见闻，写信告诉他们。于是，中国现代儿童文学的奠基之作《寄小读者》，最先便在这个屋子里诞生了。

设想一下，离开了这个家，在中国现代文学史上，会不会有挑头的"问题小说"，会不会有《繁星》有《春水》有《寄小读者》，会不会有一个叫"冰心"的作家，会不会有一种叫做"冰心体"的文体？

当然，我们更不要忘记，冰心在中剪子巷居住的这一段时间，发生了一件最重要的事情，这就是爆发了震惊中外的"五四"运动。这场运动的意义，在中国的近代史上是划时代的，它不仅改变了中国历史的进程，同时也改变了一代知识分子的命运。冰心积极地投入了这一伟大的运动，也正是这场伟大的运动，将她推上了中国的文坛，使她成为中外知名的女作家。她自己说过："五四运动的一声惊雷把我'震'上了写作道路。"正是这一伟大的运动，将冰心"震"上文坛，这才出现了我们在前面提到的作品，才出现了那些领风气之先的"问题小说"、白话散文与自由体的诗歌。冰心在一定的意义上讲，是胡适、李大钊所主张的新思想、新观念、新文学的实践者，新文学运动的开拓者。

五四运动的天安门

1923 年 8 月 3 日，冰心动身前往上海，然后从上海乘船，横渡太平洋，前往美国留学。离开时，她在家门口乘坐马车，全家人将她送到车站。然后，便是她一人的旅程了。3 年之后，即 1926 年 7 月，冰心回到祖国，回到北京，在中剪子巷 14 号门前下车，迎接她的是父母亲和弟弟们，还有一本散发着油墨香味的《寄小读者》。

慰冰湖畔的往事

慰 冰 湖

威尔斯利女子学院大门

Lake Waban，冰心谐音会意译为"慰冰湖"，这处观
景点建于 1900 年，可见冰心在这里观过湖光水色

我在访问冰心美国留学的威尔斯利女子学院（Wellesley College）时，校方考虑得非常周到，将我安排在慰冰湖畔的接待中心居住。在我的窗前是一片绿茵的草地，草地的尽头便是 Lake Waban，冰心将其译成慰冰湖。八十多年前（即 1923 年），冰心远涉重洋，坐了半个多月的轮船，绕了半个地球，来到位于波士顿郊外的威尔斯利女子大学留学。那时，学校接收外

籍的研究生，冰心便是从燕京大学本科毕业后，前来攻读硕士学位的。

在离家之前，冰心曾答应她的三个弟弟，把到美国的旅途见闻、异国风情写信告诉他们，同时还答应了北京《晨报》"儿童世界"专栏的要求，将所写的信件，发表在这个专栏上，让她的读者和小朋友能读到她的作品，了解她的行踪。

冰心就是在慰冰湖畔，创作了她著名的《寄小读者》（通讯七至通讯十）。自然，慰冰湖首先成了文中之一景：

湖边青枫下的冰心，如今这棵青枫已成参天大树

> 朝阳下转过一碧无际的草坡，穿过深林，已觉得湖上风来，湖波不是昨夜欲睡如醉的样子了。——悄然的坐在湖岸上，伸开纸，拿起笔，抬起头来，四围红叶中，四面水声里，我要开始写作给我久违的小朋友。小朋友猜我的心情是怎样的呢？

冰心常常在此写作《寄小读者》

水面闪烁着点点的银光，对岸意大利花园里婷婷层列的松树，都证明我已在万里外……一声声打击湖岸的微波，一层层的没上杂立的潮石……湖上的月明和落日，湖上的浓阴和微雨，我都见过了，真是仪态万千……每日黄昏的游泛，舟轻如羽，水柔如不胜桨。岸上四围的树叶，绿的，红的，黄的，白的，一丛

闭璧楼外景

一丛的倒影到水中来，覆盖了半湖秋水。夕阳下极其艳冶，极其柔媚。将落的金光，到了树梢，散在湖面。我在湖上光雾中，低低的嘱咐它，带我的爱和慰安，一同和它到远东去。

（《寄小读者·通讯七》）

冰心是写景的高手，不过，慰冰湖确实也"仪态万千"。这一次访问，我选择了春季，湖岸的樱花盛开，如白色的云絮倒影在深绿如蓝的湖水中，刚刚吐叶的青枫，缀满枝头的竟是火红的嫩芽，晨光中，水波无纹，似映着远空的明镜。而我在上一次访问时，走进的恰是冰心所描写的画面中了。八十多年来，几乎没有变化，慰冰湖就那样美丽着，优雅着，静卧在新英格兰的大地上。我曾经一个人多次顺着湖岸行走和寻找，冰心在岸边观景的石矶依在，那也是她凭栏写作《寄小读者》的地方。冰心曾与之留影的岸边那棵枫树依然挺拔，裸露在外的树根曾经作凳，成为冰心给小朋友写信的倚托，只是八十多年的风霜雨雪，使那作凳的树根更加突兀和苍虬了。

冰心喜爱在湖畔写作，显然是因为它的风景美，有时简直就像画家那般作现场写生进入作品，同时还有一种心灵的安慰。冰心来美留学虽已23岁，但却是第一次离开父母离开家，独自一人飘落异国他乡，格外地思念家与亲人，用她的话说，发丝上滴下来的都是乡愁。冰心自小在烟台的海边长大，海与家是相连的，她有一个想象，认为湖是海的女儿，所以，见到半湖秋水，便如回到了故国家园。那湖水波动也就成了与亲人攀谈的絮语，谐音会意，将 Lake Waban 译成"慰冰湖"，即为此也！自然，这一切都溶解于《寄小读者》中了。

闭璧楼内的玻璃画

闭　璧　楼

闭璧楼在一座山坡上，顺着坡道下行，便是慰冰湖。闭璧楼则是冰心另一处的精神寄托。

按校方的规定，研究生可在校外村中租房，享受充分的自由。但作为"特殊生"而录取的中国学生谢婉莹，却希望住校，因为初来乍到，人地生疏，这时最需要的不是自由而是保护。学校同意了冰心的要求，在居住本科生的闭璧楼中，为其安排了一个房间，编号为209，一间向阳的学生宿舍。

冰心的家境较好，在北京上学期间，从上中学到上大学，从未住校。她都是上课时到，下课时归，并且有专车（人力黄包车）接送。现在单独住进异国他乡的学生宿舍，自是感觉寂寞。但冰心是一个善于自我解脱的人，很快便找到了她的寄托。"说也凑巧，我住在闭璧楼（Beebe Hall），闭璧楼和海竟有因缘！这座楼是闭璧约翰船主（Captain John Beebe）捐款所筑。因此厅中，及招待室，甬道等处，都悬挂的是海的图画。初到时久不得家书，上下楼之顷，往往呆立平时堆积信件的桌旁，望着无风起浪的画中的海波，聊以慰安自己。"

　　五年前，我曾在闭璧楼前驻足而不得入，按照学校的规定，教师和来访者均不得单独进入学生宿舍，只有在学生的引领下方可入内。在相当长的时间内，学生宿舍的门前有专职守门人，现在改为刷卡了，无论哪一座楼，只要以学生的卡刷去，便会"芝麻开门"。这一次我在中国学生叶织文的引领下，走进了闭璧楼内，登上那狭窄的楼梯，来到209室门前，虽然没有叩开那扇紧闭的房门，但站在门前感受当年冰心进出的环境，心已足矣——铺着暗红色地毯的楼道，褐色的门框连着地板，门面缀满鲜艳的招贴图画。而楼下的厅中、接待室与甬道，亦如冰心所言，依然全是海的图画，接待室中航海帆船的模型、楼梯口的海盗船图画、门厅玻璃画上的航船，还是那么的鲜艳。一百多年来，一届又一届的学生入学与毕业，闭璧楼的习俗竟是不改初衷地流传了下来。自然，连闭璧约翰船主也不会料到，这种海的世界设计与妆扮，竟会给一个远东的女孩以心灵的安慰。

　　站在楼道历任学生楼长名录的木牌前，我上溯到1923年。望着木牌，我记得冰心曾有过的一次经历：那时这个楼的舍监是Mrs. Meaker，她对冰心很好。住进楼那一年（1923年）的双十国庆节，中国学生在波士顿聚餐，当时在哈佛大学读政治学的浦薛凤是集会的主席，他用英文致辞，冰心则用中文致辞。波士顿至威尔斯利镇还有一段路程，聚餐后回校已过了宿舍关门时间，也就是过了晚十时，冰心初到，不懂有关的规矩，伸手按了前门的铃，Mrs. Meaker穿着睡衣起来替她开门，这使她非常不好意思而又十分惶恐。后来她才知道，晚回来应该告假并领取旁门的钥匙。那次Mrs. Meaker并没有责怪她，但却永远烙在了记忆的深处。当然更多的是欢快的忘记：1923年威校已有好几位中国本科学生，如桂质良（理工系）、王国秀（历史系）、谢文秋（体育系）、陆慎仪（教育系），冰心便和她们四人熟悉了起来。"我们常常在周末，从个别的宿舍聚到一起，一面谈话，一面一同洗衣，一同缝补，一同在特定的有电炉的餐室里做中国饭，尤其是逢年过节（当然是中国的年节），我们就相聚饱餐一顿。"在闭璧楼前，冰心和谢文秋有一张合影，充满了青春的活力，倒是看不出多少的愁绪。

威尔斯利女子学院的每一座学生宿舍，都有一间很大的接待室，接待室按照楼的风格装修，一般都有很宽很大很厚的地毯，有摆在不同位置的很舒适的沙发，有钢琴，有大屏幕的电视机，有辞典和《圣经》等。闭璧楼的接待室里则有不同类型的船的模型，有很大的海盗船的张贴画。接待室顾名思义，主要是接待客人用，在女校，男生不得进入宿舍内，但可在接待室会见，只是规定晚10时45分之前客人必须离去。接待室同时也是学生活动的场所，比如周末可以弹弹琴，听听音乐，看看电视等。我曾在接待室的沙发上小坐，体验当年冰心在这里会见客人的情景。

闭璧楼的接待室有着鲜明的个性，但不豪华，威尔斯利女子学院可以称之豪华的接待室，不在校长的办公楼，而是在另一座学生宿舍——塔院内。这座楼是宋美龄在威校留学（1913～1917）时居住的宿舍。1936年初秋，冰心随吴文藻代表燕京大学前往哈佛大学参加建校300周年的校庆时曾返母校，那时学校就是在塔院设宴接待她的。之后，在塔院的接待室交谈，她们还让冰心登记才一岁多女儿的名字，以便长大后进威校读书，冰心写下了"Mei Mei Wu"，就是吴妹妹的意思。我也到塔院的学生饭堂用过一次餐，很丰盛，有中国餐、法国餐、日本餐和印度餐等不同的菜系，任由你挑选，且为免费（学生的餐费含在学费中，每周可免费招待一位客人）。之后，到了塔院的接待室，确实非常气派，完全是一种宗教的装饰，所有的沙发、地毯、钢琴、台灯等，均有一百年以上的历史，有一个牌子，对此做了说明，并提示可坐但不可移动。宋美龄在校读书时，就善交际，经常在这里接待她的哥哥宋子文及在波士顿地区读书的中国留学生，有时还给他们弹琴，使用的钢琴还在接待室的灯影下。

圣卜生医院

冰心在闭璧楼只住了 9 个星期便离开了。什么原因？因为生病，她的自小就留下的肺支气扩大，导致吐血。冰心在她的《寄小读者》中对生病的过程有详细的叙述："S 女士请我去晚餐。在她小小的书室里，灭了灯，燃着闪闪的烛，对着熊熊的壁炉的柴火，谈着东方人的故事。——一回头我看见一轮淡黄的月，从窗外正照着我们；上下两片轻绡似的白云，将她托住。S 女士也回头惊喜赞叹，匆匆的饮了咖啡，披上外衣，一同走了出去。——原来不仅月光如水，疏星也在天河边闪烁。""月光中 S 女士送我回去，上下的曲径上，缓缓的走着。我心中悄然不怡——半夜便病了。""早晨还起来，早餐后又卧下。午后还上了一课，课后走了出来，天气好似早春，慰冰湖波光荡漾。我

慢慢地走到湖旁，临流坐下，觉得弱又无聊。晚霞和湖波的细响，勉强振起我的精神来，黄昏时才回去。夜里九时，她们发觉了，立时送我入了病院。"在一个冬日的月夜里，外出晚归受凉后病倒了，"立即送我到病院"，这个病院就是在校园内与慰冰湖遥遥相对的圣卜生楼，也即是圣卜生医院。

病愈后回到校园的冰心

冰心这一入院，惊动可不小，首先是闭璧楼所有的同学都为她操心起来，纷纷赶到医院，却又一一被拒之门外，女孩子们便留下她们带来了鲜花，留下问候的语言或诗句，很快，那一间宽大的病楼便成了"花窖"，病床的四周都被鲜花包围了。"一室之内，惟有花与我。在天然的禁令之中，杜门谢客，过我的清闲回忆的光阴。"在看护的允许下，冰心可执笔写信，第一封便写给家里，报告平安。"不是我想隐瞒，因不知从哪里说起。第二封便给了闭璧楼九十六个'西方之人兮'的女孩子。我说：'感谢你们的信和花带来的爱！——我卧在床上，用悠暇的目光，远远看着湖水，看着天空。偶然也看见草地上，图书馆，礼堂门口进出的你们。我如何的幸福呢？没有那几十页的诗，当功课的读。没有晨钟，促我起来。我闲闲地背着诗句，看日影渐淡，夜中星辰当着我的窗户；如不是因为想你们，我真不想回去了！'"

冰心的病竟原来也有如此的诗意。

八十多年后的圣卜生楼依然是威校的医院，除了医疗设备的更新，建筑也是没有变化。住院部在二层以上，楼本就盖在山坡上，从病房的窗口，越过校园的树林、教堂的尖顶，目光可达慰冰湖，也就是说比闭璧楼更能接近水。所以，虽在病中，冰心的心情还是好的，上述诗意的描写便是明证。那时，她还惦记着闭璧楼和楼内的花："我在病榻上时时想起人去楼空，她自己在室中当然寂静。闭璧楼夜间整齐灿烂的光明中，缺了一点，便是我黑暗的窗户，暗室中再无人看她在光影下的丰神!"（"她"指的是住院前养在室内的花——笔者注）

冰心在圣卜生医院住了二十余天，血早已止，病也痊愈，倚枕写了两篇通讯，就是《寄小读者》中的通讯九、十，计有七千余字，不仅记病中的生活，更有心情回忆童年，回忆与母亲与父亲的相处相爱，甚至沉浸到辛幼安等人的古典诗词中的语境中去了。"马蹄隐隐声隆隆，入门下马气如虹"，所忆起的句子，竟是与病没有多少关联的。

就在冰心病愈，准备回到闭璧楼的时候，却得到犹如晴天霹雳般的消息：她被告知，需要继续疗养一段时间，疗养地在离威尔斯利二十几英里之外的青山沙穰。这一消息，完全打破了冰心先时病中的心境，精神几乎到了错乱的地步。本来是到美国留学，有许多功课要学，许多书要看，现在却变成了到美国来养病，如何是好？但也只能接受这个现实，美国医生视冰心的吐血有肺结核的嫌疑，而在盘尼西林未发明之前，肺结核属致人死命的传染病。就这样，"一乘轻车，几位师长带着心灰意懒的我，雪中驰过深林，上了青山（The Blue Hills），到了沙穰疗养院。"

> 如今窗外不是湖了，是四围山色之中，丛密的松林，将这座楼圈将起来。清绝静绝，除了一天几次火车来往，一道很浓的白烟从两重山色中串过，隐隐的听见轮声之外，轻易没有什么声息。单弱的我，拚着颓然的在此住下了！

青山对冰心的思想与艺术都有着重要的影响，我在《故地难寻，青山依在》一文说了此事。

娜安辟迦楼

冰心于1923年圣诞节前夜上的青山，在此疗养半年，出院时，学校已放暑假。冰心在假期中应美国友人的邀请，到了美国东部的伍岛、白岭等地继续旅游与休养。1924年9月，重返校园。这已是二年级的第一个学期了。

冰心回到威校，没有住进闭璧楼，而是在娜安辟迦楼入住，一直到1926年毕业。住进娜安辟迦楼的冰心，主要的精力便是学习，要将生病期间缺失的课补回来。所以，在这儿住了两年的冰心，却只写了两篇通讯，一首诗，一篇小说和一篇书评。通讯二十五，很短，表露了一个心迹，"许多人劝我省了和小孩子通信之力，来写些更重大，更建设的文字"，但冰心认为："我有何话可说，我爱小孩子。我写儿童通讯的时节，我似乎看得见那天真纯洁的对象，我行云流水似的，不造作，不矜持，说我心中所要说的话。纵使这一切都是虚无呵，也容我年来感着劳顿的心灵，不时的有自由的寄托！"她认为与小朋友写作，是她的心灵的寄托。《赞美所见》那首形式上带有宗教意味、实质是对人生的一种思考的诗，便是附在通讯的后面。而写作通讯二十七，已是1926年的春天了，"母亲正在东半球数着月亮呢！再经过四次月圆，我又可在母亲怀里，便是小朋友也不必耐心地读我一月前、明日黄花的手书了！我是如何的喜欢呵！"从作品中寻找，冰心对娜安辟迦楼不像闭璧楼、更不像慰冰湖，未做过任何的文字描写。我到威尔斯利女子学院寻找此楼，结果被告知，娜安辟迦楼在1936年的一次火灾中被毁，现存4根圆柱，像中国的圆明园遗址那般，伫立在慰冰湖畔。

在一个傍晚的落日余辉中，我在步教授与夫人的陪同下，来到慰冰湖畔那4根圆柱前，失去光泽仍存烟熏迹象的汉白玉立柱，似在诉说着当年的荣耀与毁灭。立柱不在娜安辟迦楼原址，孤零零地与湖光相伴，对中国人来说，自然不会产生类似圆明园般的联想，我只是想象着冰心曾在当年的立柱下，与同学相处的情景。

威校在每天下午放学后，院子里就来了许多从哈佛大学、麻省理工学院、波士顿大学来访女友的男同学，这时这里就像是一座男女同学的校园，热闹非常。先是这宿舍里有个同学有个特别要好的男朋友来访，当这一对从楼下客室里出来，要到湖边散步时，面向院子的几十个玻璃窗儿都推上了（美国一般的玻璃窗，是两扇上下推的，不像我们的向外或向内开的），女孩子们伸出头来，同声地喊：No（不可以）！这时这位男同学，多半是不好意思地低头同女朋友走了，但也有胆子大、脸皮厚的男孩子，却回头大声地笑喊Yes（可以）！于是吓得那几十个伸出头来的女孩子，又吐了舌头，把窗户关上了！能使同学们对她开这种玩笑的人，必然是一个很得人心的同学。宿舍里的同学对我还都不坏，却从来没同我开这种玩笑，因为每次来访问我的男同学，都不只一个人，或不是同一个人。到了我快毕业那一年，她们虽然知道文藻同我要好，但是文藻来访的时候不多，我们之间也很严肃，在院里同行，从来没有挎着胳臂拉着手地。女同学们笑说："这玩笑太'野'了，对中国人开不得。"

（冰心《在美留学的三年》）

在娜安辟迦楼，冰心不仅接待了许多中国同学，不仅结识了许多美国同学，而且还与日本的同学很要好，濑尾澄江就是其中的一位。濑尾毕业于日本津田学塾，当时津田没有被美国认定为大学，所以濑尾攻读的是美国的本科。冰心毕业于燕京大学，燕京是美国人司徒雷登办的大学，美国承认其学历，冰心来美留学一开始便读研究生课程。但美国教育与中国也与日本不同，任何人都能随意选择自己喜欢的学科，濑尾澄江的文本科，竟也可以与冰心同班听课，因为共同的课程和共同的爱好，后来成了最好的朋友。根据濑尾晚年的回忆，冰心当时很会开玩笑，她一点儿都不怕羞，也不怕生，但也没有自以为是，给人感觉特别好，无论什么时候她都能制造愉快的气氛。冰心最拿手的是模仿老师非常逼真，尤其是模仿那位教莎士比亚的 Shacford 老师惟妙惟肖，"无论对哪国的学生来说，都没有比模仿老师更高兴的事了，大家在宿舍里吃着晚饭，沸沸扬扬地评论这一天的老师的课，模仿老师，开心之极。"晚年的濑尾回忆说。

娜安辟迦楼最重要的一笔应该写上，那就是冰心在这里完成了她的硕士论文《李易安女士词的翻译与编辑》，这是一部非常独特的论文同时也采用了独特的写作方式。因为指导老师 Mrs. Loomis 不懂中文，冰心每周翻译一首，然后到导师家去喝茶，将翻译好的词写成散文，导师再帮她改成英文诗的形式，就这样完成了她的对《漱玉词》25 首词的英文翻译，成为她重要的一部作品，也成了中国诗词汉译英的典范之作。

图 书 馆

冰心的毕业论文《李易安女士词的翻译与编辑》，仅一个稿本，并未带回国内，也未正式发表与出版，但威尔斯利女子学院图书馆，将其完好如初地保存在那儿。1988 年至 1989 年间，当年那个被登记为"吴妹妹"的人，吴冰，这时已是北京外语大学教授，来到位于坎布里奇的哈佛大学做访问学者。坎布里奇市离威尔斯利镇很近，吴冰来到了母亲的母校，从图书馆寻找到了母亲的硕士毕业论文，并且复印了带回国内。这是冰心的毕业论文第一次在家人面前也是第一次在国人的面前现世。冰心的女婿陈恕翻译了论文的"序"与"文体"部分，也就是论文前半部分，吴冰翻译了"李易安词"部分。由于论文中已有冰心手抄的李易安 25 首词的原件，所以这一部分就不必做英文翻译为中文的工作，只要翻译注释部分即可。这部论文后来收入了卓如女士编辑的《冰心全集》之中，香港的一家出版社还出版了单行本，使用的是同一个译本。

但是，这里有一个重要的问题被忽略了。冰心与她的导师倾注了大量心血的，是将李易安的词汉译英，英文的李易安词才是冰心的作品，也是冰心这部论文最有价值的部分。因为有了李易安现成的中文文本，所以也就不用英译汉，但也就将冰心论文中精华部分忽略了。我开始也没有在意，后来才发现这个问题。中国学者在向西方介绍中国传统文化时，绝对绕不开对古典诗词的介绍与翻译，但古典诗词的翻译无疑是最棘手的问题，因此，后学自然要向前辈讨教，一些学者知道冰心曾有过《漱玉词》的汉译英，并且是以论文的形式出现，非常有兴趣。《漱玉词》绝非一般才学的人敢于问鼎的，冰心当然有这个资格，他们想从这位前辈英译中，感受一下"寻寻觅觅，冷冷清清，凄凄惨惨戚戚。乍暖还寒时候，最难将息"的意境，在英文中是如何传达的。但是寻遍东西，独独不见冰心汉译英李清照的身影。有学者给我写信，发 E-mail，打电话，我告诉他们在《冰心全集》中，于是，我才被对方告知有上述的忽略。

我在威校访问时，曾多次进出这座图书馆，这一次我也专门去寻找了这部论文的原稿。它的封面与内文装订保存得非常好，八十多年了，墨香如昨，英文打字机敲击时留在纸上的痕迹，清晰可见。连那用红笔改动的墨迹，还没有退色，更不用说冰心手抄的 25 首《漱玉词》了。戴了手套轻轻地摩挲真是一种享受啊。在征得管理人员同意的情况下，我用数码相机拍下了这部论文的全部页码。与此同时，我还看到了一部分冰心的照片，甚至还有三张宋美龄的照片（宋美龄是威尔斯利女子大学的本科生，1913～1917 年就读于此），这些自然也都让我如获至宝了。冰心的成绩单也收藏在这座图书馆里，在那密密 4 页的成绩单上，记载了冰心三年留学的用功与刻苦。她的各门成绩都是 B 等，也就是85 分以上（当时老师给成绩是非常严格的，极少有 A 等，B 等则属好成绩）。而外语阅读的英语与法语，没有学分也没有成绩，那是必须通过的课目（按照当时美国大学的要求，英语为母语，德语与法国分别为第一、第二外语，冰心的本母为汉语，在教授会专业委员会同意之后，冰心以英语与法语为第一第二外语）。在这个成绩单上，还读到了其他一些方面的信息，都是很珍贵的。

娜安辟迦楼离图书馆很近，冰心常常从宿舍来到图书馆看书，这里还有过一个爱情故事，一首爱情的诗。《相思》是冰心唯一的一首情诗，竟是图书馆门前雪地上的树影催生的。

避开相思，
　披上裘儿，
　　走出灯明人静的屋子。

小径里冷月相窥，
枯枝——
　在雪地上
　　又纵横写遍了相思！

落款是 1925 年 12 月 12 日夜。爱情
故事也还是让冰心自己来叙述：

　　那时威大的舍监和同宿舍的同
学，都从每天的来信里知道我有个
"男朋友"了。那年暑假我同文藻在
绮色佳大学补习法文时，还在谈着
恋爱！十二月十二日夜我得到文藻
一封充满着怀念之情的信，觉得在
孤寂的宿舍屋里，念不下书了，我
就披上大衣，走下楼去，想到图书
馆人多的地方，不料在楼外的雪地
上却看见满地上都写着"相思"两
字！结果，我在图书馆里也没念成
书，却写出了这一首诗。

　　　（冰心《话说"相思"》）

东方美女 HSIEH（MARGA-RET）WAN－YING，即是谢
（玛格丽特）婉莹。玛格丽特是
冰心的英文名，她说很少用过，
但成绩单却是用了这个名字

　　但冰心又说，别说这个爱情故事，
就是那首诗，除了对她的导师解释雪地
树影可能组成汉语中的"相思"二字，
并且将诗写给她看，别的人都没有看过，

图书馆前,雪天下的枯枝是不是适合写出"相思"二字?

都不知道,包括吴文藻在内!

  威尔斯利女子学院图书馆很古老、很艺术、也很现代,三者结合起来,使得这座图书馆富有生命力。我第一次访问时,曾在图书馆举行过《冰心在中国》的讲演,第二次,应中文系马静恒教授的邀请,为她的学生在图书馆一间面对慰冰湖的教室里讲课,内容就是《冰心与慰冰湖》,望着林中的湖水,我的讲课也变得诗意起来。

慰冰湖上

  又回到慰冰湖,不过这一回要到湖上去。

  1981 年吴冰第一次到美国访学,冰心便建议她的女儿去威尔斯利,去看校园,首先是慰冰湖,并且叮嘱女儿:"你先到湖的右边的 Boat

House 去雇一条 Canoe 在湖上划到对面的 Italian Garden，目望威校校舍，绿树中就很好看，湖边有可座谈的，有铁栏杆的石座子"。这些现在都在，码头、游船，"有铁栏杆的石座子"，一百多年也没有变，1900年的字样便是明证，冰心曾在这个石座子上写过《寄小读者》。我是在晨曦之中椅坐在铁栏杆的石座子上，虽已初夏，依旧冰凉，不知道当年冰心坐在这石座子上写作，是不是有个垫子？

病愈后回到威校的冰心，也就是住进了娜安辟迦楼的冰心，不再仅仅在湖边行走了，她经常和一些从波士顿来的中国留学生，划了船荡漾在如镜的湖面上。从远处水面看威校的风景，那是另一番情景，同时，也说着各自学校的新闻，寄托故国的情思，当然也讨论问题，这就是冰心称之为的"湖社"。

> 我们同波士顿的中国男同学们，还组织过一个"湖社"，那可以算是一个学术组织，因为大家专业不同，我们约定每月一次，在慰冰湖上泛舟野餐，每次有一位同学主讲他的专业，其他的人可以提问，并参加讨论。我记得那时参加的男同学有哈佛大学的：陈岱孙、沈宗濂、时昭涵、浦薛凤、梁实秋；和燕大的瞿世英。麻省理工大学的有曾昭伦、顾毓琇、徐宗涑等。有时从外地来波士顿的中国学生，也可以临时参加，我记得文藻还来过一次。
>
> （冰心《在美留学的三年》）

这些人后来都成了中国的精英，在各自的领域有着重要的建树，不知道这种建树与当年的慰冰湖泛舟论天下有无关系？但可以想见，这种既有美景可观，又有美女相伴（冰心当年在威校可算是东方美女了），既有故乡可思，又有宏论可发，一定会铭刻在各自的记忆深处。

在慰冰湖的中间，有一条落满枯叶、布满青苔的小路，通向一处小半岛。一般的旅游者难以发现，在这里深藏着一个又一个爱情故事的秘密。据说当两个青年男女同学，手拉着手走到了那个小半岛上，爱情就差不多成功了。冰心说，她与吴文藻谈恋爱，不是在威校，而是在康乃尔大学，是在绮色佳，但我猜想，当吴文藻来威校探望冰心时，可能也走到了这个半岛上，冰心叫它 Tupelo Point。

我曾经一个人独自多次走到这个半岛上，自然不是为了爱情，却是在寻找一种比爱情更深更美的东西……

晚年的冰心说：

> Lake Waban 是我最喜欢的地方。我去过许多大学校园，都不如 W 校那么美！主要的是她有那一片水！

通向半岛的爱情小道

我在美三年，印象极深也极好……尤其是 W 院，那湖光，使我永不忘记，而且常常入梦！

一个生命到了"只是近黄昏"的时节，落霞也许会使人留恋、惆怅。但人类的生命是永不止息的。地球不停地绕着太阳自转。

东方不亮西方亮，我窗前的晚霞，正向美国东岸的慰冰湖上走去……

故地难寻，青山依在

精神高地

冰心的名作《寄小读者》，前五篇写于出国前，后两篇写于归国后，其他的均写于美国留学期间。1923年9月至1926年6月，冰心作为破格录取的"特别学生"在美国东部的威尔斯利女子大学攻读英国文学。出国前，冰心曾答应弟弟们的要求，将旅途与国外的见闻，写信告诉他们。同时，北京《晨报》也给她开辟了《儿童世界》的专栏，所有的通讯都在专栏上发表。

所以，冰心赴美留学，除了要完成她的学业之外，还有一个写作的任务，对小朋友的承诺是不可以失信的，冰心很明白这一点。因而，她在太平洋的杰克逊总统号邮轮上，便在做场景记录，到威尔斯利入学不几天，便在她喜爱的，并且谐音会意翻译为"慰冰湖"（Lake Waban）的岸边，给远东的小朋友写信，报告她的见闻与心情。

刚入学时，冰心的课程并不重，英国文学是她的专业课，其他还有阅读和朗诵、个人卫生与体育、数学、英语作文、《圣经》历史等课，大多是不计学分的，没有太大的压力，尤其是她不需要打工，学校给的奖学金、从清华学堂渠道申请到的半官费的助学金以及朋友为她申请的一些私人基金会的资助等，足以让她衣食无忧地安心学习和写作。所以，心情很愉快，正如她在通讯七中写道："朝阳下转过一碧无际的草坡，穿过深林，已觉得湖上风来，湖波不是昨夜欲睡如醉的样子了。——悄然的坐在湖岸上，伸开纸，拿起笔，抬起头来，四围红叶中，四面水声里，我要开始写信给我久违的小朋友。小朋友猜我的心情是怎样的呢?"欢快与愉悦的情绪，跳跃在字里行间。

但是，这种欢乐的心情很快消失，一是因为乡愁，冰心从来都生活在家庭的呵护下，就是北京上学也不住校，现在突然一人独自远涉重洋，来到异国他乡，特别地想家想父母想弟弟们，用她的话说，发梢上滴出来的都是愁绪。这还不算，在她入学 9 个星期后，也就是说一个学期尚未结束，她的旧病复发：肺支气管破裂，导致大口大口地吐血。这种病在国内她是常患的，血止住就好了，但在美国，可就严重了，先是在学校的医院住了将近一个月，病已痊愈，但是，她却被告知，还需要休养半年，听到这个消息，她几乎是神经错乱了。于是，在一个雪后的晴天里，一辆黑色的小车，将她送上了青山沙穰疗养院。

威尔斯利位于波士顿的西郊，青山则位于波士顿南郊，两地相距几十公里，尤其是沙穰疗养院建在青山的山中（青山既是一个山的名字，也是一个镇的名字），孤立而寒冷（波士顿属寒冷地带，纬度相当于中国的长春）。

汽车下山了，护送的人走了，病中的冰心，一人留在了寒冷与孤立的

青山的道路

沙穰疗养院。

> 如今窗外不是湖了，是四围山色之中，丛密的松林，将这座楼圈将起来。清绝静绝，除了一天几次火车来往，一道很浓的白烟从两重山色中串过，隐隐的听见轮声之外，轻易没有什么声息。单弱的我，拚着颓然的在此住下了！
>
> （通讯十一）

这种颓然而沮丧的情绪，这种孤立无援的瘦弱身影，大概持续了十余天。"一室寂然，窗外微阴，雪满山中"。转折点是圣诞节，医生看护和病中的小朋友给她带来的祝福与礼物，让她的脸上有了欢悦，但真正的转折是她意识到病也是"造物主的决旨"，意识到青山、疾病与寂静对其生命的意义之时。她说原"以为从此要尝些人生失望与悲哀的滋味，谁知却有这种柳暗花明的美景。"

于是，她游山、滑冰、观雪、听雨，将自己弱小的身体，融入到大自然之中；她凝神遥想辗转思索，将她的感情，诉之于笔于纸，报告给故国的小朋友。待 6 个月后离开青山时，冰心以庄肃的态度来叙述这一段病中的生活，除"弱"，除"冷"，除"闲"之外，最重要的便是：

> 同情和爱，在疾病忧苦之中，原来是这般的重大而慰藉！我从来以为同情是应得的，爱是必得的，便有一种轻藐与忽视。然而此应得与必得，只限于家人骨肉之间。因为家人骨肉之爱，是无条件的，换一句话说，是以血统为条件的。至于朋友同学之间，同情是难得的，爱是不可必得的，幸而得到，那是施者自己人格之伟大！此次久病客居，我的友人的馈送慰问，风雪中殷勤的来访，显然的看出不是敷衍，不是勉强。至于泛泛一面的老夫人们，手抱着花束，和我谈到病情，谈到离家万里，我还无言，她已坠泪。这是人类之所以为人类，世界之所以成世界呵！我一病何足惜？病中看到人所施于我，病后我知何以施于人。一病换得了"施于人"之道，我一病真何足惜！

"同病相怜"这一句话何等真切？院中女伴的互相怜惜，互相爱护的光景，都使人有无限之赞叹！一个女孩子体温之增高，或其他病情上之变化，都能使全院女伴起了吁嗟。病榻旁默默的握手，慰言已尽，而哀怜的眼里，盈盈的含着同情悲悯的泪光！来从四海，有何亲眷？只一缕病中爱人爱己，知人知己之哀情，将这些异国异族的女孩儿亲密的联在一起。

谁道爱和同情，在生命中是可轻藐的呢？

爱在右，同情在左，走在生命路的两旁，随时撒种，随时开花，将这一径长途，点缀得香花弥漫，使穿枝拂叶的行人，踏着荆棘，不觉得痛苦，有泪可落，也不是悲凉。

（通讯十九）

冰心说，离开青山后，许久不见的朋友，都说她改了，变了，冰心说这种改变"虽说不出不同处在哪里，而病前病后却是迥若两人。"这个不同，便在于"绝对的认识了生命"，并且愿意低首去领略，为了小朋友，为了至爱的母亲，冰心说"我十分情愿屈服于生命的权威之下"。

一个是"爱"与"同情"，在病中对人生的感悟，一个是"屈服于生命的权威"，在病中对生命的理解，从此确立了冰心的人生观与生命观（也可以说世界观），对她未来的人生，与对生命与世界的看法产生了深刻的影响。

而这一切，都发生在青山！

走进青山

日本学者萩野脩二教授最先意识到青山对冰心的意义。1998年他独自一人专程前往美国，上了青山，希望能寻找到使冰心的人生与生命态度都发生变化的沙穰疗养院。陪同的有威尔斯利女子学院的两位女教授。但是，他们失望了：沙穰疗养院已在20世纪70年代被拆除，他们却是得到了另一个重要的信息，原来那是一座带隔离性的传染病疗养院。在盘尼西林尚未发明之前，肺结核是一种致命的疾病，并且可以通过呼吸道传染。冰心吐血实际上是肺支气管破裂，而非属容易传染的肺病，但学校的圣卜生医院显然将她视为肺结核病患者，这才坚持将她送上了沙穰疗养院。冰心在她的文章中，却是只字未提及此事。她的屈服于生命是不是包含了这些呢？

尽管知道萩野先生寻找未果，但在我第二次访问威尔斯利女子学院的时候，还是上了青山。那天的午间，我在哈佛大学做过《自由与文学》的演讲。之后，我和步起跃教授穿过哈佛庭院，从哈佛广场进入地铁站，乘了红线地铁到达郊外的一个车站，在这个车站的停车场，步教授开着他停在这儿的小车，直奔青山。

五月的新英格兰大地，是一年中最美的季节，刚刚发出新芽的白桦、赤杨、青枫，呈现出紫红、嫩绿、米黄等不同的颜色，还有常青的松树与盛开的鲜花，将 95 号公路两旁的山林，点缀得色彩斑斓。步教授说，他常在这条公路上开车，若是晴天，更是气象万千，那日是在雨中行车，色彩不及阳光下艳丽，尤其是进入 93 号公路后再转入 138 号，

青山博物馆的陈列

雾气更重，山林的阴暗与雨天的潮湿，还是下午 3 点多钟的光景，便似近暮色了。

根据我的经验，对一个地区历史的了解，首先应该去博物馆。美国是一个博物馆林立的国家，青山虽是小镇，却也果真有博物馆。步教授说，青山博物馆便在 138 号公路旁，并且很快便将车停在了博物馆的停车场。推门进入，购了一张青山镇的地图，便开始寻找沙穰。但当我们询问沙穰疗养院时，售票的老者也回答不上来。她说，她不知道有这样的一个疗养院，她的年龄大概在 60 岁之上吧，后来从屋里走出一位年轻的女性，认真听了询问，更是茫然不知，立即打电话求助，依然还是无人知道。于是，她们便好奇起来，反问我们为何要寻找一个已经不存在的疗养院？我告诉她们，因为中国有一位很有名的女作家，曾在这儿住过半年的院，我们是她的研究者，希望能看看这座疗养院的情况。不想，年轻的工作人员对作家有了兴趣，问起了作家的情况，尤其问到作家作品的发行量，这倒是难住了我，因为从未统计过，也不可能统计出冰心作品总的发行量，步教授说，那就告诉她一个大概的数字吧，我说，如果说大概，是不是有几百万呢？美国的读者大概是以发行量的数

山下的地图与告示

字来衡量一个作家的影响，当她听到这个数字时，立时惊讶得瞪大了眼睛。

青山博物馆很简单，主要是青山地区的物种与原住民的生活环境存列与再现。大范围而言，青山属北美的森林区，这里古木参天，林荫蔽日，尤其是它的高纬度，寒带的山地常被冰雪覆盖。这里的原住民有被后人称之为 Eskimo 的蛮族，传说中黑发披裘，以雪为屋，过着冰天雪地的渔猎生活。冰心在沙穰疗养期间，经常一人独自外出游山，去山下的湖边看村里的小朋友滑冰。冰心恰也着裘衣，东方人黑色的头发，从白雪的林中飘然而过，引起村里小朋友的驻足与议论。面对这个不与他们搭话的神秘旅人，沙穰的孩子便传说着，林中果然来了一个 Eskimo，并且以黑发披裘为证。这话传到冰心的耳中，自觉惭愧，Eskimo 是那么的勇敢，哪里能及他们？"我愿终身在森林之中，我足踏枯枝，我静听树叶微语。清风从林外吹来，带着松枝的香气。白茫茫的雪中，除我外没有行人。我所见所闻，不出青松白雪之外，我就似可满意了！"冰心在《山中杂记》中记下了这件事。我在博物馆中，见到了 Eskimo 再现的生活场景，母亲在一旁劳作，父亲为即将出征渔猎的儿子整理裘衣，儿子披着黑色的长发，身佩猎具，恰如冰心的描写。

冰心与友人在青山滑雪

博物馆在

青山脚下，登山入口处并无山门，但有一告示栏，张贴着青山的地图与相关的告示。地图上红色的点线为步行登山道，每一小道均有编号，我们从1055号小道进入，也许当年冰心没有少走过这条路，不远处便是HOUGHTONS POND，看小朋友滑冰的地方。我与步教授从登山道进入山中，两旁高大的古木，拔地冲天，苍劲挺立，不知道有了多长的树龄，冰心是否在树的盘根上歇过脚？每棵树均有红字编号，路则由枕木铺设，就像中国古栈道一般，只是没有山崖的惊险。但林中潮湿雾重，枕木黑沉而光滑，踏上去似无安全感。我手持笨重的10D相机，曾有两次趔趄，吓得步教授惊叫，我想到的是寻旧，步教授想到的是"保险费"，万一有事，美国可是没有我的医疗保险啊。于是不敢贸然登上山顶，只得在半山腰想象着当年冰心一个人游山的情景：

山后是森林仄径，曲曲折折的在日影掩映中引去，不知有多少远近。我只走到一端，有大岩石处为止。登在上面眺望，我看见满山高高下下的松树。每当我要缥缈深思的时候，我就走这一条路。独自低首行来，我听见干叶枯枝，喊喊喳喳在树巅相语。草上的薄冰，踏着沙沙有声，这时节，林影沉荫中，我凝然黯然，如有所戚。

山前是一层层的大山地，爽阔空旷，无边无垠的满地朝阳。层场的尽处，就是一个大冰湖，环以小山高树，是此间小朋友们溜冰处。我最喜在湖上如飞的走过。每逢我要活泼天机的时候，我就走这一条路。我沐着微暖的阳光，在树根下坐地，举目望着无际的耀眼生花的银海。我想天地何其大，人类何其小。当归途中冰湖在我足下溜走的时候，清风过耳，我欣然超然，如有所得。

(通讯十四)

青山真有美极的时候。二月七日，正是五天风雪之后，万株树上，都结上一层冰壳。早起极光明的朝阳从东方捧出，照得这些冰树玉枝，寒光激射。下楼微步雪林中曲折行来，偶然回顾，一身自冰玉丛中穿过。小楼一角，隐隐看见我的帘幕。虽然一般的高处不胜寒，而此琼楼玉宇，竟在人间，而非天上。

　　九日晨同女伴乘雪橇出游。双马飞驰，绕遍青山上下。一路林深处，冰枝拂衣，脆折有声。白雪压地，不见寸土，竟是洁无纤尘的世界。最美的是冰珠串结在野樱桃枝上，红白相间，晶莹向日，觉得人间珍宝，无此璀璨！

（通讯十六）

　　山做了围墙，草场成了庭院，这一带山林是我游戏的地方。早晨朝露还颗颗闪烁的时候，我就出去奔走，鞋袜往往都被露水淋湿了。黄昏睡起，短裙卷袖，微风吹衣，晚霞中我又游云似的在山路上徘徊。

（《山中杂记》）

青山留名

　　冰心的写作，历来是性情所致，闲时静时，情绪到点时，便是她最好的写作时间。她没有稿费的压力，有的只是一种承诺，其如"寄小读者"，若隔得时间长了，便有一种自责，所以，她在学校圣卜生医院住院时，也常常偷着写她的"通讯"。青山的半年，原本就是休养，完全是一种清闲自在的生活，"'闲'又予我以写作的自由，想提笔就提笔，想搁笔就搁笔。这种流水行云的写作态度，是我一生所未经，沙穰最可纪念处也在此！"

　　在这种写作状态下，冰心常常将她的笔触伸向了故国和童年，无缘无故地想起写起了一些与眼前生活完全没有关联的人与事，"这两天来，不知为什么常常想起六一姊。"这个六一姊是什么人？一个烟台乡下的女孩，一个儿时偶尔的玩伴，掘沙坑、玩跳远、看社戏，不过如此。而远在青山的冰心忆及写及，竟至到了"泪已盈睫"的程度，连同许多童

与疗养院的小朋友在一起

年的往事，便一齐真切地活现到眼底下来了。淑敏虽然是中学与大学的同学，但并非晨夕相随，也不是最好的朋友，此时却忆起她来，几回简短的交谈，她的病，她的死，连同此时的情绪，一同记录了下来，"青山是寂静，松林是葱绿，阳光没入云里，和她去年的死日一样的阴郁"，冰心认为这是追悼亡友最适宜最清洁的环境。去年的泪，今日才流，使得她在追忆一位与自己并不太相干的生命时，诉说得十分动情。甚至从旧夹中沿着 3 年前的手迹，续写起小说《别后》。而在《往事》（二）中，也有三篇回到了父亲与弟弟们身边的文字，其如关于"灯塔守"与父亲的宏论与对话，将其儿时的斗志与另类幻想，将海边的情景唤回到山的面前。

与青山无涉的故国童年的往事，青山却成了书写的主角，没有青山便也没有如许的文字留给后人，我在面对青山的时候，便有如许的感想。那么，青山之事、青山之物、青山之情、青山之景、青山之人呢？《寄小读者》中有七篇写于青山，《往事》（二）计 10 篇写于青山，而专门描写青山的便有 5 篇，《山中杂记——遥寄小朋友》也计有 10 篇，篇篇皆青山。这些描写青山的篇章，在冰心的散文中，皆为上乘之作，一些篇什都可以拿来朗诵的，比如"今夜林中月下的青山，无可比拟"篇（《往事》（二）之三），成为冰心诗文朗诵的保留节目，令人感动，令人心灵纯净。

今夜林中月下的青山，无可比拟！仿佛万一，只能说是似娟娟的静女，虽是照人的明艳，却不飞扬妖冶；是低眉垂袖，璎珞矜严。

流动的光辉之中，一切都失了正色：松林是一片浓黑的，天空是莹白的，无边的雪地，竟是浅蓝色的了。这三色衬成的宇宙，充满了凝静，超逸与庄严；中间流溢着满空幽哀的神意，一切言词文字都丧失了，几乎不容凝视，不容把握！

今夜的林中，决不宜于将军夜猎——那从骑杂沓，传叫风生，会踏毁了这平整匀纤的雪地；朵朵的火燎，和生寒的铁甲，会缭乱了静冷的月光。

今夜的林中，也不宜于燃枝野餐——火光中的喧哗欢笑，杯盘狼藉，会惊起树上稳栖的禽鸟；踏月归去，数里相和的歌声，会叫破了这如怨如慕的诗的世界。

今夜的林中，也不宜于爱友话别，叮咛细语——凄意已足，语音已微；而抑郁缠绵，作茧自缚的情绪，总是太"人间的"了，对不上这晶莹的雪月，空阔的山林。

林中传说中的 Eskimo 生活情景

山上的小松鼠给孤寂的冰心以欢乐

作者所见的林中白马

与上山探望的美国友人露丝合影

下山了，冰心在车上最后凝望着青山沙穰

今夜的林中，也不宜于高士徘徊，美人掩映——纵使林中月下，有佳句可寻，有佳音可赏，而一片光雾凄迷之中，只容意念回旋，不容人物点缀。

我倚枕百般回肠凝想，忽然一念回转，黯然神伤……

今夜的青山只宜于这些女孩子，这些病中倚枕看月的女孩子！

假如我能飞身月中下视，依山上下曲折的长廊，雪色侵围阑外，月光浸着雪净的衾绸，逼着玲珑的眉宇。这一带长廊之中：万籁俱绝，万缘俱断，有如水的客愁，有如丝的乡梦，有幽感，有彻悟，有祈祷，有忏悔，有万千种话……

山中的千百日，

山光松影重叠到千百回，世事从头减去，感悟逐渐侵来，已滤就了水晶般清澈的襟怀。这时纵是顽石的钝根，也要思量万事，何况这些思深善怀的女子？

往者如观流水——月下的乡魂旅思，或在罗马故宫，颓垣废柱之旁；或在万里长城，缺堞断阶之上；或在约旦河边，或在麦加城里；或超渡莱茵河，或飞越落矶山；有多少魂销目断，是耶非耶？只她知道！

来者如仰高山，——久久的徘徊在困弱道途之上，也许明日，也许今年，就揭卸病的细网，轻轻的试叩死的铁门！

天国泥犁，任她幻拟：是泛入七宝莲池？是参谒白玉帝座？是欢悦？是惊怯？有天上的重逢，有人间的留恋，有未成而可成的事功，有将实而仍虚的愿望；岂但为我？牵及众生，大哉生命！

这一切，融合着无限之生一刹那顷，此时此地的，宇宙中流动的光辉，是幽忧，是彻悟，都已宛宛氤氲，超凡入圣——

万能的上帝，我诚何福？我又何喜？……

这些描写青山的篇什，将青山的树、青山的林，青山的雨、青山的雪，青山的暮色与晨光，青山小鸟与默默无闻的蒲公英，如中国水墨画那样的浓淡相宜，舒展有致，十分的生动而有趣而有诗意地描写了出来，从而永远地留在了读者的心中。

眼前的青山，其实是一座并不高的山，是一座并不出名的山，它不起眼，在新英格兰的大地上，与别的山全无二致，然而，因为有了冰心，因为有了冰心那半年的病中生活，却显出了它的与众不凡，显现了它非凡的魅力，令人神往，令人向往，以至一个中国的研究者，绕了半个地球，行了四万里路，专程前来朝拜！

康科德的文学版图

康科德镇位于波士顿的西北郊，属于新英格兰地区，虽不能像中国那样称之为千年古镇，但在美国却也有了相当的历史。

19 世纪的康科德

中国的读者知道康科德这个名字，大多源自《瓦尔登湖》。的确，那就是美国作家亨利·大卫·梭罗（Henry David Thoreau 1817～1862）的故乡。同时，它也是拉尔夫·瓦尔多·爱默生（Ralph Waldo Emerson，1803～1882）、路易沙·梅·奥尔科特（Louisa May Alcott，1832～1888）的故乡，也是纳撒尼·霍桑（Nathaniel Hawthorne 1804～1864）居住的第二故乡。从我列具的四位作家的生卒年表上看，他们不仅是同乡，还是同时代，并且都是美国 19 世纪的重要作家。梭罗的《瓦尔登湖》自不必言，问世 150 多年来且常读常新，爱默生的演讲与随笔体的《论文集》，霍桑的《红字》，奥尔科特自传体的《小妇人》等，不仅在美国而且在全世界文学格局中，都占有重要的位置。一个小镇，同一时代，竟然生出了这么几位重量级的作家，恐怕全世界也无二处。

康科德博物馆　　　　　　奥尔科特路　　　　　　　　北桥古战场

　　徐迟翻译的《瓦尔登湖》的序言中，称康科德为康科德城或康城。其实，就是一个镇，梭罗时代全镇只有五千余人，现在也不过一万七千余人，比中国的一个镇要小得多。对于大多数美国人来说，康科德与列克星顿一样，是独立战争的发源地。1775 年 4 月 19 日，因茶叶党事件，当英国军队在列克星顿发生遭遇战之后，他们向康科德进发，没有想到在这里遭遇到更强大的阻击。早已有准备的四百余名民兵，在旧北桥的附近伏击了他们，将英国军队打败迫使他们退回到波士顿，成为美国独立战争第一场重大的战役。如今旧北桥被重新修缮，成为一个重要景点。爱默生为纪念这次战役而写的格言："THE THUNDERBOLT FALLS ON AN INCH OF GROUND, BUT THE LIGHT OF IT FILLS THE HORIZON."（雷电坠入寸土，但它的光芒却照亮了天际）就刻在通往北桥的路面上。而战败的英国人也在此立墓，墓碑上写着："他们来自三千英里外的地方，为保全过去的王国而捐躯于此，再也听不到海涛之外他们英国母亲的呜咽。"

　　虽然我也去凭吊过这个古战场，但没有引起我多大的兴趣。令我着迷的是这个镇作家们的故居、遗址和博物馆等。在这一点上，康科德足以让你流连忘返。走在康科德的街道上，抬头便可见爱默生路、梭罗路、奥尔科特路和霍桑路，还有瓦尔登路等，以作家与作品的名字命名的大小街道，成了康科德一道靓丽的风景线。绿色底牌的路标上，列上熟悉的作家与作品的名字，令异国他乡之人也会感到亲切。在这样的街道上，分布着爱默生故居、奥尔科特故居、霍桑故居、爱默生与霍桑先后居住过的老爱默生古屋等，都是旧时建筑与陈列，不是中国式的"破旧立新"或"修旧如旧"，也不是在周边建上无数的庞大建筑，仅存一

康科德的圣人们在图书馆里相聚

块故居之地，而是将作家们居住过的房子包括其周边环境，原汁原味地保存了下来。仅是有关梭罗的遗迹便有多处，瓦尔登湖、湖畔小屋遗址、湖畔小屋复制品、梭罗演讲厅和梭罗故居等（梭罗故居是他父亲的房子，父亲去世后，他曾在此生活直到去世，但目前由他人居住）。在康科德博物馆，有北桥战役中，向保罗·里维尔发信号时使用的灯笼，有来自瓦尔登湖梭罗小屋内简朴的家具、爱默生使用过的实物等。

　　在这个小镇上，有一座规模相当的图书馆。走进康科德公共图书馆（CONCORD PUBLIC LIBRARY）大厅，爱默生的全身座像出现在你的面前，这是一个睿智而带有某种忧伤的思想者形象，动感与质感都很强。陪同参观的聂茸副馆长告诉我，塑像的作者便是丹尼尔·切斯特·法兰（Daniel Chester French），林肯纪念堂中林肯塑像的作者。我想，这位与林肯同时代的思想文化界领袖，应享此殊荣。他的那篇《美国学者》（1837 年）著名演讲，便是宣告了美国文学脱离英国文学而独立，并且告诫美国学者不要让学究习气蔓延，不要盲目地追随传统，不

康科德公共图书馆

要进行纯粹的摹仿等，后被美国思想文化界誉之为"独立宣言"。爱默生的影响还在于他的超验主义哲学思想，那时，他的家被称之为超验主义俱乐部，常常与老奥尔科特、霍桑、梭罗、傅勒等在一起讨论超验的哲学命题。图书馆也建立了超验主义的实践室，主要是用来收藏康科德镇作家、学者的著作，我看了看，大概有两千余种。有一老者正用笔记本电脑在小圆桌上写作，当年的爱默生已远去，一个人也无法讨论，或许他在此体验超验主义的哲学，并将其记入文字之中？梭罗的雕塑是一座胸像，走进去便是梭罗阅览室。这是以梭罗的名字命名的阅览室，以一半的面积摆放书架，阅读者可自取，同时也可以将书库借出的书带来阅读。室内极其安静，我有一点时间，坐下来融入这里的阅读氛围，抬头看看挂在高处的油画，发现竟是《瓦尔登湖》的插图，并且均为原作，这让我感到吃惊。

最令我兴奋的是图书馆历史文献收藏室，这里收藏着大量的爱默生、梭罗、霍桑与奥尔科特的手稿、著作版本和实物。收藏室位于地下层，收藏部主任威尔逊女士（LESLIE PERRIN WILSON）已经等候在那儿，她将准备给我看的手稿、版本等，从库房一一取出，按顺序摆放在小推车上。然后，在一张长桌前，我们相向而坐，她从小推车上一件件如数家珍般地向我讲解与展示。爱默生的《美国学者》、《论成功》等手稿首先被介绍，我看到爱默生一百多年前的手迹，粗放而潇洒，但威尔逊女士说，真正体现爱默生魅力的是他在演讲时的神态。爱默生以演讲而闻名，面对听众，激情四溢，右手总是在不停地挥动，根本就不用演讲稿，并且常有警句出现，听他的演讲不仅思想受到启发，也是一种艺术享受。可惜那时没有录像，现在看不到他当年演讲的情景。不过，我在图书馆看到的一幅爱默生演讲时的油画，还是让我感受到了某种情景。霍桑是我喜爱的作家，他的《红字》三十多年前读过，至今印象不减。

威尔逊女士在向作者介绍康科德的文学收藏。左为步起跃教授

但这里没有《红字》的手稿，只有它的初版本，由波士顿一家小出版社出版，据说《红字》的手稿被私人收藏。霍桑手稿也有，那是在他去世后发现的，藏在阁楼楼梯旁的密柜中，大概是霍桑并不满意这些作品，从不示人，也没有出版，在他去世后被爱默生发现，霍桑的妻子索菲娅将其整理出版，却遭到不少的非议。奥尔科特的成名作《小妇人》有好几个版本，从初版到后来的几个版本，每个版本都有改动，不是文字的改动而是插图的改动，威尔逊女士一一指给我看。她还告诉我，奥尔科特对插图特别讲究，所有的插图创作她都要参与，不满意的重来，或在下一版时换上新的插图。奥尔科特的写作以她的家庭为背景，书中

遥远的康科德河，梭罗曾经测量过它的全长

康科德第一教堂与瓦尔登路

的人物与现实中的人物都可以对号，大概她这样做，是在追求一种完美，文与图都追求一种形似与神似的完美。最有意思的是梭罗的手稿，龙飞凤舞如天书一般，他的书描写出宁静与恬淡，而他在写作时却像有些狂躁呀（犹如凡·高在阿尔高地上的绘画），是不是因为要尽快地将胸中之意一气呵成，故在写作时便不得不采用这种速记般的笔迹？而我在看他另外的手稿时，却是一丝不苟的。康科德图书馆收藏着两个梭罗，一个是作家的梭罗，另一个是土地测量员的梭罗，这里有他测量土地时使用的仪器，德国生产的精密的圆规等，有梭罗现场的记录，各种数据与方位图等，有梭罗根据测量得出的数据绘制的地图，甚至有投入了大量时间与精力测绘的康科德河的全景图，每一处的数据都用细小的字体，一丝不苟地标示得一清二楚，这也是梭罗的手迹？我忽然想到，《瓦尔登湖》中时有精细的描写，其如蚂蚁大战，竟是用了好几页纸，还有对湖面与湖底的测量，这种细密、精确以至冗长的描写，是不是与土地测绘量的职业有关？细密至一丝不苟的科学精神，注入到文学的描写中，可能便会出现那种现象？

　　离康科德公共图书馆不远处是康科德第一教堂，越过 62 号公路，便是著名的睡谷公墓。之所以说它著名，是因为生前活跃在一起的那些个大作家们，也都到这里来相会了。一、二、三、四号墓地，分别安葬着爱默生、梭罗、霍桑和奥尔科特，彼此靠得十分的近，比生前他们居住的房子还要近。霍桑并非是康科德人，他的故乡在离这儿不远处的萨勒姆镇，但他不喜欢萨勒姆，将自己最后的停泊地选择在了康科德，这大概与康科德的思想与文学气氛非常适合他有关。不仅是他自己，他的妻子索菲娅死在英国，并安葬在那儿，但是一百多年后，也就是 2006 年 6 月 26 日，索菲娅和女儿尤娜的骨灰却是回到了康科德，安葬在了丈夫与父亲的身边，又一次丰富了康科德的文学版图。

爱默生的手杖与演讲服

作者拍摄的爱默生故居（2006 年）

我在午后走进爱默生的故居，五月的新英格兰大地，飘着细雨。波士顿郊外的康科德镇，古老的建筑在雨中晦暗。爱默生故居，19 世纪早期的木制建筑，还没有踩上它的地板与楼梯，似乎便听到了嘎吱的响声。

还在雨中屋檐下等候之时，我抽空想起不同版本的著作中爱默生的简介几乎都会有的一句话：爱默生出身牧师家庭，自幼丧父，由母亲和姑母抚养成人。就读于哈佛大学，在校期间，阅读了大量英国浪漫主义作家的作品。毕业后曾执教两年，进入哈佛神学院，之后担任了波士顿第二教堂神教派牧师，并开始布道。我想，幼年丧父即为人生之大不幸，家道也可能由此中落，而爱默生并未走入困境，甚至也无微寒。我曾经在有关的文章中看到过爱默生庄园的建筑，也在参观霍桑故居时，

执手杖的爱默生

听说了霍桑曾在康科德租住过爱默生的"古屋"。弄不清楚眼前这座房子建于何时，但我知道，年轻的爱默生对大自然尤其对天文学就有浓厚的兴趣，对自然与神学的思考，使他与教会发生了分歧，当他提出改革教堂圣餐仪式的要求遭到拒绝后，断然辞职。这一辞职，便使得美国庞大的牧师队伍中少了一名神职人员，却在美利坚合众国的土地上，站出了一名伟大的哲学家、诗人、散文家和演说家。文化思想界捧他为"美国的文艺复兴的领袖"，林肯称其为"美国的孔子"，他的女友玛格丽特·傅勒则无可奈何地谓之为"康科德的圣人"。爱默生辞职的时间为 1832 年，次年，30 岁的他在失去了爱妻爱伦·塔克之后，独自踏上了祖先的土地，在英国、在意大利、在法国，寻找他的根，他的精神资源，并企图建构他的思想天地。周游欧洲列国之后的爱默生，带着在卡莱尔、柯勒律治和华兹华斯等浪漫主义思想家和文学家那儿获取的宝贵启示，于 1834 年重返美国，次年与他的第二任妻子莉迪安定居小镇康科德，住进了我现在走进的这座房子里。

这是一座典型的乔治时代建筑，方方正正，房间对称，前后左右有宽敞的庭院。五月细雨中的草坪，青翠

爱默生一家在家门口的合影

爱默生故居当时的模样

卧室、家具都是莉迪安的嫁妆

卧室的另一角。英国人的住房宽大，爱默生继承了这一传统

欲滴。年老的讲解员明白了眼前这位学人来自真正孔子的故乡，一阵惊喜后，还是不客气地将我带到了腾做购票与出售纪念品之用的西房。门票7美元。之后，我跟在她的后面，听着她轻柔细语而又从容的解说。

19世纪的英国，甚至整个欧洲都是美国的导师，从欧洲游学归来的爱默生，就像今日留美博士回到中国那样走俏。但爱默生决定自谋生活。现在的这个宽大的房间，居中摆了一张小圆桌，就是当年爱默生研究歌德、研究康德、研究伦理学、研究哲学、记日记、写诗、写散文与随笔的地方，有一段时间，他除了与少数的几个朋友交往外，其如理想主义的思想家布朗森·奥尔科特（《小妇人》作者露易莎·梅·奥尔科特的父亲）等，几乎与世隔绝。这种与世隔绝式的生活，却成全了他的超验主义哲学的产生，而超验主义哲学的产生又拓展了他的生活视野，随之他的朋友圈子也扩大了，以他为核心的"超验主义俱乐部"最早也便是在这个小圆桌前诞生。那时，包括布朗森·奥尔科特、纳撒尼尔·霍桑、亨利·沃兹沃思·朗费罗、奥利弗·温德尔·霍尔姆斯、玛格丽特·傅勒、索非亚·阿·皮波蒂姐妹、乔纳斯·维利、亨利·戴维·梭罗等在内的一群思想家、批评者、诗人、艺术家，不定期地聚集在爱默生的家中，一起探讨神学与哲学的不良状况，思考着美国的身份，探索人与自然的神秘联系，诠释学术和精神上的独立自立以及乌托邦式的友谊。现在这间房子里，除了一排高大的书架外，还留下了几幅当年常在这里聚会者的画像。

爱默生的《论文集》广为影响，我现在手头有一本《爱默生人生十论》便是从他的《论文集》中选辑的。原创的《论文集》有两集，先后于1841年与1844年出版。是他的哲学与文学思想的母本，后来不少的爱默生散文、随笔集，大都从这些论文中挑选或节选编辑而成。他的文字精辟，文章几乎由警句连缀而成，这一点确实可与中国孔子的《论语》媲美。现代美国许多公共的场合，镌刻着爱默生的警句名言。不过，最初体现爱默生哲学与文学观念的地方，并不完全是发生在书斋中与学堂上。大自然是它的催生剂与点化剂，抑或说大自然是他思想观念的母亲。爱默生认为，人和自然有一种精神上的对应关系，而精神与肉体都存在于自然之中。"我像玉米瓜果一样在温暖的日子里长大、生活。

爱默生的手杖与演讲服

143

美国精神界领袖爱默生
的塑像

爱默生与他的签名

丹尼尔·切斯特·法兰
Daniel Chester French)的创
作的雕像,林肯与爱默生都
成了他的作品

让我们赞美他吧!"(《论自然》)那时的康科德是个小镇,人口五千,宁静而又安详,爱默生住宅的四周是茂密的森林,不远处是起伏的丘陵和清澈的湖泊,著名的瓦尔登湖便在不远处的丘陵山地之中。现在的环境基本没有改变,高大的白桦与榉树站立在路的两边,房子的后面便可通向大片的森林,只是人口上升至一万七,但我在康科德徘徊时,仍然可以感觉到一百多年前的爱默生实际上就是生活在大自然之中。所谓"与世隔绝"这个"世"指的是世俗,而非世界。

　　住进这座房子之初,读书与散步构成了爱默生两大生活的板块。在故居的楼梯口,我看到存列着一排手杖,爱默生散步时使用的手杖,室内的采光不好,大门上方透过玻璃窗的亮光,穿越甬道落在手杖上,我数了数,足有6支,木质,褐色,已无光泽。大概已经有一个多世纪无人使用吧?我问。讲解员出奇地平静而温和,说,是的,可那时爱默生是每天都要使用的。爱默生的散步便是思想,爱默生一天没有停止过思想,也一天没有停止过散步,散步则必须有手杖。在自家的庭院?在康科德镇?是的,但他经常去瓦尔登湖,就是客人来了,也不能影响他散步的习惯。那时爱默生就在这个楼梯口,像我们现在站立一样,给每一个到访者分发一支手杖，出门，走过门前的教堂，走上通往瓦尔登湖的马车道……于是，在我的眼前出现了一支执手杖踟蹰而行的队伍，身材高大的爱默生走在前头，秋日湖岸山坡的红叶，清澈如蓝的瓦尔登湖，以心灵与自然对着话的智者。"对于智慧的人来说，大自然是探索不完的，那盛开的花朵、奔跑的动物、巍峨的群山，可以让他运用自己的才智去探索，这样的活动让他无比喜悦。"据说后来有一次，爱默生与梭罗到附近的四方山上散步，两人兴致很高，以至手杖也抛开了，一直走到最高的山崖，纵览着萨德伯里河谷上壮丽的景观，爱默生写道："天气很暖，愉快，薄雾绵绵，整个山川好似个露天大剧场，沉醉于欢乐之中。乌鸦的啼鸣仿佛在空气中的每一个尘埃上回荡。"

此时，大自然给爱默生带来的喜悦与欢乐，大自然给爱默生的启迪与思索，通过他的手杖传达到了我的内心。

> 人置身空旷的田野或森林深处，最大的感受就是那时表现出来的人与自然的关系，是那么的神秘。在那里，人不是孤独的。每一棵树，每一棵草都在与人交谈，都向人致意。自然界的所有物体对我既熟悉又生疏，既亲热又存在着距离。如果在心里出现美好的感觉或者在头脑中产生精辟的思想，我感到自己能够正确地思想，自己在真正地生活。这时候的心情非常快乐。
>
> （《人与自然的和谐》）

爱默生的第一篇哲学论文（亦可称哲理随笔或散文）《论自然》，便是从大自然中，从大自然之子的爱默生的脑瓜中，脱颖而出。我之所以不用出版，不用发表这样平实的字眼，是因为它对爱默生的思想观念、对大自然的勃勃生机、对人类的精神境界都太重要了。他把商品、美、语言、纪律、自我意识、精神等都与自然联系在一起。他认为商品不仅是自然对人类提供的物质，也是它对人服务的过程和结果。自然界的每个部分的相互协作，抚育了人类，反过来人类又利用自然的恩惠创造了文明和艺术；大自然对人类心灵的影响具有首位的重要性等等。爱默生认为，在所有的人中，学者受自然的吸引最大，他把古代的箴言"认识

作者与身材高大的爱得华·爱默生在故居前留影

你自己"与现代的格言"研究大自然"合并为一，凭借心灵的良知去发现真理，表述真理，发挥独创性。最初的这部作品，几乎包含了爱默生"超验主义"哲学的全部内容，有的虽然还仅是胚胎与雏形，但他用他的一生的思考与行动来完善与完美这部最初的著作。

现在我从爱默生的手杖架旁经过，上楼梯，这回是楼梯上发生了真实的嘎吱声，19世纪初叶的木楼梯，有多少人走过？物质的爱默生与精神的爱默生，都曾引起世人的兴趣，以至这幢独处一隅的故居，得限时开放，限量进入。实际上，我曾三次来到故居前，我在门口按下那个发亮的铜质门铃，但前两次均未允许进入，因为有25名中学生在访问，因为有一个大巴的游客在参观，大门紧闭，屋内似乎一点动静也没有，在美国的公共场所都是这样安静而有礼貌和秩序。上到二楼，是爱默生与莉迪安的卧室。讲解员告诉我，这屋里所有的陈设，衣柜、梳妆台、沙发、桌椅等，都是当年的，都是第二个妻子莉迪安的嫁妆。这让我有些意外，美国也有陪嫁一说么？是的，那是19世纪，现在没有了，现在许多美国的家庭，连家具都不必另外购置，房子里自有一切。我看了那些有了年月、与中国同时代晚清的家具相比显得有些粗笨而简陋的木质家具，想象着当年爱默生的家庭，他所爱的人一个又一个在他的面前凋谢，单单留下他独善其身。那份简单的年表显示了这种不幸的记录：1831年2月8日，第一任妻子爱伦因患肺结核病逝。1836年5月9日弟弟查尔斯早逝。1842年儿子沃尔多夭折。1853年11月16日，母亲归天。1859年5月27日弟弟巴尔克利去世。1863 年 10 月 3 日，姑妈逝世。1868 年 9 月 13 日，哥哥威廉去世。期间还有 1850 年与 1862 年，年轻的朋友傅勒与梭罗离他而去，算一算，大概每十年便有两位亲人与至亲好友永远地离开了他，这是多么大的不幸啊，爱默生却是经受了一个又一个不幸的打击。所以有人认为，爱默生的超验主义的哲学，是以他的思想追求，冲淡现实中的不幸，在心灵中寻找欢乐。

《论自然》由于涉及到基督教中的诸多命题，波士顿又是一个清教徒云集之地，爱默生已与教会有过冲突，这一次他想回避一下，发表时匿名，但很快也就显山露水了。《论自然》是他阶段性思考的成果，《论自然》却是他的演讲生涯的起步。众多的爱默生简介中讲到他定居康科德之后，便以演讲为生，实际上是以《论自然》发表之后的 1836 年起始。这一演讲自然也就将《论自然》的观点大白于天下。但连爱默生也没有想到，他的对自然带有某种宗教般的、有些神秘色彩的思考，竟然一下子引起了波士顿地区民众那样大的兴趣，听众对他的欢呼与支持，甚至超出了"超验主义俱乐部"的那帮铁哥们（比如霍桑，便多次提出过质疑与发问），演讲大厅的男男女女像着了魔似的，随着他声调的抑扬顿挫，随着他手势的挥动与停顿，滚动着他们的情绪。最初几次演讲的成功，不仅使爱默生浮出了水面，而且在浮出之时便有乘风破浪之势，逐渐将他演讲的艺术推向高峰。

他的超验而独特的思考，现在又找到了适合的发布平台（当然还有他主编的杂志《日晷》），他的连珠的妙语，时不时引起会心的微笑与热烈的掌声。牧师爱默生在布道时没有这种体验，现在，只要一站到听众的面前，便会产生抑止不住的激情。平日的思考、笔记本中的日记，一下子涌到他硕大的脑门，开启它吧，那里都是警句，都是格言，都是听众的呼吸之声。在这种美好的感觉积蓄了一年之后，也即 1837 年的 8 月 31 日，爱默生来到他的母校哈佛大学，站在一间木结构教堂的讲台上发表着又一次演讲，这回面对的听众是全美大学生联谊会的精英们，还有包括最高法院院长在内的，来自麻省的头面人物。爱默生演讲的题目是《美国学者》，一个十分敏感的话题，不是美国没有学者而是美国的学者常常是英国的传声筒。"美洲大陆的懒散智力，将要睁开它惺忪的眼睑……我们依赖旁人的日子，我们师从他国的长期学徒时代即将结束。"爱默生用他有力的手势继续宣告着：美国的文学应该脱离英国文学而独立！美国一个时代就此结束，一个新时代就要开始！面对大学生们，爱默生说，这个使命是要由知识分子担当起来的，美国的学者再也不要学究气，要警惕纯粹模仿和盲从的传统，提出"要用自己的脚走路"，"要讲出自己的思想"。还有，学者的作用，不在于做官，也不在于为政治集团效力，他应该是"世界的眼睛与心灵"，他应该将自己从私心杂念中提升出来，要勇敢地从皮相中揭示真实、真理，鼓舞人、提高人、引导人。这个演讲轰动一时，曾被霍尔姆斯誉为美国思想上的"独立宣言"。

在故居卧室的壁橱中，我看到了那件见证过这个历史场面的演讲外衣，一件宽大的，足有一米八长的演讲服，爱默生的米黄色丝质的如大氅的演讲服。爱默生就是穿着这件外衣发表他著名的"美国思想独立宣言"的？从这件衣服上可推断，思想家与文学家素质兼备的爱默生，是一个大块头、身高足有一米九以上的男子汉。有人说爱默生的那次具有历史意义的演讲有些含糊不清，而我从这件大氅上感受到了他演讲时的力量。我在康科德图书馆见到过他穿着大氅演讲的油画，画面上的爱默生鹰隼般刚毅与坚定的脸部与眼神，半身的站姿，大氅在他有力的手势下微微向后飘动，充满了坚定而有力量的质感。也有人说，爱默生本人便是体现了一种美国精神，一种蓬勃向上、自主而自由的新生精神。当年的《辛辛那提时报》曾这样描述过爱默生，说"他举止并不优雅，却具有某种只靠优雅和涵养不能传达的分量"。

此后的演讲既是他的谋生手段，更是他的表现舞台，一次又一次：

> 每个人在求知的时候，坚信一种信念：嫉妒等于无知；一味地模仿无异于自杀；一个人要成功，不管好坏，必须从自己的命运立场出发；虽然广阔的世界不乏善举，可是如果不在自己养身立命的那块"土地"上辛勤耕耘，那永远也不会有成功的机会，"一粒富有营养的粮食不会自己送上门来。"
>
> （《论自助》）

如果我们把友谊变成一种酒和梦的编织物，而不是人彼此心灵的坚韧的构件，那就容易匆忙得出一些浅薄的结论。友谊的法则是严格、永恒的，与自然法则和道德法则属于同一个体系。然而，人们总是急功近利。我们寻找朋友并不是抱着神圣的目的，而是怀着一种据为己有的激情，这是徒劳无益的。我们全身被卑劣的力量包围着，人们一见面，这种力量就发挥作用。所有的人都卑躬屈膝，把一切美好的诗文都变成了陈词滥调。一切交往必定是一种妥协，最糟糕的是当人们互相接近时，每一个美好的天性的花朵都会凋散。实际人的交往是多么让人失望啊，甚至品德高贵的人们之间也是如此。也许交往刚开始时充满了真知灼见，但不久，正当友谊和思想处在鼎盛时期，我们会受到突如其来的打击，遭受没有来由的冷漠和折磨。我们的才能欺骗了我们，双方都必须要由孤独来解救。

（《论友谊》）

谦和温顺的青年在图书馆里长大，确信他们的责任是去接受西塞罗、洛克、培根早已阐发的观点。同时却忘记了一点：当西塞罗、洛克、培根写作这些著作时，本身也不过是图书馆里的年轻人。

（《论成功》）

这种格言与警句在爱默生的演讲中俯拾皆是，现在的问题是，我可以想象爱默生演讲的投入，也相信他机智的现场发挥与表演性的有力手势，但是我在阅读了他的十几篇演讲稿之后，我有些迷惑了。这里没有故事没有戏说，没有悬念，没有噱头，没有哗众取宠，没有插科打诨，没有为历史人物翻案，没有对现实社会问题的尖锐抨击，甚至没有美国人的幽默。爱默生一味地按照自己的思路在那里滔滔不绝、口若悬河，将他的一大堆充满哲理的格言、需要回味再三才可领悟一二的警句，一古脑儿堆砌在人们的面前，听众却是能静坐在他的面前认真地听，全身心地笑，有时还会表现出某种程度的狂热，一个小时甚至两个小时，那么长的时间，全都保持那种虔诚的姿式，这是一群什么样的听众啊！

这就是一个民族的素质？还是一种学术的风尚？抑或是一种社会现象、艺术现象？

我后来读到一本英国人写的书，他到波士顿旅游，亲自聆听了爱默生的演讲。作者安东尼·特里洛普认识爱默生，并且读过他的《代表人物》，和许多英国人一样，他也不太读得懂这本书。演讲的题目是战争，根据他读书的印象，担心爱默生的演讲会将"所有的听众都带到云里雾里"。演讲的地点设在特里蒙特大厅，足可容纳三千人的大厅座无虚席，作者带着成见入座，但他在演讲一开始便被征服了，"从头到尾，没有一点神秘主义的东西，没有一点柏拉图主义，而且如果我没有记错的话，星条旗根本就没提到。他倒是提到了白头海雕。他说'你们的白头海雕情况很好，在这里和国外都要保护它。但要当心孔雀'。"（孔雀即虚荣骄傲的意思——笔者注）。作者最后认为，演讲非常出色，仅那个关于孔雀的忠告本身就值得听上一个小时。

同时我从这本书中，理解了爱默生为何需要那件大氅式的演讲服。他说，在美国，发表演讲这种做法"是一种了不起的习俗"，"在那里，演讲比剧院或者音乐会更受欢迎。为此，建造了规模巨大的演讲大厅。那些长篇系列演说的门票总是一抢而空。受欢迎的演说家可以收到非常丰厚的报酬，所以，这一行非常挣钱——我算是明白了，这比类似性质的文学行当要挣钱得多"。作者还描绘了演讲的场面，一般主办者总是将场面搞得很大，还插入音乐，演讲者站在高高的大讲台上，那些秃头皓首最聪明的人围在他的周围。女士们来得很多，政治是最受欢迎的话题，"波士顿人，无论男女，都不能没有演说，就像巴黎人不能没有剧院一样。它是那些最守秩序的市民正派得体的娱乐活动"。（《北美游记》鹭江出版社 2006 年 1 月版）

原来如此啊，因为有了这种"了不起的习俗"，爱默生才可以将他梦呓般的内心独白变成了一首动听的音乐，演讲者在此完全充当了演员的角色，而演员需要一套演出服便是太正常的现象了。于是，我再看了一眼爱默生那件演讲时穿着的演讲服，也是他的华丽的演出服。

不过，我还是想从另一重意义上理解爱默生：爱默生所处的时代，美国的社会处于一种大变革，政治上的统一，经济上的繁荣，将美国带入大发展的时期。在工业突飞猛进、社会繁荣昌盛之时，人们的忧虑也随之而来：大自然是取之不尽、用之不竭的吗？除了物质的追求便没有别的追求吗？我们从哪里来又将到哪里去？美国需要一种精神吗？如果需要，这种精神又是什么？等等，等等。爱默生的观念与思想，契合了美国人的思考，也可以说，爱默生的思考便是美国人的思考，因而，他的学说是那样受到欢迎，他的观念被众多的美国人所接受，他的精神便成了美国的一种精神。

1882 年 4 月 27 日，爱默生在这座房子里谢世。终年 79 岁。一个国家的先圣与发言人，一个时代的思想家与文学家，一个用终生来实现自己诺言的"美国学者"。

还想说一句话，爱默生时代的美国，与今天的中国有许多相似之处，谁来为我们的心灵指点迷津？

"美国学者"？"中国学者"？

我带着这些不着边际的联想，回到售票的门房，向他们表示了我的敬意与谢意。临出门，一位身材高大的年轻人将我送至庭院，此时，细雨已歇，庭院清新，陪同我来参观的康科德图书馆聂茸女士告诉我，站在我身边的那位年轻人便是爱默生第五代孙爱德华·爱默生先生，故居纪念馆馆长。

在合影留念的那一刻，我抬头仰视了一遍身材高大的爱得华·爱默生，想象着那件华丽的演讲服穿在他身上的情景。

瓦尔登湖的波光

作者在遗址留影

遗址的碑文

美国东部的 126 号公路并不是交通要道，车流量却是不小，每年有 50 万以上的旅游者，通过这条公路（也可称康科德公路）来到他们向往的瓦尔登湖。尤其是每年的春秋两季，在鲜花盛开与红叶遍野的季节里，这里真可说是游人如织了，全世界的语言都在这儿交汇，英语、法语、意大利语、西班牙语、日语等等，近些年来，中国的游人剧增，汉语也成了交汇中的重要语种。

在美国东部的丘陵地带，类似瓦尔登这样的池塘其实很多（英语 WAIDEN POND，POND 便是池塘的意思），它们像蓝宝石般地镶嵌在新英格兰的丛林大地上。凯瑟琳·赫本主演的《金色池塘》的"池塘"便是在此地选择的一景，但却未能成为旅游胜地。瓦尔登湖闻名于世，完全在于美国亨利·大卫·梭罗的那本湖畔日记《瓦尔登湖》。一篇文章一本书，能让一山一水横空出世，能不佩服文学的神奇力量？

《瓦尔登湖》的插图

瓦尔登湖可说是梭罗制造出来的神话，但他与一般忘情山水的作家与诗人不一样，他是自己一个人扛了一把斧头，砍去一片树林，造了一座木屋，面湖独居两年又两个月，用自己的双手播种与收获，以自己的能耐度过盛夏与寒冬，写了几百篇的日记，最后完成了一部大书。可见他的"制造"带着遁世性、实验性与思辨性，不是浮光掠影，不是走马观花，不是惊奇发现，而是将自己与大自然融为一体。《瓦尔登湖》先是在康科德、在波士顿、在美国，继而在美洲、欧洲、亚洲等许多国家行销，十几种语言，印刷了一百多年，神话便是这样制造出来的，并且越传越广，连不知道麻州的人，也知晓瓦尔登湖。

我第一次到波士顿访问，步教授安排了半天的郊游时间，我们选择的便是瓦尔登湖。时值霜天，新英格兰大地的丛林璀璨如图，正是观红叶最佳季节，但由于刚刚发生了"911"恐怖事件，欧美同胞惊魂未定，游人稀少，独自一人站在湖岸，"望望眼前的清水，水中游弋的鸭子，还有一个垂钓者，两只划在湖中的皮筏小船，还有周边红的黄的与绿的枫树，思想都静止了"。面对静谧的湖面与丛林，我想起梭罗扛着斧头走到湖边砍伐树木造他的小屋的情景，便觉此举与此景多么的不相协调。于是，心生疑惑，世人都将梭罗视为环保先驱，《瓦尔登湖》则被作为绿色经典之作，可梭罗却是在如此美好的地方动手伐木造屋，这是怎么回事？回到家里，写了《读不进的瓦尔登湖》，表达我对瓦尔登湖和梭罗的印象，尤其是对索取大自然者的不敬之意。

后来，我读到了美国学者理查德·扎克斯的《西方文明的另类历

《瓦尔登湖》的初版本

梭罗的测量仪

史》（李斯译，海南出版社 2002 年 2 月出版），其中就谈到梭罗这个另类，他说："大多数美国人都认为，梭罗是个粗蛮和自我教育的遁世者……这个离群索居的小屋，这个自封的鲁滨孙，有着他自己的思想，与他自己的知更鸟呆在一起。"但是，理查德认为，实际的情况并非如此，选择的独居处是在公路与铁路的附近，离康科德镇也很近，母亲和姐姐每周要给他送去满篮子的食品，他自己还经常回到家里"将装点心的坛子舔个干干净净"。他还调侃梭罗这个从哈佛毕业的食肉动物，爱默生刚刚摇响晚餐的铃铛，"梭罗便从林中猛冲出来，手里拿着餐盘排在队伍的最前面。"这当然是个笑话，但理查德以为梭罗这种行为绝无仿效性："如果你想按照梭罗的样子去重复他的实验，也许你也得建一处小屋子，离家一两英里远，而且要正好就在路边，远处还有铁路经过，到附近的村子去最好 5 分钟步行便到。还不要忘了周末安排一些野餐的事。"理查德以反讽的方式，否定了梭罗的行为。国内也有学者抖落瓦尔登湖背后的故事，以梭罗的世俗讽刺梭罗的"冷傲孤高、不入世俗的形象"，并且断言梭罗是位"狡猾的英格兰作家"（应为英格兰后裔）。

　　不知道是怎么回事，我在读了这些指责的文章和讽刺的语言之后，忽然重新审视起自己的疑惑来。

二

年轻时的梭罗

五年之后我再次来到康科德，住在离瓦尔登湖不远的另一个湖的湖畔。这个湖也相当有名，Lake Waban，位于波士顿郊外的威尔斯利镇。1923 年秋天，中国女作家冰心到威尔斯利女子大学留学，给了它一个很动听的译名：慰冰湖。冰心在她著名的《寄小读者》中多次写到这个湖，并且也常常是依栏临湖而作。当然冰心不是梭罗，慰冰湖也不需要自己去建造小屋，威尔斯利女子大学美丽的校园，便是临湖而筑。

慰冰湖与瓦尔登湖距离很近，同属波士顿的西郊，驱车从 9 号公路转到 126 号公路，半个小时便到。那段时间我曾多次去康科德镇寻访，19 世纪中叶，这里曾经产生过很重要的哲学思潮——"超验主义哲学"。爱默生是这个哲学思潮的掌门人，霍桑、奥尔科特、梭罗等都是这个超验主义沙龙的重要成员，他们也都是作家，并且是 19 世纪美国重要的作家。一个当时只有 5000 人的小镇，竟然出了 4 位重量级的思想家与作家，这在全世界也绝无仅有。这个镇自然以他们为荣，如今到处都保留着他们的踪迹和遗痕，重要的街道以他们的名字与作品命名，"爱默生街"、"霍桑街"、"梭罗街"、"瓦尔登街"等，爱默生故居、霍桑故居、奥尔科特故居都保存完好，我在踩上木地板的那一刻、在听到吱吱声响的那一刻，感受到了年轻美国的古老历史。康科德博物馆中，有他们使用过的实物，家具、文具等，康科德公共图书馆有他们的手稿、著作的初版本等。我在图书馆地下珍藏室里，见到了《瓦尔登湖》最初的写作手稿，那种扭曲、粗重与狂放的手迹，与我们现在读到的宁静、舒缓、冗长的作品，似乎完全是两回事。我还看到梭罗使用过的土地测量仪，铜质精密的德国仪器，看到了梭罗测量的记录与手绘图本，这里的文字就如那些精密的仪

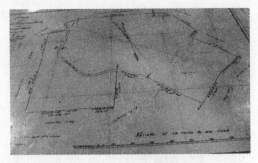

梭罗测绘图本

梭罗对康科德河测量的图本

中年梭罗与康科德河

器，一丝不苟，记载详细，字迹清爽，严格分行，如许的文字与图画，似乎也与《瓦尔登湖》的手迹判若两人。有一点又使我联想，《瓦尔登湖》中的那些冗长琐碎的描写，与这种土地测量严密的科学精神是不是有些联系？如果将美国对待土地精密计算的程度，移植到文学的土壤上去，那个文学之林，一定密不透风。我在此还得知，其实梭罗是一个很勤奋的人，他做过许多的职业，大学毕业之后，办过学校，当过老师，去缅因州和曼哈顿谋过生，在镇上还与父亲干过制造铅笔等好几个行当，自然包括成为爱默生的门生，帮助看家护院。梭罗自己说："我当时在村里又测量又做木工和各种别的日工，我会的行业有我手指之数那么多。"测量土地是一个重要的谋生手段，但他不想以此谋生，除了给爱默生家测量之外，他只去测量河流与山川，因为那样可以与他所喜爱的旅行与大自然结合在一起。

实际上，梭罗最喜爱的是自由，如果要有谋生的职业，那么应该是自由的职业，而不是那些受约束的职业。任何的约束对他来说都是有害的、都是要挣脱开的，无论是谋生的还是亲情的。在这种人生的追求下，梭罗所能做的便是写诗，抒发心灵的自由，记日记，面对自我的诉说，观察大自然，在静默中获得灵感与思想。我在爱默生故居的楼梯下，看到一排手杖，据说那是爱默生与他的友人散步时使用的，梭罗自然是这支步行队伍中重要成员，瓦尔登湖的一片山林属爱默生家族的土地，挂着手杖的队伍经常在此出没，有时梭罗还会一人独往：

今天傍晚时分，我坐在瓦尔登湖上自己的船里吹长笛，看见鲈鱼在我周围回旋游动，似乎被我的笛声迷住了。月亮漫游到了河边低地的上空，那块地上到处是森林的残骸。我感觉我们现在的生活方式是人们无法想象的。自然有着魔力。康科德的今晚比阿拉伯的夜晚更不可思议。

我们不仅想要行动的自由，还想要在这遮蔽所有田地的黯淡夜色里的视觉自由。有时在白天，我的眼睛越过县里的道路一直看到山上远远的白桦林树顶，在月光下我则尽目力所及观察别的景物。

天国位于上面，因为天空又深又远。

从今以后，我要毫无保留地度过一生。

（《梭罗日记》北京十月文艺出版社 2005 年 1 月版）

这则日记写于 1841 年的初夏，也就是说在梭罗到瓦尔登湖建造小屋的头四年。"毫无保留地度过一生"，有些语焉不详，但根据前文的意思，则可以理解为要自由地度过一生。但是自由是有条件的，他的诗歌写得并不怎么好，需要经爱默生的手修改才可以在《日晷》上发表，而他又不愿意一直在爱默生的羽翼下生活，那样也就失去了自由，而母亲与姐姐也不可能永远接济他。爱默生的自由是以演讲为前提的，霍桑的自由是因为有了小说，那么梭罗必须找到他的既是自由的，又是可以成功的（包括成名与谋生），瓦尔登湖的现场体验正是他的一种为了自由的选择，既逃离了现代文明的约束，又满足了孤独思考的需要，同时也可能走向成功（关于地点的选择，开始并不是瓦尔登湖，而是林肯的弗林特湖畔，但土地的所有者拒绝梭罗构建木屋，是爱默生成全了他的梦想）。

三

在 126 号公路的旁边，游人立即可以看到一座小屋，一般人以为那就是梭罗在瓦尔登湖建造的小屋了。其实不然，那是一座梭罗小屋的复制品。我第一次见到这个小屋，也很激动了一下。我在《读不进的瓦尔登湖》中做了这样的描写："室内有一个火炉，一张单人床，一张小桌，桌上放了一本厚厚的签名本，签名本为活页，硬纸，每页都有格子，一页可签 30 人，姓名、来自城市、留言，三栏。屋内只能容下七八人，我进去时，没人，也没有人管理，拿起插在桌上的鹅毛笔就想签，发现也是复制品，后来，进来了三位俄勒冈州的女教师，就和她们合影，房屋门前有一尊梭罗的雕像，也在那儿合影，屋后一个披间，堆满了一截截劈开的木材。"这一次，我从 126 号公路经过前往康科德，多次见到这个复制的小屋，却是再也没有进去过，只在门口与梭罗的雕像握握手，或是比划一下手势，或仅是打一个照面。

梭罗肩扛一柄借来的斧头，自己砍树建造小屋，在瓦尔登湖的西北岸，需要沿着湖边的小路，步行十几二十分钟才可到达。打印了一张地图，我所做的标志才是梭罗小屋的所在地，现在仅是一处林中遗址。我曾经在初夏的落日黄昏中，来到瓦尔登湖，经湖畔小路悠然漫步至小屋遗址。此刻夕阳从西边的林中透射到东岸和南岸，一片金黄，刚刚苏醒的枫树点着它的火把在落日余辉中跳跃，湖水渐绿渐蓝，至绿至蓝，平静得没有一丝波纹，透明的天空，白色的云朵，落在平展的湖面上，与绿的湖光与蓝的湖光交织在一起，让你感到湖面立体得深不可测，让你感到晕眩。为了证实湖水的存在，我在沙滩上拾了一小块卵石向湖心抛去，这才引起湖面一圈圈的波纹。此刻，林中暮归的小鸟不停地叫着，是不是经常出现在梭罗笔下的鹎鸟或云雀？一路未看到游人，只是在浅水的湖湾，见到一位父亲，带了一双尚在上小学的儿女，在此观蝌蚪，听蛙鸣。

到达遗址的时候，落日的余辉还留恋着湖面，林中的遗址却是黯然。但完全不影响我的观察，也许我寻找的便是这种感觉，从暗处向亮处眺望，让眼睛看得更远一些，让思想变得活跃一些。用铁链圈起来的石墩，前后的位置和大小与复制品相当，有一堆湖石拥立着一个大牌，上有梭罗的名言："我只希望按照我自己的方式去生活。"梭罗的内心独白？湖石可理解为梭罗在寻找他的知音，任何游人可以从湖边拾来一个卵石，添加在旁，落地之声便算与梭罗打了个招呼，或是一两声的交谈。

我在卵石上坐了坐，与梭罗的名言靠了靠，再就是在它的遗址上徘徊……

一八四五年三月尾，我借来一柄斧头，走到瓦尔登湖边的森林里，到达我预备造房子的地方，就开始砍伐一些箭矢似的，高耸入云而还年轻的白松来做我的建筑材料……我的工作地点是一个怡悦的山侧，满山松树，穿过松林我望见了湖水，还望见了林中一块小小的空地，小松树和山核桃丛生着……我听到云雀、小翁（鸟）和别的鸟雀都到了，来和我们一块儿开始过这新的一年。那是个愉快的春日，人们感到难过的冬天正跟冻土一样地消融，而蛰居的生命开始舒伸了。

（梭罗《瓦尔登湖》）

这个蛰居的生命开始，可以理解为是大地的，也可以理解为是梭罗的。这个舒展了生命的独居者，开始了他两年又两个月漫长的湖畔生活。

四

我环顾四周，当年梭罗的小屋完全隐没在丛林之中，一百多年前的梭罗，如果没有带足食品，那么他吃什么？如何生活？"只靠着我的双手劳动，养活我自己。"梭罗是这样说的。梭罗住小屋时，正是七月盛夏，新英格兰大地，"每一个早晨都是一个愉快的邀请，使得我的生活跟大自然同样地简单，也许我可以说，同样的纯洁无瑕。"梭罗先是在湖中洗澡，然后顶着曙光向林子走去。面对着生活的基本事实，梭罗充满了自信。这个自信不是来自充足的食品，而是他的理念：做事情要简单，用餐也要简单化，"不必一天三餐，如果必要，一顿也够了；不要百道菜，五道菜最多了"。梭罗首先解决的是生活的观念问题，而不是生活的本身。他认为，一些与现代文明同步产生的基本观念，都应该重新思考，要从那里开始逃避开去，"我希望谨慎地生活，只面对生活的基本事实，看看我是否学得到生活要教育我的东西，免得到了临死，才发现我根本就没有生活过。"

当然再简单的生活也还是生活，吃一餐饭还得要有一餐饭的食品，梭罗在主张回到最基本的生活层面的同时，主张简单化的同时，也为基本的简单的生活而劳作，但他绝对不会让这种肢体劳作而影响了他的精神思考。梭罗选择了种豆。在松软而肥沃的土地上种豆。"我大约种了两英亩半的冈地","我的豆子，已经种好了的一行一行的加起来，长度总有七英里了吧，亟待锄草松土，因为最后一批还没有播种下去，最先一批已经长得很不错了。"梭罗说，他没有牛马，不用雇工，也不要小孩子的帮助，农具也是没有改良的，只有一把锄头，完全用手劳作，如此，豆子便和他特别地亲昵起来。梭罗还种玉米、土豆和萝卜之类，除了吃之外，出售部分，收支列表盈余 8.715 元。

理查德·扎克斯说梭罗是"食肉动物"，其实梭罗说他不吃鲜肉，他在与倍克田庄的人做比较时说："我是不喝茶，不喝咖啡，不吃牛油，不喝牛奶，也不吃鲜肉的。因此我不必为了要得到它们而工作"。如果梭罗食肉的话，在林中完全可能获得，起码可以部分地获得。热爱大自然的梭罗，将鸟类作为他的朋友，将禽兽视为他的邻居，他对人类，这个自己的同胞却不太信任。清晨与夜晚林中的鸟儿，整夜不停地鸣唱，黎明将近唱得富于乐感："呜——噜——噜"，是枭的哀鸣，"呵——呵——呵"，夜莺如此叹息，美洲翁飞到屋里做窠，知更鸟则在屋侧的松树上巢居，鹧鸪带着它的幼雏，从屋后飞到屋前，像老母鸡一样咯咯咯地唤着她的孩子，秋天里的潜水鸟，在湖里脱毛洗澡，早早的，林中便响起狂放的笑声。这些都让梭罗觉得是一种享受，"我的生活方式至少有这个好处，胜过那些不得不跑到外面去找娱乐、进社交界或上戏院的人，因为我的生活本身便是娱乐，而且永远新奇，这是一个多幕剧，而且没有最后一幕。"梭罗还具体地描写过他与野兔相处富有幽默感的一幕：

> 整个冬天，它的身体常活动在我的屋子下面，只有地板隔开了我们，每天早晨，当我开始动弹的时候，它便急促地逃开，惊醒我，——砰，砰，砰，它在匆忙之中，脑袋撞在地板上。黄昏中，它们常常绕到我的门口来，吃我扔掉的土豆皮，它们和土地的颜色是这样的相似，当静着不动的时候，你几乎辨别不出来，有时在黄昏中，我一忽儿看不见了，一忽儿又看见了那一动不动呆在我窗下的野兔子。黄昏时要是我推开了门，它们便吱吱地叫，一跃而去。

梭罗对于狩猎者持否定态度，但对捕鱼并不反感，并且很有兴味地欣赏渔人在冰冻湖面上的垂钓。严冬的早晨，梭罗绕着湖散步，可以见到渔人最原始的捕鱼方式：冰上掘了许多离湖岸很近的小窟窿，白杨树枝横在了上面，绳子缚住枝桠，再在冰上面一英尺多的地方，把松松的钓丝挂在树枝上，当钓丝被拉下去之后，鱼上钩了……梭罗有时还躺在冰上面观察窟窿下的梭鱼，"他们有一种异常炫目，超乎自然的美……我觉得它们更有稀世的色彩，像花，像宝石，像珠子，是瓦尔登湖水中的动物化了的核或晶体……在这深广的水中，远远避开了瓦尔登路上旅行经过的驴马，轻便马车和铃儿丁当的雪车，这伟大的金色的翠玉色的鱼游泳着"。

我在康科德公共图书馆梭罗阅览室，看到了"冰钓"这一场景的插图，一幅油画的真迹，用于《瓦尔登湖》成书时的插图。现在看来，这幅插图也有些曲解了梭罗的本意，当他在赞美水中之物自然之美时，插图却选择了梭罗仅仅并不反感的场景。从这一细小的地方便可以看出，世人误读梭罗与梭罗同时出现。

居住在小屋的梭罗，更多的时候是用来听大自然的声音，是在静静地阅读与思考，是在体验一个人的孤独①。当他将自己融于大自然之时，他自身也就成了大自然之一分子。在这里，他的所有行为只为自己的心灵。在这里，只有一件有益公众的事情，就是他干了一回丈量的老本行，将瓦尔登湖的深度测量出了准确的数字，打破了"无底之湖"的神话，但这里的测量已经泛出了诗意，与现实生活中测量土地的梭罗有种质的区别。

> 我第一年的林中生活便这样说完了，第二年和它差不多。最后在1847年的9月6日，我离开了瓦尔登。

---

① 他曾长时间地观察过蚂蚁之间的战争，不厌其烦地写了好几页纸

五

这就是梭罗伸展了的生命？梭罗的林中生活、湖畔隐居？当然不止，当他从瓦尔登回到康科德之后，梭罗已不是先前的那个梭罗了。厚厚的湖畔日记，即是他生活与思考的记录，更是他对人类的劝告与对自然的膜拜，并且都是善意的，并且都是诗意的。这一回梭罗极其谨慎，从1846年回到文明社会，回到康科德，回到爱默生的家，开始了他的整理与写作，前后竟用了8年的时间，直到1854年8月12日才面世。奇怪的是，对于为之长达10年努力的结果，梭罗在他的日记中仅此数语："菲尔兹今天（8月2日）送来我的《瓦尔登湖》的样书。它的出版日期是本月12日。"连轻描淡写都够不着。

后来，正如大家都知道的，他所花费的心血，一开始并没有得到世人的认可，没有得到如爱默生那般在演讲大厅赢得的掌声。波士顿蒂克纳和菲尔兹公司冒着风险出版了此书，第一版印刷了2000册，这在当时是一个很大的印数，但第一年仅售出344本，出版商为此给梭罗开了一张51.60美元的支票。所幸的是，这一次梭罗没有将未销售的书一气之下全部要回，塞到床铺底下，要不，有可能看不到这本书的初版模样。梭罗没有这样做，是因为他对《瓦尔登湖》充满了信心，他始终觉得，人类需要这样的劝告。同时，他的健康状况不佳，患病卧床，心情烦恼。

一般大众对梭罗的不亲近

中年梭罗

与不接受，可以理解，梭罗确实太超前了。现代文明才起步不远、尚未到达如日中天，他却要逃离，人们的物质欲望尚未膨胀到遭受大自然惩罚的程度，也即是说欲望并没有受到外界强有力阻击的时候，梭罗便像知更鸟便像寒号鸟般地惊醒和哀号，一百多年后现代文明的进程，才日益显示出了这种惊醒与哀号的价值。但对于康科德的精英人物，爱默生们不起来支持他们的学生与弟兄，便有些说不过去了。因为在我看来，那伙超验主义的先驱们，都是些先知先觉的家伙，梭罗与超验主义俱乐部保持了某种距离，恰恰又是受到超验主义的影响而产生了他的瓦尔登计划，所以，他们之间的沉默与讥讽，便隐含了深层的人性因素了。

梭罗在此后的日记中再也没有《瓦尔登湖》了，但是自然中的瓦尔登湖还是经常出现在日记中。有一次梭罗在远处的山冈上看到瓦尔登湖刚刚解冻的半个蓝色湖面，说，真想纵身跃入早春三月的冰湖。《瓦尔登湖》的影响与梭罗的地位是渐渐地浮上来的，现代文明进程不时地将它提升，梭罗本人在世时没有享受到太多的荣誉，直到他去世的那一年年底（1862年），《瓦尔登湖》才有了新版本。2000册的书，销售了8年，平均一年不到300本。

资料显示，《瓦尔登湖》最初产生影响，是在出版了两三年后，美国非英格兰地区的作家、诗人艾略特和惠特曼给了它很高的评价，说它是"超凡入圣"之作，有着"深情而敏感的抒情"风格。梭罗去世后，这本书声誉日隆，以至成了美国19世纪最伟大的作品，同时代作家的知名度，也只有爱伦·坡可以与其相比。再后来，便成了"文学经典"，成了"绿色经典"。它的价值不仅有其历史性，而且体现在它的现代性，甚至在某些西方人看来，它简直就是一本《圣经》，翻开《瓦尔登湖》，到处都是箴言、都是预言、都是忠告，现代人需要忏悔！

六

美国当代作家斯蒂芬·哈恩，在新的千禧年曙光即将来临之际，再一次走近了梭罗，记起了《瓦尔登湖》：

> 《瓦尔登湖》的主题是人类与自然之间的关系，包括它们彼此的关系以及它们与自身的关系。两年多湖滨生活的随记，却集中了如此广泛的内容，很难再有超过它的了。梭罗将话题集中在人类的基本需要上——无论是作家、思想家的需要，还是那些主要工作就是听人讲话的"穷学生"的需要。
>
> （斯蒂芬·哈恩《梭罗》）

哈恩从哲学的高度，并以抽象的语言，再次从现实的意义上探究《瓦尔登湖》，探究人类的需要的命题。这种探究，也许代表了近年来美国学者对梭罗、对《瓦尔登湖》的哲学思考。

"人类基本需要"话题是一个重要的观点，哈恩在此指出，是所有人的需要，而不是部分人的需要，无论是精英还是芸芸众生，是基本的需要而不是特殊的需要，这个基本需要实际就是一个人类的生存问题。哈恩在他的著作中，对梭罗描写的事实进行了高度的浓缩与概括，进入到形而上的层面，梭罗确是一个以事实描写、甚至琐碎描写隐藏、寄托思考与思辨的作家，我们还是依据哈恩的观点，回到梭罗的描写与思考上。

关于金钱，梭罗说：

> 就在别人的铜钱中，你们生了，死了，最后葬掉了；你们答应了明天偿清，又一个明天偿清，直到死在今天，而债务还未了结。
>
> 为了谨防患病而筹钱，反而把你们自己弄得病倒了。
>
> 我心目之中还有一种人，这种人看来阔绰，实际却是所有阶层中贫困得很可怕的，他们固然已积蓄了一些闲钱，却不懂得如何利用它，也不懂得如何摆脱它，因此他们给自己铸造了一副金银镣铐。

关于生活的必需品与奢侈品，梭罗说：

对人体而言，最大的必需品是取暖，保持我们的养身的热量……在目前时代，在我们国内，根据我自己的经验，我觉得只要有少数的工具就足够了，一把刀，一柄斧头，一把铲子，一辆手推车，如此而已；对于勤学的人，还要灯火和文具，再加上几本书，这些已是次要的必需品，只要少数的费用就能购得。

大部分的奢侈品，大部分的所谓生活的舒适，非但没有必要，而且对人类进步大有妨碍。所以关于奢侈与舒适，最明智的人生活得甚至比穷人更加简单和朴素。中国、印度、波斯和希腊的古哲学家都是一个类型的人物，外表生活再空没有，而内心生活再富不过。

关于住房，梭罗说：

一个人造他自己的房屋，跟一只飞鸟造巢，是同样的合情合理。

建筑上大多数装饰是空空洞洞的，一阵九月的风可以把它们吹掉，好比吹落借来的羽毛一样，丝毫无损于实际。并不要在地窖中窖藏橄榄和美酒的人，没有建筑学也可以过得去。

我宁可坐在一只大南瓜上，由我一个人占有它，不愿意挤在天鹅绒的垫子上。

关于旅行，梭罗认为"最快的旅行就是步行"，这似乎有些不着边际，但梭罗举了一个例子，他和朋友要到菲茨堡去见见世面，去菲茨堡的距离是 30 英里，如果坐火车，车票是 9 角钱，这差不多是一个人一天的工资，甚至在铁路上工作一天也只有 6 角钱。于是，梭罗说，好了，我现在步行出发，不用到晚上，我就到达了。而你在挣工资，如果找工作顺利的话，你要一天半才能到达。然而，你不是在上菲茨堡，而是花了一天的时间在工作，所经阅历与所见世面完全不一样，梭罗由此断言："铁路尽管绕全世界一圈，我想我总还是赶在你的前头。"如果步行而不能达到的话，梭罗则说："我宁可坐一辆牛车，自由自在来去，不愿意坐什么花哨的游览车去天堂，一路上呼吸着污浊的空气。"

徐迟在《瓦尔登湖》序言中，以极有限的文字评价作品本身。他在20世纪80年代初便敏锐地觉察了这一点："梭罗的这本书近年在西方世界更获得重视。严重污染使人们又向往瓦尔登湖和山林的澄净的清新空气。梭罗能从食物、住宅、衣服和燃料，这些生活之必需出发，以经济作为本书的开篇，他崇尚实践，具有朴素的唯物主义思想。"

自然，这些远非《瓦尔登湖》的全部，它所开创的双关语的叙述方式、它对大自然诗意的描写、它的永远也解释不完，讲解不尽的哲学思考等，都曾对美国文学以至世界文学发生过重要的影响。这是要用一本专著来论证的课题。

七

梭罗不是一个中规中矩的人，也不是一个按照常规出牌的人，这是一个最简单的事实。爱默生应该说是最了解他的人了，他在评价梭罗时用了这样一连串的否定句："他君子不器；他从未娶妻；他孑然一身；他从不上教堂；他从不去投票；他拒绝向政府纳税；他不吃肉，不喝酒，从不沾染烟草；尽管他是自然家，却不用圈套，也不用枪支。"甚至还可以开列一些否定句，他不拘小节，他不懂人情，他不眷顾亲情等等，正是有了这一连串的否定句，才有了瓦尔登湖的肯定句，也就是说，在这个肯定句的背后，有许多的否定句作支撑。所以，在梭罗这样的人的面前，除了接待动物与飞鸟，再接待几个诗人与哲学家、除了用自己的手去弄吃弄住，有时跑回村子，打个牙祭，实在没有什么大惊小怪，更不可以此断言他只不是一个欺世盗名的"假行僧"，选择"瓦尔登湖"也绝对不是一种狡猾手段。至于这种行为会不会引出后来者，是不是其他人也会扛了一柄斧头走近湖畔，走进山林砍伐一通，梭罗在书中就有告诫：

我认识一个继承了几英亩地的年轻人，他告诉我他愿意像我一样生活，如果他有办法的话。我却不愿意任何人由于任何原因，而采用我的生活方式；因为，也许他还没有学会我的这一种，说不定我已经找到了另一种方式，我希望世界上的人，越不相同越好；但是我愿意每一个都能谨慎地找出并坚持他自己的合适方式，而不要采用他的父亲的，或母亲的，或邻居的方式。

　　我的《读不进的瓦尔登湖》，最后一段文字是这样的："一个将自己融为大自然的人，性情中人，才算是一个真正大自然的热爱者。总想从大自然中索取什么，哪怕是索取无形的思想，也是大自然的敌人！"现在看来，不仅言重，而且偏激。

爱默生与梭罗

——鲜为人知的另一面

故居 日记

　　我在细雨中走出爱默生故居的时候，一个问题如眼前的雨丝缠绕在我的心头。以我的观念，这座房子，无论如何应该有梭罗的一个位置，这不仅是他曾前后两次、长达两年多时间住在这座房子中，为前往欧洲游学的爱默生看守家园，呵护家人，而且《瓦尔登湖》的写作与修改，也曾在这座房子里进行。在一定的意义上，这座房子对梭罗而言堪称精神的家园，但现在的梭罗却被他的家园放逐了。

爱默生的书房兼客厅，也是超验主义俱乐部聚会之处，这里有梭罗的一把交椅

这座建于 19 世纪初的房子，方方正正，典型的乔治时代的木制建筑。双层，对称的 8 个大的房间，爱默生与第二任妻子莉迪安生活的一切在这里详尽存列，还有终生未嫁的大女儿的画像及卧室也都如昨，当年爱默生的"超验主义俱乐部"也以小圆桌为中心体现了出来。我在参观时纳闷，为什么不给梭罗一个位置？当年梭罗在这座房子里为爱默生当管家时，住在哪一个房间？通过翻译传达到年老的讲解员耳朵里，没有想到她竟定神地睐了我一眼，似乎眼前的这个东方人触

雄视全美思想界的爱默生

及到了一个敏感的问题，她没有笑，却有些俏皮地告诉我："也许是住在阁楼上吧。"我走到庭院，回望房子的屋顶，没有尖顶，没有天窗，屋顶的斜度不高呀，如何住人？

也许梭罗上到阁楼便躺着？但梭罗分明喜爱在大自然中散步。

我回国后曾在上海停留了几天，那日参观过上海博物馆，独自去逛南京路，经过一家书店，见到梭罗的《瓦尔登湖》，上海译文出版社的旧书新出，徐迟翻译，便又买了一本。其实我的书架上已有这本书，吉林人民出版社的版本，译者也是徐迟，但一时不在手头。对于《瓦尔登湖》这样的书有两个版本自然不算多，而我主要是想早点翻阅，果然，证实了第一次阅读时留下的印象，这本书中提到了诸多的先圣与哲人凡 180 余人，但自始至终就是没有"爱默生"三个字，不说爱默生对梭罗种种扶持与帮助，不说爱默生与梭罗的友谊，仅就这本书而言，爱默生允许梭罗在自己的土地上盖一座小屋，远离尘世地进行观察与实践（因为是爱默生的土地，梭罗还可免交土地税。其实，在这之前，梭罗便

梭罗的塑像也有些忧郁

梦想到林肯的弗林特湖畔生活，但土地的所有者拒绝梭罗构建木屋），同时也为他写作与修改《瓦尔登湖》提供了条件，而梭罗在他的书中对爱默生却是水过无痕！

> 1845 年 3 月尾，我借来一柄斧头，走到瓦尔登湖边的森林里，到达我预备造房子的地方，就开始砍伐一些箭矢似的，高耸入云而还年轻的白松来做我的建筑材料。
>
> （梭罗《瓦尔登湖》）

借来的斧头，说了，土地呢？好像是他自家的，想盖房便盖房，想砍树便砍树，其实这一切都是爱默生的赐予，而梭罗却是缄口不言。那时的爱默生已是大名鼎鼎了吧，他的《美国学者》1837 年在哈佛大学演讲时，震动了思想文化界，被称为美国思想与文学的"独立宣言"，纵是当时在哈佛读书的梭罗，没到现场听过这个演讲，也完全明白爱默生在美国思想界、文学界的地位与影响了。按常理，在这里提一下爱默生，那是他的光荣，甚至按照西方人的习惯，这本书完全可以题上"献给拉尔夫·瓦尔多·爱默生"。但梭罗是不按习惯生活、不按常理出牌之人。

我想从梭罗的其他著作中寻找有关爱默生的只言片语：

> 10 月 22 日，"现在你在做什么？"他问，"你写日记吗？"于是我今天就动笔写。

据专家研究，这是梭罗的第一篇日记，起问者便是爱默生，实际上爱默生不仅仅是问，而是告诫他要写日记，告诫的内容梭罗忽略不记，就是发问人也为代指，"他问"，一开始便是那么的吝啬而缺乏敬意。1837 年的梭罗只不过是一个刚出大学校门的孺子呢。

这天的日记中下面的一段更是重要：

> 为了独处，我发现有必要逃避现有的一切——我逃避我自己。我怎么能在罗马皇帝装满镜子的居室里独处呢？我要找一个阁楼。

一定不要去打搅那里的蜘蛛，根本不用打扫地板，也不用归置里面的破烂东西。

（《梭罗日记》）

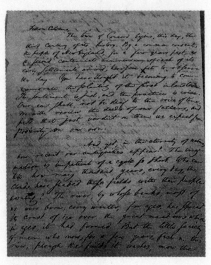

爱默生的手稿　　　　　　　　　　　　　梭罗的手稿

　　这几乎是梭罗 44 岁短暂生命的自我画像，而且简直是一锤定音（型），爱默生没有发现？

　　终于读到了爱默生的名字了。那是梭罗刚刚在瓦尔登湖畔小屋住厌倦了，回到了康科德城的 1847 年，这时的爱默生又远行英伦，眼前的这座房子以及住在房子里的人都交给了梭罗照管。梭罗就像主人一样在这座房子里写作与生活，也还做些测量土地的活儿，将爱默生家的地产量了个一清二楚（我在康科德公共图书馆见过梭罗使用过的测量仪器、见过他为爱默生的地产手绘的图纸），并且继续记日记。这一年，在留存下来的几页日记中，梭罗先是将爱默生深受其影响的两个英国人戏谑了一番，说："卡莱尔身为学者，怀着对人类的同情，从事着诚挚、忠实而英勇无畏的工作……卡莱尔的才华也许完全等同于他的天赋。"算是承认他的才华，虽然是上天赋予的，而对华兹华斯则更不客气，说他"才力微弱，不像毋庸置疑的和不屈不挠的天才那么伟大和令人钦佩……他想要实现一切勇敢和过得去的人生，最后心怀希望死去"。现在轮到爱默生了，也终于有了爱默生的名字和头衔：

> 爱默生也是评论家、诗人、哲学家，他所具有的才华不那么显眼，似乎不能胜任他的工作；可他的领域还在扩展，所要完成的工作越发艰巨。过的是远比别人紧张的生活；设法去实现一种神圣的生活；他的挚爱和才智得到同样的发展。假如再前进一步的话，一个新的天国便向他敞开大门。爱、友情、宗教、诗歌和神灵都与他亲密无间。一个艺术家的生活；更加斑斓的色彩，更具观察力、更加敏锐的知觉；不那么强壮、灵活，却在自己的领域里脚踏实地；信仰坚定，一个评判众人的法官。找不到像他这样全面的对人对事的评论家，找不到像他这样值得信任和信仰坚定的人。在他的身上比任何人都更多地实现了人的崇高品质。他是一个无条件赞美神明的诗人评论家。
>
> （《梭罗日记》）

对于这个不那么好把握的语无伦次式的评价，读者诸君自有理解。依我之见，他给爱默生戴了那么多帽子，无非是想说这样的一句话："盛名之下，其实难副"。而他还在自不量力地扩张，真是活得太累，那些个完人与圣人式的赞美，便具有某种反讽的意味了。

长者　导师　教练

爱默生结识梭罗的这一年算是他的幸运年。1837年，他的《论自然》刚出版，他的《美国学者》的演讲引发了美国思想与文学的独立运动，他与莉迪安的第一个儿子也降生到人世，这个幸运也许还应该加上有了梭罗，"这个男孩说的每一句话都使得他非常愉快"。蛰居康科德小镇的爱默生喜爱散步，习惯拄着手杖散步的爱默生思考着他的超验主义，在他们认识后不久，两人做了一次远程的步行，爱默生抛开了手

哈佛大学的爱默生楼，镌刻着爱默生格言：人算什么，你竟顾念他。

杖，一直走到当地最高的山崖，一览萨德伯里河谷上壮丽的景观："天

作者恭敬地立于爱默生的塑像旁

气很暖，愉快，薄雾绵绵，整个山川好似个露天大剧场，沉醉于欢乐之中。乌鸦的啼鸣仿佛在空气中的每一个尘埃上回荡。"爱默生日记，喜乐之情溢于言表。爱默生阅读梭罗，梭罗也阅读着爱默生，《论自然》这部体现了超验主义哲学全部雏形的著作，梭罗一时着迷，据说是连读了两遍。从这里，他走近了爱默生，走进了爱默生的生活圈子，走入了"超验主义俱乐部"。

我在访问康科德公共图书馆时，看到了好些优秀的美术作品，其中有爱默生与梭罗的雕塑与油

画，陪同参观的聂茸副馆长告诉我，梭罗个头中等，爱默生的块头很大，但他们的肩膀都向两侧倾斜，很像，同时，两人都有高挺的鼻子，梭罗的眼睛最为引人注目，又大又深，闪耀着智慧的光芒。爱默生走路喜用手杖，梭罗却是两眼盯着地上，注视着那些落叶、花朵或印第安人的箭头。她说，不少的书中都描写到他们这些长相上的特点，因而有人说，梭罗既不是爱默生的儿子又不是兄弟，但又似乎两者兼而有之。我想，这大概并不是完全指他们的相貌吧，抑或更多的是指爱默生与梭罗的精神史和生活史？

在我的阅读记忆中，爱默生对梭罗爱才如子，常常不待那位刚满二十岁的毛头小伙子开口，便忍不住将扶持的手搭了过去。梭罗大学毕业，成绩本为平平，但爱默生认为此后生才华横溢，便写了信给哈佛的总裁（校长）昆西，隆重推荐，昆西自然相信爱默生，梭罗也便有了25美元的奖学金（那时年薪50美元为正常收入，梭罗在瓦尔登湖造屋全部的费用为28.125美元，他在瓦尔登湖一年种植玉米、土豆和萝卜等总收入为23.44元）。大学毕业后的梭罗求职未果，便自办一所小型的私立小学，爱默生赶去看看，说不行，便说服梭罗的母校康科德学院，接管了那所刚创办的小学，梭罗与他的哥哥约翰同时进入学院任教。《日晷》是超验主义者的刊物，一段时间为爱默生的女友玛格丽特·傅勒主编，梭罗一再投稿，虽然傅勒也识梭罗，但她认为梭罗的诗写得不好，不予发表，爱默生又接过来看看，经他的手一改一删，便就顺利地通过了。这还不算，爱默生还亲自操刀，配上一段按语："我的亨利·梭罗将成为这个社交聚会的大诗人，并且总有一天会成为所有社交聚会的大诗人。"在爱默生的关照下，梭罗在总共16期的《日晷》上发表了诗歌、

爱默生演讲的手势，右手总是在不停地挥动

随笔与译文达 31 篇之多。到了 1843 年，梭罗失恋，继而又失去哥哥，痛不欲生，爱默生为了让他摆脱抑郁的心情，介绍他到居住在曼哈顿的哥哥威廉·爱默生家当家庭教师，并引荐其进入纽约的文学圈，可是梭罗对纽约没有好感，"这地方比我想象的还糟一千倍"，只在那儿呆了半年多一点，便悄然打道回府，爱默生见之，没有半句责备，反而为其开脱，说，"这种叛逆精神，多像他的兄弟"。至于爱默生在 1841 年至 1843 年、1847 年至 1848 年先后两次长达两年多的时间，在前往欧洲游学期间，将家园与家人都托付与他，至于作为超验主义领袖在思想与观念上对梭罗的灌输与影响，包括允许使用瓦尔登湖的土地等等，那就自不必说了。

同时代有个叫阿尔比的人，对他们两人在一起相处的情景，作过如是的描述：

> 阿尔比来访时，梭罗已经在爱默生家了。"他与爱默生在一起很自在，整个下午和傍晚他都在那儿。我离开的时候他还在火炉边。我觉得他在某种程度上好像是这个家庭的一员"。爱默生不断听从梭罗的意见，阿尔比回忆到："爱默生似乎期待着梭罗的观点，总是准备对他否定性的、尖刻的批评抱以微微的一笑，特别是关于教育和教育制度方面。爱默生总是为哈佛辩护，说自己 14 岁就进那里学习了。这引起梭罗的愤怒，他认为哈佛的教程没有任何益处。而爱默生似乎有意说这些去挑起梭罗的怒火，并以此为乐。提到剑桥的课程时，爱默生随口说，那里讲授几乎所有的学科和分支。梭罗抓住一点机会反驳：'对！的确是这样，所有的分支，没有一点跟学科有关。'对此，爱默生抱以由衷的大笑。"阿尔比还注意到："晚上，梭罗的全部时间都用在孩子们身上，一直在篝火上烤玉米。"

（《哈佛的故事》）

如此这般的关系，何止是父子和兄弟，简直还是精神的导师与生活的教练。

问题恰恰出现在这里，爱默生只是一味地从长者的角度、导师的角度、教练的角度来关怀着、扶持着、信任着、期望着梭罗，但是他忽略了最基本的一点，那就是梭罗是不是需要这一切！尤其是爱默生忘记自己对梭罗最为欣赏的叛逆精神，而且是一个孤独的叛逆者，叛逆社会、叛逆当局、叛逆世俗、叛逆世人，难道就不叛逆你爱默生？爱默生似乎没有意识到，或者说是没有注意到，十几年间，自己处处以长者、导师、教练的身份出现在梭罗的面前。

美国学者斯蒂芬·哈恩在分析爱默生与梭罗的关系时，说："无论是就个人而言，还是按理智行事，梭罗对爱默生的态度都近似于这样一种感觉：不咬喂食的那只手——即使咬也至少不那么明显。"所以，在相当长的一段时间，梭罗与爱默生并未发生"正面交锋"。诚如上述那段具体的描述所显示，梭罗对爱默生的叛逆是以忍让的方式出现，包括还有沉默的方式，实际上，这种叛逆的方式，一开始便出现了，故意不提爱默生的名字，就是在你的土地上盖房，也无谢可言，虽然他如期参加超验主义的聚会，但当有人邀请他加入超验主义实验农场——布鲁克农场的时候，便被婉拒，且在日记中写道："我宁愿在地狱中独身，也不愿进入天堂。"爱默生忽视或忽略了梭罗的忍让与沉默，或将梭罗的忍让与沉默视为接受的信息。所以，爱默生心安理得地称"我的亨利·梭罗"。

"敌人"　　"毒箭"　　"榆树枝"

直到爱默生第二次从欧洲游学归来，梭罗的叛逆精神才强烈起来，显露出来，两人的关系趋于淡漠且一度抵达紧张的程度。研究者分析，有三个原因导致了这种公开化，一是将近一年的时间，爱默生在欧洲，梭罗在他的家，和他的妻子与孩子们都建立了非常亲密的关系，梭罗"似乎已经习惯了呆在爱默生家里，爱默生的归来一定令他感到无所适从"。另一个原因是梭罗不赞成爱默生的英国之行，尤其不同意他对英

梭罗故居。后产权转移，现为他人居住

国世俗的赞美。再就是梭罗的名气与声望渐长，但有人指称他不过是爱默生的影子与追随者。

因为在人家家里呆惯了而排斥真正的主人，于情于理都不合。这还只不过是一种表现形式，实际上，梭罗一直在感情上默默地眷恋着比他大了16岁的爱默生的第二任妻子莉迪安。早在1841年，梭罗在曼哈顿当家庭教师时，便不时从纽约给莉迪安寄信，那些字迹潦草如天书的信，字里行间无不玄妙含情，而梭罗包罗万象的日记中，也有不少暗指莉迪安的段落，他似乎在用某种复杂却又未完全明白的方式，爱恋着莉迪安。"别的人是我的亲人，是我的相识，但你是我的"。他在爱默生游学英国时的日记中写道："你属于我，我也属于你。我不知道自己从哪里结束，你又从哪里开始——你我生命的交接之处是如此的和谐。"这些事情，爱默生不可能完全不知道，虽然人有爱人的权利，梭罗对莉迪安的爱，也并不表示乱伦，况且那时，爱默生也与小他十几岁的玛格丽特·傅勒也有着某种暧昧的关系，所以，理性分析爱默生不致嫉妒，但在潜意识中呢？而因为我回家让你感到不习惯，这就更显得荒唐了，长者、导师、教练如爱默生者，也是无法容忍的。爱默生在英国期间，自然是不断地给美国的家人与朋友写信的，这些信件的来往者，自然也包括梭罗，由于爱默生在信中有不少的地方对英国工业文明持赞美之词，梭罗不能接受，信中对爱默生所赞美的英国成就、物质文明、蒸汽机、速度及言论自由、书籍等都持一种怀疑态度，对爱默生在这一切东西面前的热忱与赞美表示了轻蔑，甚至在有的信件中，梭罗在身份上有些错位，错将爱默生赋予他家庭一员的位置看成了自己真实的位置，而对远在英伦的主人，使用着尖刻且带有防御性的语言。至于影子与追随者的问题，实际上一开始，梭罗便不想成为爱默生的影子，也不希望自己仅成为他的追随者，他有一整套的生活与人生的理念，即使在日记这样私人化的介质中，也不承认爱默生对他的影响。他的第一篇日记便是不想将这个影子带进去的明证，途中还会时不时地擦去追随的痕迹，只是因为碍着"那只喂食的手"，才没有反咬过去，但当那种一直担心、防备并不想承认的事情，在自己出名之后却被人提起，梭罗的叛逆甚至愤怒的情绪就可想而知了。

仅仅这些原因，足可以导致两人原有关系破裂与现存关系的紧张，而由于梭罗神经质的性格，在他这一面表示得可能就更为明显了。1849年，梭罗的《康科德与梅里马克河上的一周》出版，这本书销量极差，而爱默生再也不像以前那样宽厚和热忱，甚至对此书的缺点进行了一些荒唐的批评，梭罗被弄懵了："我写了一本书，并请我的朋友提出批评，结果除了一篇赞词之外我什么也没听到——后来朋友和我疏远了，我又因为书中的缺点被贬得一无是处。"所谓的赞词指的是友谊破裂之前的事情，"当我的朋友还是我朋友的时候，他只是恭维我，我从来听不到半点真相——而当他成为我的敌人时，他却把真相附在毒箭上向我射来。"虽然梭罗在这里还是没有点爱默生的名，但言辞已激烈到"敌人""毒箭"这样的程度了。爱默生当然也有颇具伤害性的话："说到友情，梭罗和我是不同类型的人。我宁愿抓一根榆树枝，也不愿意去挽梭罗的手臂。"并且调侃道："梭罗没有食欲实在是件不幸的事，他既不吃也不喝。一个分不清冰淇淋和白菜的味道，连白酒或啤酒都没尝过一口的人，你还指望和他有什么共同之处呢?"

如果以1849年为界点，爱默生与梭罗的友谊持续了12年，关系紧张的时间却多出了两年，直至梭罗英年早逝(1862年)。不过，就是在友谊趋于淡漠，关系出现紧张的期间，他们还有接触，有交往，他们的争吵有时仍然可以重归于好，爱默生始终视梭罗为美国最优秀的作家，并对他寄以厚望。无论友谊也好，交恶也罢，他们都是美国思想文化界的巨人，而又确如爱默生所言，他们是两个不同类型的人，在一些思想与行为方式上，他们似乎很接近或说相一致，比如热爱大自然、喜欢散步等等，但深究下去，他们的差别却是非常之大，爱默生热爱自然，他认为现代文明可以取之自然并使自然更有秩序，而梭罗热爱自然则视自然为唯一目的，"不用圈套，也不用枪支"，他们之间好像是两座永远不能靠近的大山。从本质而言，爱默生应是世俗中人，对声望、名誉、地位、财产、家庭等等都看得很重，而梭罗绝对超凡脱俗，不追求财产、不追求虚名、不在乎亲情、远离现代文明，甚至"不喜欢平常的话题，对所有的来访者都大谈高深莫测的东西，最后把他们都贬得一钱不值"。爱默生为人热情、周到，乐于助人，而尽管梭罗有时也兴致勃勃，爱说笑，待人忠诚、真挚，但他身上似乎有种严肃的冷静——冷静得像坟墓。当然还有无数的方面，包括对待传统与古典、对现代文明的理解等等。要对爱默生与梭罗的异同做出分析，是一项巨大的工程，绝不是这篇小小的文章所能为的。

斯蒂芬·哈恩有两个观点值得一提：一个是讲他们的语言与叙述风格的不同，一个是"霸权"问题。哈恩说："华兹华斯指出，梭罗是'一个对大众说话的人'——他用的是通俗的口语，也常常说题外话，而且好争辩，喜欢用方言或对话的方式。而爱默生却是师长作风，说话威严傲慢，滔滔不绝，旁人无从插嘴。"在叙述方式上，"梭罗的文章不是以一般事实的抽象概述，而是以详细的观察资料作为开头……爱默生能够将经验事实迅速归结为诸如'命运'、'本性'之类的抽象概念，使经验层面看起来倒像事物的本质"。对此，哈恩没有做具体的分析，但对熟悉爱默生与梭罗的人来说，也是一目了然的了，爱默生的著作中尽是格言与警句，以致有人认为他只用格言写作，到现在，爱默生的格言在美国随处可见，这都是高

梭罗写作修改《瓦尔登湖》的桌子

度抽象与概括的产物，爱默生的演讲也就是以格言加雄辩征服全美的听众。而梭罗总是在描写事实，甚至是非常琐碎的描写，然后将他的观点漫不经心地隐藏在对事实的描写之中（或者随意穿插一些议论），梭罗对爱默生一些观点，或者说对爱默生一些思想的批判，便也是寄托在对眼前事实的描写之中的，一般的读者可能还茫然无知（哈恩将《瓦尔登湖》看作一部哲学著作），尽在为他描写而喝彩。关于"霸权"，哈恩引用了爱默生在梭罗逝世时所写"颂文"中的一段话：

> 如果他的天赋只是爱思考而已，那么他很适合过他的生活，但他的充沛精力实践能力又使他看上去像是生来就能成就大事业和做领袖的人。因此对于他放弃这世间少有的实干才能，我非常遗憾，我实在忍不住要指出他的缺点，那就是他没有抱负。因为缺乏这一点，所以他就无缘成为整个美国的管理者，而只能是一个美洲越橘党的头目罢了。缔造好霸权之后，某一天去种种豆子本来不是什么坏事，但是即使过去了这么多年，梭罗那里却仍然只有豆子！
>
> （爱默生《梭罗：瓦尔登湖》）

爱默生批评梭罗没有抱负，不能成为整个美国的管理者，不能缔造霸权并在缔造霸权之后有所作为，完全是站在爱默生自己的立场上发言，

睡谷公墓中爱默生的墓地

睡谷公墓，梭罗回到了家族的怀抱。大墓碑为老梭罗，小墓碑有一块属于小梭罗

既是对梭罗的批评，也是一种自我表白。爱默生在这一点上，完全契合了美国的根本利益，他自己因而成为美国的精神领袖。梭罗不一样，他在美国人的心目中，他仅仅是一个自由人，一个超凡脱俗者，现在最多的是再叠加上一重环保主义的光环。所以，哈恩说"在美国这样一个到处都是霸权事务的国家，如此评价几乎意味着一种谴责，那不仅仅是爱默生个人的心痛与失望。"

我在康科德公共图书馆曾与掌管着爱默生，也掌管着梭罗的手稿与初版本的威尔逊女士讨论过爱默生与梭罗的关系。威尔逊女士一再强调他们最后都和好了的事实，并且引用了梭罗在批驳爱默生那篇《论友谊》中的一句："优秀人物之间的友谊虽然终止了，他们的原则却依然没变，正如藕断丝连。"这对于既爱爱默生也爱梭罗的故乡学者而言，自然可以理解。但我想，他们的矛盾也罢，和好也罢，都是两座高山对峙的事实，他们各自的存在显示了相互的高度。对于思想者，任何人都不要去充当精神导师，不要去充当人生教练，也不能自诩为长者，甚至不要做芸芸众生的强势领袖，忍让与沉默终有限度，爆发起来双方都显得尴尬、难堪，甚至可怕。我在后来读到的一则梭罗日记，虽然还是没有出现爱默生的名字，但却是可以断定讲的便是他与爱默生的事情，他认为他们关系中没有爱，是"一出长久的悲剧"。

他的日记是这样写的：

　　……我有两个朋友。其中一个给我的友谊所带有的条件只会使我产生卑躬屈膝的感觉，这是我无法接受的。他不会平等地待我，而只想在某种程度上充当我的恩人。他不会来看我，可要是我不去拜访他就很伤心。他不准备接受别人的好意，却很乐意施与他人。尽管有时候他是直率真诚的，偶尔却也对我讲讲客套；他不时扮演一种角色，对待我就像我是非常陌生的人；还骄傲地使用做作的言词。我们的关系是一出长久的悲剧，但我未曾直接地说到这一点。我认为不管是抱怨还是解释都不起作用。唉，一切都已太明白了。我们为我们彼此没有爱、互相不信任而感到痛心。

（《梭罗日记》）

不用说，爱默生故居中的一切布置与陈设，均由后人所为，这座故居的管理委员会便是爱默生家族成员，这一回，爱默生家族也对梭罗使用了一回橡皮擦，擦去了他留在这座房子中的痕迹与气味。直到这时，我才回味起了爱默生故居那位讲解员的话，"大概住在阁楼上吧"，原来是一句出自梭罗现在则是隐含了调侃意味的箴言啊，我却当真。

路易沙的家

在我原先的印象中，读过《小妇人》这本书的人不会很多，知道路易沙·梅·奥尔科特的人则会更少。实际情况出乎我的意料。在第七次全国作家代表大会期间，朋友来北京饭店看我，谈到今年出访美国，谈到康科德，谈到《红字》、《瓦尔登湖》，无意中提到《小妇人》，没想到朋友脱口而出，说她的女儿好喜欢《小妇人》，上初中时就啃过，并且不止一遍，可惜在一次搬家时丢失了，女儿伤心了好一阵子。又有一次，与老作家何为谈康科德，谈奥尔科特，他说，她的那本《小妇人》年轻的时候就看过，印象很深，是一本温暖的书。

奥尔科特故居

写作《小妇人》的地方

确实，《小妇人》是一部以温馨甜美的笔调描写家庭生活的小说，四个姐妹和她们的母亲，还有一个邻家的翩翩少年。他们之间由于性格各异，理想不同，自然也会生出许多的烦恼与矛盾，作品中甚至有战争背景（父亲是南北战争时的战地牧师）、有病痛与死亡，但这一切，都被作者温婉的色泽给诗化了。小说中马奇一家，在19世纪属于贫困之家，但所表现的却是一种进取与友爱、自立与自信、勇敢与忠诚。他们在奋斗的过程中，有尴尬，但更多的是优雅，甚至在贫困尴尬的状态下也不失优雅与美丽。他们在人生成长的道路上，处处注意道德的规范，将道德的自我修养与完善作为人生的坐标，在各自的位置上显示心灵中至善至美的德性。这种精神、品质与道德形成了后来美国中产阶级的形象。书中描写的种种情感体验和生活经历，都曾经、正在并将要发生在每一个少女走向成熟的过程之中，作者所提倡的善良、无私、慷慨、尊严、宽容、坚韧、勇敢等，亦是人类永远尊崇和追求的美德和信仰。所有这些，赋予这本书超越时代和国度的生命力，也正是它，成为不朽的经典魅力之所在。译者说："这是一本自我抑制和自我表现相结合、实用主义和乌托邦理想并存的小说。"

我在康科德公共图书馆珍藏部曾见过这本书的初版本，威尔逊女士告诉我，《小妇人》出版时，奥尔科特小姐出于赡养家庭的需要，只是希望销售得好一些，但没有想到，小说打动了千万读者的心，尤其是女性读者。作品很快再版，而作者在每一次再版时，都有修改，尤其是插图，只要是不满意的都要更换。小说在一版再版的同时，很快便有多种语言的译本。一时，作者与作品都成了学者专家研究与描写对象，她的第一位传记作家埃德拉·切尼曾这样描写过作品出版的情况："二十一年过去了，又一代人已经成长起来，但是《小妇人》仍然保持着稳定的销量。母亲们读着这些姐妹的童年，延续着自己当年的欢乐。她们看着这些小姐妹的脸，不由露出灿烂的笑容，或者因为读到喜爱的小姐妹的死而热泪盈眶。"

作者路易沙·梅·奥尔科特（1832～1888）是个没有上过大学的家庭女子，她的父亲布朗逊·奥尔科特是个超验主义者，与当时康科德的名人爱默生、霍桑与梭罗等属于同一哲学阵容中的人物，但却

这就是路易沙

这就是路易沙

这座雕塑在霍桑故居里

无力负担家庭的生计。重任落在母亲的身上，也落在作者路易沙的身上。为此她当过教师，做过护士，干过缝纫与洗衣等佣人之类的活儿。生活的磨练却成了财富，她开始用笔描写自己的经历，同时也写其他能够挣钱的惊险故事，在她的故居厨房中，有一个石水池，便是用她写历险故事得来的稿酬而购置的。那时她还没有多少名气，直到 36 岁的时候，出版商托马斯建议她写一本"关于女孩子的书"时，她的才华才全部展露了出来。奥尔科特根据自己孩提时代的回忆，将她们一家的生活作为描写的蓝本，创作了我们现在读到的长篇小说《小妇人》。

有人问过路易沙，《小妇人》成功的秘诀何在？路易沙说："如果它成功的话，我们的生活将是它成功的原因，因为我们确实就像书中写的那样生活。"《小妇人》的成功，奥秘就在于描写的是"我们的生活"。作品中的描写与现实中的生活、书中描写的人物与家庭的成员，全是对应的。母亲爱比盖尔·梅·奥尔科特是书中的马奇太太（妈妈），一个社会工作者。大姐安娜·奥尔科特·普拉特，是个妻子、母亲和业余演员，为书中的梅格，漂亮端庄，有些爱慕虚荣。二姐路易沙·梅·奥尔科特，即是作者本人，从未结婚，通过写作供养一家，书中为乔，自由独立，渴望成为作家。老三伊丽莎白·西维·奥尔科特，是个音乐家，22 岁去世，便是书中的妹妹贝思，善良羞涩，热爱音乐。最小的妹妹梅·奥尔科特·尼爱里克，是个艺术家，喜欢绘画，也是书中最小的妹妹，她的名字叫艾美，聪慧活泼，爱好艺术，希望成为一名上流社会的"淑女"。人物关系的结构，人物性格与爱好，各自的经历，现实生活与作品可以——对号入座。

我现在就站在路易沙写作《小妇人》的那座房子里，即今天的奥尔科特故居纪念馆。1858 年至 1877 年，将近 20 年时间，奥尔科特一家就住在这里——果园庄，康科德城的列克星顿路、现在的奥尔科特路旁。路易沙是 1868 年应托马斯提议而写作《小妇人》的，也就是说，是她入住这座房子之后的第 10 年执笔写作的。因而，可以说，书中的场景、现实中"我们的生活"大都发生在这个房子里。这一点使我感兴趣，它不仅是写作之处，也是作品的生活原型地，这样的故居便有了双重的意义。

路易沙在这个家中，占有重要的位置，仅从卧室的位置便可看出，二楼，朝阳，宽敞的房间里有沙发、床、衣柜、梳妆台等。床有些别致，犹如中国的美人靠，白色的床单上，摆放着路易沙穿过的长裙和使用过的手袋。墙上的油画，都是小妹妹梅的作品。我看到在壁炉架上有

一幅猫头鹰的壁画，床边也有一幅站在两本厚书与一摞手本上的猫头鹰油画，询问后方知，那也是梅的作品，梅称路易沙姐姐为"聪明的猫头鹰"，怪不得我看这两头猫头鹰都如小猫般的可爱。在窗口有一书柜，陈列

路易沙写作时的情景

着《小妇人》的各种不同文字的版本，但是我独独没有看到中译本，这让我有些失望。我告诉讲解人员，《小妇人》在中国不是一个版本，而是多个版本，除上述的版本之外，还有人民文学出版社、民族出版社、中国致公出版社、世界图书出版西安公司、外语教学与研究出版社、北京出版社、吉林文史出版社等不同的版本，中国戏剧出版社还出版了"口袋书"，外文

路易沙与签名

出版社有中英文对照的版本。我说出来之后，他们也感到惊讶，却是没有希望得到这些版本的意思，如果提出，我一定会答应提供帮助。

路易沙的卧室，也兼作书房与写作间。在美国，我参观过不少作家故居，一般而言，书房与写作室是独立的，像马克·吐温与霍桑的写作室，都设在阁楼上，路易沙例外，她一个人生活，没有丈夫与孩子，卧

卧室与妹妹的猫头鹰

室属于她一个人的天地，所以，可以兼做书房与写作间，也许书与写作便是她的丈夫与孩子了。自然，现在陈列《小妇人》版本的书柜，便是当年路易沙的书柜。那么，写字台呢？只有在两窗之间的柱子上围了个木板的半月台，连个抽屉也没有，台前有张木制靠背椅。接待人员明确告诉我，那就是路易沙写作《小妇人》的地方。一部伟大的作品，竟是产生在这样一个简易的半月台上？是的，是这样，路易沙当年才华横溢，所写又是自己家庭生活、儿时故事，简直如有神助，500多页的一部书，只用了60天的时间，便创造了那样一部脍炙人口的作品，这不仅在她个人创作道路上是个奇迹，就是在整个美国文学史以至世界文学史上，也算个奇迹吧。我后来看到一幅路易沙写作《小妇人》时的照片，那时室内不像现在这样简洁整齐，路易沙侧身而坐，低头凝思，单手写作，周围的摆设很多也很杂，却是充满了生活的气息。

作品中马奇家的4个女孩，出场时，梅格最大，16岁，浅棕色的头发，大大的眼睛，手脚灵巧。乔15岁，又高又瘦，十分顽皮。贝思老三，只有13岁，性格温柔，喜欢思考，经常帮母亲料理家务。艾美最小，只有12岁，黄头发，白皮肤，蓝眼睛，长得俊俏，是个小美人。按照这个年龄推算，路易沙描写的是20年前的回忆，最初的故事并不发生在这座房子里。我后来知道，那时她们居住在康科德镇的另一所房子里，就是后来霍桑与哈丽特·洛索罗前后居住过的"路畔居"，也就是现在

阅读时的路易沙

的霍桑故居纪念馆。"路畔居"与"果园庄"的环境基本相似，也就是说，最初的故事从"路畔居"开始，一直写到"果园庄"。不过，小说中没有写到搬家，实际上路易沙一直以"果园庄"作为描写的蓝本。所以，书中的描写，无论是发生在"路畔居"的故事，还是发生波士顿20 Pinckney Street 居所的故事，全部被路易沙移植到"果园庄"里了。

作品中有一处对沙发的精彩描写便显示这种移植：

> 眼下，那张旧沙发成了公认的沙发鼻祖——又长、又宽，填充得饱满，低低的，有点破，也该破了。姑娘们还是婴孩的时候在上面睡觉，躺卧。孩提时，她们在沙发扶手，还有沙发底部当过动物园。长大成小妇人，她们又将疲乏的脑袋靠在上面休息，坐在沙发上做梦，听着柔情绵绵的谈话……沙发一角一直是乔最喜欢的休息位置。这张历史悠久的长沙发上有许多枕头，其中一个又硬又圆，用有着刺人的马毛呢包住，两头各钉了纽扣。这个叫人不舒服的枕头倒是乔的特殊财产，她用它作防御武器，用它设障，用它严格地防止过多的睡眠……假如他们所称的这个"腊肠球"竖起来放着，这就是暗示他可以接近。但是假如枕头平放在沙发中间，谁还敢去烦她！

这张对马奇家来说有着"历史意义"的沙发，那个对乔而言用来表达情绪的枕头，现在就摆在大厅里。"情绪枕头"靠在沙发的扶手旁，表示"乔"有了好心情，欢迎人们靠近她。讲解人员说，生活中的路易沙也像作品中的乔一样，用这个枕头表达着她的心情，如果看到她将枕头平放在沙发上，你最好别碰她，甚至不要和她说话。这个"道具"，这个小细节，准确而生动地体现了人物的性格，再现了路易沙的个性。

当然，任何文学艺术作品都不可能是生活直接的复制品，这是一个简单的道理。作品一定有个概括与提炼、创造与升华的过程，作家对生活的过滤、删减、添加与想象，是在作品中人物活动过程中、遵从人物性格的使然，自然而然地发生的。宣称她的作品便是描写了"我们的生活"的路易沙，也不可能违背这一文学艺术的规律。比如，第二十七章

"文学课"对乔写作状态的描写：

> 每隔几个星期，她就把自己关在屋里，穿上她的涂抹工作服，像她自己说的，"掉进漩涡"，一门心思写起小说来。小说一天没有写完，她就一天不得安宁。她的"涂抹服"是一条黑色的羊毛围裙，可以随意在上面擦拭钢笔。还有一顶同样质地的帽子，上面装饰着一个怡人的红蝴蝶结，一旦准备动手写作，她便把头发束进蝴蝶结里……若是这个富有表现力的服饰低低地压在前额，那表明她正在苦苦思索；写到激动时，帽子便时髦地斜戴着；文思枯竭时，帽子便给扯下来了。在这种时候，谁闯进屋子都得默然而退，不到那天才的额头上竖起欢快的蝴蝶结，谁也不敢和乔说话。

作者很欣赏自己这一对"乔"的描写，为了强化乔的写作习惯，还专门配了一幅插图，就是路易沙描写的那个样子，而不是路易沙真实照片上的那个样子。可见作者就是描写自己，也用了夸张的手法，并非生活本身的描摹。同样，《小妇人》最重要的一笔是写了"非小妇人"的芳邻劳里，因为翩翩少年、富家子弟劳里的出现，顿时使得马奇家的四个千金活跃了起来。但现实生活中却是没有这一芳邻，劳里是路易沙创造出来的一个形象，或者说是为了四姐妹活动起来、美丽起来所需要的一个人物。

《小妇人》受到爱默生超验主义思想的影响，"强调个人尊严和自立自律的重要，体现了奋发有为的美国精神。"读过小说后可以确立这个观点。在一般意义上，也可以将路易沙列入超验主义俱乐部的名单中去，但实际上他们是两代人，爱默生、霍桑等比她大了近30岁，路易沙的父亲布朗逊与他们才是同代人。虽然布朗逊的成就没有达到爱默生等人的高度，但他的执著完全可以与其并列，他们密切的交往达到了超功利的程度，是真正志同道合的思想同人。奥尔科特故居中有一大房间是父亲的书房，桌上不是陈列女儿的作品，而是先圣的哲学著作。父亲在这里读书，也在这里接待爱默生，接待霍桑和梭罗。父亲与他们交谈时，常常也有路易沙的一个位置。所以，从经济上看，父亲无力赡养家

路易沙与孩子们　　　　　　　　《小妇人》插图

庭，但在精神上，在思想上，却是给了路易沙信心与力量。可以说，父亲和这个房间，是路易沙的精神乐园。

作品中称马奇一家四姐妹都是艺术家，生活中也是如此。在搬进这座房子之前，妹妹伊丽莎白已经去世，"果园庄"里没有她的位置，只是在餐厅中有一张她的画像。画像下，一架伊丽莎白用过的风琴，祖父赠给她的礼物。小妹妹艾美却是占据了两个房间，一个是她的卧室，这里也曾是她们姐妹演戏时的化妆间（演出在大厅），陈列了一个服装箱。讲解人员告诉我，那双黄褐色的靴子是路易沙演出时使用过的，门上有梅17岁的铅笔画，在楼下，还有梅的画室，那里陈列着梅的作品，是梅的艺术天堂。

显然这是一个充满温馨与艺术氛围的家庭，表现这个家庭生活与人物，不可能以别的手法，比如激烈的矛盾冲突、背叛家庭的出走等等。中国有许多描写家庭的名作，其如巴金的《家》、萧红的《呼兰河传》、张爱玲的《金锁记》等，都存在一种恶的势力与形象，导致的是对家庭的背叛、抗争与出走，是对家庭、对社会以至对人性的批判与诅咒。过多的此类文学的熏陶与教化，使得《小妇人》这样的作品，在中国有的读者看来，太单纯了，太顺利了，以致发问，有如此充满诗意的家庭与社会么？这既是一种文化的差异，也是社会与历史的差异。在中国，与路易沙对家庭采取同等态度的作家，大概只有一个冰心。她描写家庭矛盾、父子冲突，不走极端，而取改良，或者用呼唤母亲的爱，来唤醒人性与理性，成为五四新文化温婉的一笔。同样，这种笔调在当时并不看好，在现在，有研究者还想将她往社会批判的角度拉拢。这种误读，可能反映出潜意识中的"斗争哲学"与"爱的哲学"的对立。我甚至怀疑，是不是过多地阅读与接受了那些宣扬抗争与斗争精神的作品，而将是不是充满激烈矛盾（社会的、阶级的、民族的），竟成了一种评判作品的价值取向，以致对像《小妇人》这样温婉的作品价值取向心存疑问。

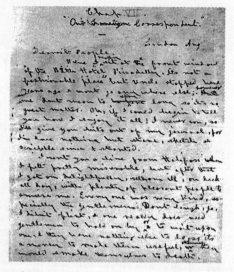

手迹

霍桑最后的泊地

我在美国访问的时候，康科德霍桑故居季节性关闭。那是波士顿的梅雨时节，关闭是对文物有利的保护。但我希望参观，康科德公共图书馆副馆长聂茸女士为我争取到了这个机会，而且是专门为我一个人开放。霍桑故居属于美国联邦政府有关部门管理，也就说是国字号的，康科德其他各馆，包括爱默生、奥尔科特等的都属于地方政府或私家管理。

这就是霍桑

聂茸的丈夫、美国威尔斯利女子学院的教授步起跃先生，直接将车开到了霍桑路旁的停车场，在被称之为"路畔居"的房子前，细雨中，敲开了霍桑故居古老的大门。佩有联邦政府公务员标识的鲍勃·德里（Bob Derry）先生接待了我们。在美国，故居一般不布置展览，使用故居实物的陈列语言，霍桑故居在一间独立的小房子里设了个密度极高的小型展览，内容不止霍桑一人，包括爱默生、梭罗、奥尔科特以及后来居住在这里的美国儿童文学作家玛格利特·希德尼，还包括这座房子的历史变迁等。我在详细参观了展览与故居之后，忽然发现，这座故居既不是作家的诞生地，也不是霍桑最重要作品的诞生地。

纳撒尼·霍桑（Nathaniel Hawthorne），1804 年 7 月 4 日出生在萨勒姆镇，面临大西洋波士顿海湾，与康科德有一段距离。霍桑在那里度过他的童年以及上学、最初的就业，包括发表处女作，第二次在海关任职等，但他不喜欢这个童年的故乡。萨勒姆镇曾为殖民地时代的重要港口，1626年由罗杰·科南特建立，是新英格兰地区清教徒势力猖獗之地，美国最邪恶的城镇。霍桑的家族曾是这里的名门望族，几代人都是狂热的清教徒。1692年在萨勒姆镇发生了巫术歇斯底里的事件，14名妇女、6位男子和2条狗，被控玩弄巫术而遭死刑，霍桑的五世祖约翰·赫桑是审判巫术案的三大法官之一。这些事情，在霍桑幼小的心灵留下了很深的创伤，在他长大之后，似乎总有一种负罪感，以至读大学时，在他的Hathorne，加进一个W，成为Hawthorne，也就是由赫桑变为霍桑。他的随笔《海关》有一段这样忏悔般的文字："我，一名作家，作为他们的代表，却为他们深感羞愧。我祈求，这些由他们招来的诅咒——如我听到的诅咒，也凄凉如多少年前人类凄凉悲惨的境况充分说明其存在的诅咒——从此以后消除殆尽。"不仅是家族与历史给他以童年的压抑，而且，他在萨勒姆镇度过的时光都成了生命中的阴影：4岁时父亲去世，9岁时与小伙伴玩耍时扭伤了腿，留下终身的足疾，大学毕业后足不出户，幽居12年，写出的书，又无人出版，只得自费印刷等等。第二次的海关任职，算是有了体面的工作，但好景不长，三年后因为政权的更替，霍桑黯然辞

霍桑故居

向阳的休闲厅

英国式的卧室

职，最后只得迁居伯克什尔县的伦诺克斯，从事他的专业写作。在仅仅离开萨勒姆镇6个月后，回望故乡，霍桑写道：

> ……我与他们脱离了一切关系，不仅在行动上，而且在记忆中！我费了很大的努力，才回想起他们中几个人的形态和面貌。同样，不久我的故乡的那个老镇透过记忆的薄雾隐现在我眼前，烟雾黑压压的一片笼罩在它的四周；仿佛它不是现实世界的一部分，而是在云端里的一个杂草蔓生的村子，只有一些想象中的居民住在木头屋子里，走在简陋的小巷和冗长而不甚美观的大街上。从此以后，它不再是我现实生活的一部分，我是另外一个地方的老百姓了……我将在另外一些人中间安度余生……

　　很少有人尤其是作家对故乡采取如此模糊的态度，在世界许多著名的作家中，故乡是他们情感的寄托，故乡也是他们耕耘的土地，霍桑却要远离它、模糊它。但在实际上，故乡仍是成就他的基地与源泉。《红字》是霍桑走向世界级作家的通行证，而这张通行证恰恰是故乡的名片——萨勒姆的原罪与邪恶。200年前（霍桑写作《红字》为1849年前后，故事发生的时间是1642～1649年之间）殖民地与清教徒的邪恶氛围，海关档案尘封的爱情故事，幽居时期对历史的钻研，自身贫穷与生理缺陷而造成的自卑与奇思妙想等等，这一切都是故乡萨勒姆给予他的。尽管不喜欢萨勒姆，萨勒姆却以它幽灵般的光芒，照耀在霍桑的头顶上。

纪念章上的霍桑

　　离开萨勒姆的霍桑，出走过不少的地方，但他眷恋着康科德。还在住进"路畔居"之前，还在《红字》问世之前，霍桑便看上了康科德。那时，这里有个以爱默生为中心的超验主义俱乐部，霍桑在这里与这种哲学思想碰撞而产生了共鸣，且于1841年加入到超验主义者的乌托邦式公社——布鲁克农场，想为自己找到一个家，虽然最后失望地离开了农场，但返回的还是康科德，租住在爱默生的祖屋，即位于莫纽门特街的"老曼斯宅"。爱默生的祖父在这所房子里目击了美国独立战争的"北桥战役"，爱默生在这里度过他的童年。在他搬出去与第二任妻子住进现在的爱默生故居之后，霍桑和他的新婚妻子索菲娅住进了这里，时间长达两年。索菲娅的姐妹（姐姐伊丽莎白·皮波蒂是波士顿文化圈中的活跃分子）与爱默生超验主义俱乐部有着思想与活动方面的联络，霍桑则在康科德思想的温床上释放着创造的能量，修改增订了此前出版过的《重讲一遍的故事》，写作了《古屋青苔》等作品，出版之后，竟获得好评，这种好评甚至超过了他自己的想象。"霍桑同时代的作家赫尔曼·麦尔维尔（Herman Melville，1819～1891）在1850年写的一篇题为《霍桑和他的〈古屋青苔〉》的评论文章中，深情地表达了他对霍桑的崇敬和赞颂，甚至认为霍桑和英国的莎士比亚不分轩轾。他对美国的读者大声疾呼："同胞们，提起与我们有血肉之亲的优秀作家，除了霍桑之外，还有谁更值得我向你们推荐呢？霍桑不模仿他人，而别人也模仿不了霍桑。'"后来，这位作家还将它的长篇小说《白鲸》题献给了霍桑，"以表达我对他的天才的仰慕"。（《红字》、《漆黑的土地，鲜红的A字——译者序》）

现在看来，这些话有过于夸张的成分，或者说体现了作家个人的情绪与爱好，麦尔维尔实际上比霍桑小了十几岁，他们有很深的交往，这

纪念章的另一面便是故居

霍桑站立写作的背影（雕塑）

墙上的电话

就使得他的评论带有某种奉承的成分，但它确实给奋斗中的霍桑很大的鼓励。是康科德使得他写作的欲望高涨，并且充满了自信心。如果不是因为接受了政府的任命，如果不是因为有了家庭的责任（霍桑在婚后曾言："当一个男人负起了生儿育女的责任时，他就不再有权利支配自己的生活"），霍桑不会再回萨勒姆镇的海关任职。海关解职之后，霍桑进入创作的高峰期，《红字》即为这一时期的最重要的作品，同时还有《七个尖角阁的房子》、《写给少男少女的神话》、《雪影》与《福谷传奇》等。

1852年，成功的霍桑不是"衣锦还乡"回到他的萨勒姆，而是前往他的精神故乡康科德，这一回不是租房而是慷慨地买下了"路畔居"这座房子。这一回，霍桑真正在此"安居乐业"了，一方面他根据自己家人居住的需要，修整与扩建住宅，另一面埋头为他的大学同窗密友富兰克林·皮尔斯写传记，因为皮尔斯正在竞选总统，霍桑认为有必要为其助阵。由于《红字》的影响，霍桑的传记也有了信誉，甚至成为一种号召，皮尔斯成功当选，成为美国历史上第14任总统，与霍桑不无关系。皮尔斯也投桃报李，给了霍桑一个美差，前往英国利物浦担任美国领馆的领事。这是霍桑接受最丰厚报酬的一次任命。他在英国担任领事5年。之后在法国、意大利等地旅行、写作。8年之后，重返康科德，重返"路畔居"。此时的霍桑饱经沧桑，健康也严重衰退。当时，美国的南北战争已经爆发，霍桑已无暇顾及，不想再走出他的"路畔居"，他将自己全部情感与精力都放在了"路畔居"。

鲍勃·德里先生向我如

故居内真实的写作环境，站着写累了，椅子才有作用

数家珍般地介绍霍桑在这座房子里所投注的一切，故居里的铜质灶具、钢琴、壁炉前的木椅、餐桌和桌下的地毯，鲍勃·德里先生说，这块地毯是霍桑使用过的，壁挂的电话机、休息间的藤质躺椅、台灯，"那扇铜质屏风画是霍桑最喜欢的"。卧室是按照霍桑居住时摆设布置的，那种三角形的窗楣，是霍桑亲自设计的，他不喜欢弧形或平形的窗楣。霍桑最后五年的余生，便是在这样的环境下安度的，虽然这五年正处美国南北战争时期，但霍桑的生活没有受到多大影响。

在美国、在世界各地都有这样的情况，作家的故居，往往是经过几代人的努力才保存下来的。霍桑故居也不例外，这里的一切，都与另外一位作家有关。1864年，霍桑去世之后，他的妻子索菲娅便带了孩子，离开康科德，前往英国居住，"路畔居"被当时的美国儿童文学作家玛格利特·希德尼购下（原名为哈丽特·洛索罗，1844～1922，成名作《五个小辣椒是怎么长大的》，1881年由《警悟》杂志连载，小说描写五个没有父亲的穷孩子的故事）。玛格利特·希德尼是霍

阁楼尖顶下的装饰

阁楼尖顶的另一面

藏手稿的密柜

桑作品虔诚的读者，在她与出版商丹尼尔·洛索罗结婚后，决定买下此屋并在此居住，一方面继续儿童文学创作，并于1895年创立了"美国独立战争儿童文学社"。一方面想方设法保存好霍桑的故居与生活用品，为此付出了许多心血。在她去世后，她的女儿成为房子的新主人，受母亲影响，在以后四十多年的时间内，也为完好保存这座有特殊意义的房子做出了贡献，她不仅积极收集任何有关"路畔居"及其过去主人的故事，并且开放供游人参观，1940年，还撰写并出版一本题为《路畔居——作家们的故居》，描述了奥尔科特、霍桑与母亲等先后在这座房子里度过的美好时光，因为这本书，"路畔居"又被称作"作家的家"。经过一家两代人的努力，才使霍桑最后的情感，永远留在了康科德的土地上。

保存得最好的是霍桑的写作室。与马克·吐温一样，霍桑的写作室安排在阁楼上，并且是他自己加盖上去的阁楼。我在登上这个阁楼时感受到了某种阴沉与发怵。当时天色阴沉，屋外的古树将窗口不多的光线遮住，抬头看时，每一个角落都有白森森的雕像，阁楼尖顶的四面斜拉天花板，两面画的是狂怒的大海，颠簸的小船与孤单的岛屿，激浪滔天，像要从天花板上咆哮而下，我忽然想到，萨勒姆的海？难道霍桑竟以如此方式，生活在故乡的怀抱？靠窗口处，有一块小小的用木板制作的托板，托板前有一张木椅，晚年的霍桑，天天上到阁楼，站在那块木托板前，背对着阳光，在怒海的映衬下，写着他最后的故事？

1864年，霍桑的健康状况日下，但他力图恢复体魄。大概他觉得初夏的阳光适合疗养，便与前总统皮尔斯结伴旅行，第一站是新罕布什尔州的普利茅斯，不想，竟在下榻的酒店，在睡眠中，溘然长逝。时为5月19日。阁楼的另一面天花板的尖顶上，画着由常青藤编成的A字花环，A字中记载着霍桑的生卒年表：BORN，JULY 4，1804。DIED，MAY 19，1864。这显然是后人所为。

霍桑去世的消息，曾震动康科德。对于这个不是生于斯长于斯的外乡作家，康科德以隆重的方式在本镇的睡谷公墓中安葬了他，与早他两年去世的梭罗在此相逢。爱默生向比他还小一岁的朋友做最后的告别，再一次来到"路畔居"。这是他常来的地方，现在主人业已远行。他从楼下，上至二楼，上至三层的阁楼上，他在朋友生前写作的托板前默立良久，之后，转身下楼。在楼梯的转角处，爱默生停下了脚步，他的高大身躯与一排镶嵌的壁柜并立，爱默生用他演讲时经常使用的手势，打开了壁柜的立门：四个方格，每一个方格都叠满了霍桑的手稿。

霍桑在"路畔居"最后的5年，以他全部的心血，在那个阁楼的托板上，同时创作着4部长篇小说，但一部也没有完成。霍桑将它们锁在秘柜的4个小方格里。

爱默生将朋友的手稿沉重地托起，默然无语。

长眠于康科德的睡谷公墓。2006年6月26日，他的妻子索菲娅和女儿尤娜的骨灰也从英国运回，安睡在了他的身旁

寻不见的斯诺夫人

因为和斯诺夫人有过书信的来往，因为斯诺夫人曾是冰心研究会的顾问，更因为对斯诺夫人曾有过牵挂，这次访问美国，我想一定要去寻访斯诺夫人，虽然她在四年前的那个早春已经去世，但我想，作为这样的一位国际文化名人，要寻访她的踪迹、寻找她留下的遗产，并不会太难。

斯诺夫人晚年居住在康涅狄格州的麦迪逊镇，属东海岸新英格兰的富庶之乡。麦迪逊镇的范围很大，除了镇政府的所在地有一些相对集中的房子之外，其他便一幢一幢地散落在山坡与高地的丛林之中。10 月的新英格兰大地，真是层林尽染，连绵不绝的枫林与银杏，树叶变黄变红，尚存的绿色与红黄交织，一片斑斓，枯叶飘零，洒落满地，斯诺夫人晚年的居住地，就在满路落叶的尽头？

在康州寻找斯诺夫人故居的路

希望从邮箱上得到一些信息

斯诺夫人在中国的影响，紧随斯诺其后。1936 年埃德加·斯诺作为第一个西方的记者到了延安，回到北平后，便开始埋头写作《红星照耀中国》（后译为《西行漫记》），第一次向西方世界展示中国工农红军的人物与生活。那时，他们住在海淀燕园南门外盔甲厂13号的一幢房子里，斯诺是司徒雷登麾下燕京大学的新闻系教员，斯诺夫人则在清华或燕京听中国教授的课程，是丈夫的写作助手。开始，他们的合作还算平和，但后来时常发生争吵，而且越来越激烈，最后，夫人在丈夫肾结石手术尚未康复而成书在即的紧要关头，出走了，和燕京大学学生会主席张兆林同行，她也想去延安，想去抱回另一本红色的书。但由于路途遇阻，被关在西安的城墙内，结果却访

刚到上海时的海伦·福斯特

问了张学良将军，成了将国共即将开始第二次合作的消息捅到西方去的第一个人。后来还是到了延安，直接访问了毛泽东、朱德、周恩来和李德，果真也抱回一本红色的书，书名就叫《中国红区内情》（后译为《续西行漫记》），与斯诺的《西行漫记》称姐妹篇还是夫妻篇？多少年后，斯诺夫人说："埃德加·斯诺的书是唯一关于从1935年到1936年延安时期的书，那是在延安得到解放以前的时期。"而她的"这本书是1937年以后的一些年能看到的唯一关于延安的书"。

斯诺夫人原名海伦·福斯特。1931年夏，用她自己的话说是，带了"高尔夫球棍和网球拍，穿着一件皱薄绸上衣，在'林肯总统'号客轮的船头热切地凭栏而立，很像一艘老式快船船头高举火炬的自由女神像"来到中国。8月，在上海与斯诺相识。从相识到相爱到结婚，前后有一年多的时间，但这一年多的时间，

与斯诺的新婚照

并没有将他们自由的心栓合到一起，各自都有志向，甚至于野心，要在中国这块古老而又多难的土地上，开垦种植出树木与果林。他们的确做到了这一点，但各自独立而又互不相让的性格，最终使他们分手。1949年的秋天，他们已经离开了中国，回到了自己的家园，也就是康涅狄格州。斯诺后来与纽约百老汇女演员洛伊斯·惠勒结合，而前斯诺夫人，经过一段痛苦的时日，就在与前夫斯诺共同生活过的麦迪逊小屋里住下，并且没有改变她的海伦·福斯特·斯诺的姓与名，直到终老。这是一幢爬满英格兰青藤的小屋，是斯诺祖上的遗产，建于1752年的殖民地时代，比美国的历史还要悠久。

1943
Helen Foster Snow Sept 21, 1907

斯诺夫人给作者的签名照

在中国时的斯诺夫人年轻貌美，冰心曾说过，是她见过最漂亮的一个美国女人。1935年斯诺至燕京大学新闻系任教时，吴文藻是法学院院长，曾设家宴为其接风，冰心后来在她的一篇文章中写道："相见之下，我觉得斯诺夫妇很年轻而才华横溢，海伦尤其活泼俏丽，灵气逼人！"1992年斯诺夫人在第一次与我的通信中，附寄两帧摄于1941年与1943年的照片，亲笔签上了她的Helen Foster Snow名字，并注有她的出生年月：SEPT 21，1907。1941年那一帧，34岁，有着成熟少妇的生动与妩媚，而到了36岁时的那一张，则多出了一层忧郁，当然也是美丽的忧郁。我不知道她为什么选择了这两帧照片，也许这是她一生中的两个亮点？不过，我认为她事业的亮点是在中国。继《续西行漫记》之后，她又出版了《延安采访录》等，写出了研究中国现代文学的长篇论文《中国的现代文学运动》，她结识与描写了中国20世纪30年代最重要的领袖人物与作家，像毛泽东、朱德、周恩来、贺龙、罗炳辉、张学良、鲁迅、宋庆龄、康克清、冰心、许地山、丁玲等，她不仅到过延安，还参与过震惊中外的"一二·九"运动，藏匿过爱国的学生，用她自己的话说，"一二·九"七名学生运动的领袖都是她的朋友，为此前后花了6个月的工夫，记下了大量的第一手的资料（至今这些珍贵的资料仍在尘封之中），当日本侵华正急，华北处于危险之中时，她写下了《古老的北平》的长诗。

北平死了，死了

无耻的，公然的，和那些

在那失去的战场上，受挫被掠

之后的，温暖裸露的生物

一同死去了

表达了她的义愤填膺，这首诗当即由冰心翻译成中文，刊登在《自由评论》上。她在中国的时候，就开始与宋庆龄等创办与组织实施"工业合作社"，从此一直为这个国际理想

在北京的住宅前，与他们家的爱犬

而无偿地工作，直到她90年代初给我写信时，仍然用的是"工合"的信笺。

回到美国的斯诺夫人，与斯诺离异后的斯诺夫人，只有四十多岁，有充沛的时间与精力，但她说，表现得不怎么坚强与敏锐，本来她拥有大量的关于中国宝贵的、独特的资源，却没有能够使用，因为朝鲜战争与麦卡锡时代，很悲观，只得将精力放到她的"工合"的事情中去，并且，用她自己的话说，"形成了一种超越于金钱概念的社会主义化的工作态度，这差不多使我成了一个靠稀薄空气生活的动弹不得的囚徒"。渐渐地，她回到树林深处的那座小屋，回到她的中国，在大西洋的岸边

一遍又一遍地憧憬着回忆着追寻着中国，用她那台老式的英文打字机，敲击她灵魂深处的中国，从五十多岁，到六十多，到七十多，到八十多岁，打字机没有更新，敲击声没有停止，一直到她生命的最后一刻。就这样，她一生写作过50多部书，但只有10部得到出版，其它都静静地躺在她的麦迪逊小屋的地下室里。在她给我的一封信的后面，曾附过10部出版过的著作目录，其中有6部是关于中国的。同时还有一份待出版的文稿清单，42部（篇），其中有关中国的近20部（篇），比如《中国古代妇女》、《一个美国人在中国的经历》、《太阳的东部与月亮的西部》、《在中国屏幕上》、《在毛泽东故乡——我的湖南之旅》、《中美特别关系》、《中国侧影》等等，最后的书目是《永久的眷念》之一到之四，写作的时间分别为1980年至1985年，估计这应该是她的关于中国、关于斯诺的回忆录。当时，我并没有完全明白斯诺夫人为何要附寄这样的一个书目清单，我所能理解的是，在一个年轻的中国人面前，表达她对中国的感情。但是后来我知道了另外的一个事实，斯诺夫人的书在美国极难出版。这完全出乎我的想象！

出乎想象甚至令我震惊的事情还有，一位在康州大学留学的中国学生，偶然在《人民日报》（海外版）上读到一篇文章，说中国人民的好朋友海伦·斯诺就住在麦迪逊镇，于是，他与母亲专程前去拜访。那时，斯诺夫人刚好收到我的信，请他帮助翻译，这位留学生后来给我写了一封信，很具体地谈到了斯诺夫人的生活状况，信中说："老人已经85岁，虽然身体十分不好，但思维敏捷。出乎我们意料的是，这位出版过十多本书的知名作家，生活即使按国内的标准都算清苦。老人没有子女，每周有一位护士家访一次。她的身体不好，床头就放着氧气瓶，平时没有人照顾，但是她仍然在不停的工作，写作……"

这样，虽然我和斯诺夫人从未见过面，但却变得十分地牵挂起来。有一次在北京探望冰心，言及斯诺夫人，冰心说，她是很漂亮，也很坚强，1972年她重返北京时，她们见过面，但没有听到她讲在美国的艰难。我告诉冰心，斯诺夫人在给我的信中，曾高度评价了她，说，她在当时就是中国最优秀的作家，有着独特的文学抒情风格，还说，她很美丽，很有魅力，说她和吴先生堪称中国青年婚姻的楷模。冰心老人听后，笑笑，说她总是那么的大度和乐观。

倒是中国人始终没有忘记斯诺夫人，视她为永久的朋友，许多人都积极想办法，希望她的书能出版，能有更多的读者。描写1972年第二次回到中国的手记《重返中国》，就是在黄华等人的努力下，于1991年在中国得到出版的。同年，中华文学基金会将首届"理解与友谊国际文学奖"授予了她，并且由张锲、金坚范专程到麦迪逊镇为她颁奖。1996年，中国人民对外友好协会，又授予她"人民友好使者"的光荣称号。1997年5月，在她简易的葬礼上，除家人外，中国的朋友占了多数，其中有专程从太平洋彼岸赶来的黄华、何礼良夫妇，龚普生大使，他们都曾有长达50多年的友谊。同时，还有当时的驻美大使李道豫，纽约总领事邱胜云等。在《愿你永远平安》的歌声中，送走了中国人民的老朋友海伦·斯诺。

对于这样的一位国际性的知名作家，当她在世的时候，我真不理解她的作品为什么不能出版？因为市场的原因？因为意识形态的关系？当她离开了这个世界的时候，她的一切总应该视为人类的文化记录，尤其是那几十部没有出版的书稿，应是珍贵之极，而美国十分重视保留原始的文化记录与人类的精神资源，以至使这样一个建国只有二三百年的国度，有着无数的博物馆，让人的感觉是，年轻的美国收藏着古老的全人类。所以，我想，麦迪逊镇一定有座斯诺夫人的博物馆，所以，当在纽黑文行走过狄更斯大道，在哈特福德的郊外参观过马克·吐温故居、斯托夫人故居后，我提出，我想访问斯诺夫人的故居，那座爬满英格兰青藤的古老小屋。

我不知道我的要求会令朋友为难，但还是同意前往。从哈特福德到麦迪逊镇，要将近两个小时的路程，就像我们将要到达哈特福德时，一路打听"Mark Twain House"那样，在进入麦迪逊镇时，朋友也不断地打听"Helen Foster Snow House"，热情的美国人全都一脸茫然，没有一人回答得上来。而在打听"Mark Twain House"时，两个人起码有一个回答得上来，甚至有人要为我们带路。当时，我是多么希望麦迪逊镇也有带路人的出现。但是，如果连他们自己也不知道"Helen Foster Snow House"在何处，又如何带路？朋友只得将车开到镇上，希望

湖后也许就是斯诺夫人居住过的房子

在此寻得帮助，可是仍然让我们失望。但朋友没有放弃最后的努力，他说，再找找，也许是能找到的。而"911"事件与正在全国弥漫的炭疽菌白色恐怖，又令美国人如惊弓之鸟，我们曾想通过设在路口的邮箱寻找，但当我们在一林深处的邮箱前刚刚停下，便遭到路过的一个美国人愤怒的斥责。是啊，该受到斥责，邮箱本就是私有之物，现在他们更怕的是有人在邮箱中投放炭疽菌！于是，只得开了车在林间的公路继续前行，甚至可以说是漫无目地前行。每一条路都将我们引到枫林的深处，每一处都是很美的景色。然而，此时我们却无心欣赏，那座爬满英格兰青藤的小屋，藏在哪片林中？就这样找，这样问，最终没有结果。已是午后时分，还有一个安排好的活动，只得放弃了寻找。在作出了这个决定时，朋友答应了我的一个要求，在麦迪逊这片丛林中，停车稍作停留。

在一片有着房屋和池塘的地方，在我认为与斯诺夫人故居相似的地方，车停枫林外，我从车上下来，踩着厚厚的落叶，向前走去，我似乎听见了丛林深处传来的老式打字机的敲击声，听见了那微弱的咳嗽声，我明白，这是幻影，但我十分珍惜此刻出现的幻影。斯诺夫人说过，她相信她的思想，相信她所有的作品都是有价值的，相信她的生活是有价值的。她说，她仍然期待她的作品在她有生之年或在她归天之后产生影响，因为这些作品永远是进步的、积极的和具有建设性的。而就在她说这些话的同时，中国的作家在她农舍式小屋的地下室，看到了哪一大摞一大摞未出版的手稿，一大摞一大摞从中国带回的手记，包括"一二·九"运动的手记、西安的手记、上海的手记等等，我相信斯诺夫人说的话，我想象着，这批手稿与手记如今在哪里呢？一向重视文化积累的美国，总不会让它们散失吧。纵然是这些手记、手稿体现了某种政治与文化的色彩，但无论是哪一种色彩，不都是人类所经历过而留下的遗产么？斯诺夫人说，她是一个在中美之间架设桥梁的人，她说，她的思想是"架桥"，不但在两个极端之间架桥，而且在两个时代、两个空间以及思想不同层次上架桥。这自然是非常深刻的思想，也是一种人类的使命感。于是，我又听到那老式英文打字机的声音，听到那微弱的咳嗽声，她没日没夜地劳作，仅仅是为了一个架桥的观念和中国的情结？还是用她机械的动作复活着与斯诺相处的美好时光？我希望有这一层感情在内，起码是两者兼而有之。这样想来，就会使人感到轻松一些，会使人得到些许的安慰。

斯诺夫人在这片丛林中离去，没有像她半个世纪前的丈夫斯诺那样，将骨灰的一半安放在未名湖畔。但她最后一句话是对前来探望她的中国朋友说的："我已经一天不如一天了，可我的心回到了中国！"最后的一个愿望是，不要在寒冷的一月安葬她，待到五月，五月的新英格兰大地，花开遍野，她要走在开满鲜花的路上，寻找她失去的爱与岁月。

贵族马克·吐温

美国作家马克·吐温的故居，位于康州首府哈特福德的近郊。早晨从纽黑文附近的雪雀镇出发，一路秋雨蒙蒙，十月，东海岸新英格兰地区最美的季节，95号高速公路的两旁，延绵起伏的枫林与银杏，在车窗前变幻着色彩，成片成片的红叶与黄杏，汇编着尚存的绿，在秋风秋雨的薄纱中，一路披挂到天的尽头。

抵达马克·吐温的故居，上午9时刚过，完全是中国式的出行。9时的哈特福德刚刚苏醒，且又是礼拜天，庭院空寂无人，各处的门都紧闭。绕到屋后地下室，方有一打开的小门，见到故居内仅有的一位工作人员，被告知：12点对外开放，也就是说，必须在此等候近三个小时！陪同的全美中国作家联谊会会长冰凌先生上前求情，说，他们是中国的作家，同时，也在中国一位很重要的作家冰心的文学馆服务，他们对马克·吐温充满敬意，远道慕名而来，但时间安排紧张，能不能让他们提前参观？那位工作人员听明白了，也领了情，说，可以，但只限这个地下室，别的地方——他来了一个哈克贝里·芬的方式，两手一摊，NO，不行！还真有点马克·吐温式的幽默。这个地下室里只有两个马克·吐温的头像，一台马克·吐温出资制造的铜质自动排版机。也许触摸的人多，巨大的机器有几处都发出黄铜亮光，后来才知道，这是马克·吐温故居唯一一件可以触摸的展品。也许，这是他们常常用来照顾观众的方式，为了保护，管理部门不希望太多的游人进入故居室内，如果仅是为了表示曾到此一游，也足矣，可我并不是为了这种蜻蜓点水式的旅游啊！

《中国大百科全书》外国文学卷马克·吐温条目说："1871年马克·吐温举家移居东部康涅狄格州哈特福德，这时他已成为有名的作家和幽默演说家。"马克·吐温本人则在回忆大女儿苏西的童年生活时说了这样的一句话："我们在1871年搬到哈特福德，不久造了一座房子。"

马克·吐温在哈特福德亲自设计建造的房子

在室外的讲解

这座房子就是眼前的马克·吐温故居了。在住进这幢房子之前的马克·吐温，也就是成名之前的马克·吐温，几乎可以说是一个流浪汉和冒险者，一个奋斗在生活最底层的苦力。他当过排字工人，在密西西比河当过领港员和水手，南北战争时成为南军的一员，后来又想在木材业和矿业中淘金，最后在写文章，尤其是运用幽默的语言写文章方面，显示出了天才，用他自己的话说是因为写了《吉姆·沃尔夫和猫》，无意间闯进了文艺界。这一闯可不得了，因为他开了一代文风，作品几乎是风靡了整个美国，成了"文学中的林肯"，像后来在世界文坛大名鼎鼎的福克纳、海明威等现代作家都深受他的影响。

来到哈特福德的马克·吐温已经走出了生活的底层，变得富有。并且由于他的写作和演说，还将财源滚滚。于是，由他

进入故居内必须保持肃静

亲自设计，决定在位于当时哈特福德郊区的努克农场，建造他的住宅了，不，不是一般的住宅，是宫殿，当然是艺术宫殿了，具体地点选在20 年前就出版过《汤姆叔叔的小屋》（1850 年）作者斯托夫人旧宅后的一个高坡上。有一种说法，外来的马克·吐温在此建造房子，遭致本地居民的抗议，因为他设计的房子，窗子开得太多，且又在高地，窥探了他人的隐私，造成了他人的不安全感。这种说法，从一般美国观念与法律意义上说是成立的。但是，当我查阅 1877 年哈特福德的旧地图时，发现当时那个高坡周围根本没有一般居民的住宅，从哈特福德市中心延伸而至的 FARV NGTON，像一根飘带已经有气无力了。所以，他的住宅侧面有一处很重要的建筑，那是马车房，进城时得骑车或是坐马车，很长的一段路，尽管 18 世纪的哈特福德已经是很重要的造船基地和世界贸易中心，但城市的重心还在长岛对岸的东哈德逊河湾，山地努克农场依旧荒凉。

马克·吐温亲自设计、克莱门斯夫人亲自监理的住宅，于 1873 年落成，与斯托夫人旧居前后而立。马克·吐温的房子建成后，这儿便不荒凉了。因为，马克·吐温的房子漂亮，因为马克·吐温名气很大，纽约、波士顿、哈特福德等地都有人来此造访。那时，他处于创作的鼎盛时期，时间的宝贵可想而知。所以，一般的来访者，马克·吐温站在三层阁楼的阳台上，打个招呼或说上几句话，便回到他的写字台前。每天进城的马车，总是捎回一大包的信件，写信的人中有不少年轻的崇拜者。马克·吐温看着这些信，便开始幽默了，说，为什么给我写信，我和你们的长辈并没有交往呀，可能还不认识呢！当然，没有时间聊天，没有时间回信，并不等于过上了富日子、好日子的马克·吐温就背叛了他们，相反，他一时一刻也没有忘记在作品中为普通人说话。

从地下室走上来，抬头望望三层那个阳台，马克·吐温当年就是站在那儿与造访者说话？真正的居高临下！走到马车房前，驻足片刻，想象着马克·吐温骑在马上的情景，我猜想，马克·吐温一定爱骑马，他在西部的闯荡与爱冒险的精神，都应该与马结下因缘。

如此，只得在此等待三个小时，哪怕推迟或取消后面一场约会，也不能点水而归！

有了这段时间，倒是变得悠闲起来，先去斯托夫人的故居看看。在美国，据说是她的一本小书引起了一场战争，这本书就是《汤姆叔叔的小屋》，说这句话的人就是那个指挥这场南北战争的亚伯拉罕·林肯总统。

前后而立的两位著名作家的故居中间相距不到 100 米，共用一个停车场，斯托夫人故居还不是一处，而是并排的两座。一座为灰白外墙，两层楼建筑。另一座为金黄外墙，三层楼建筑，这一座与马克·吐温故居的外墙颜色相似，据说金黄色外墙者为后来所建，灰白外墙者是斯托夫人出生的地方。走到房前，前后转了一圈，空无一人，只能从玻璃窗未被窗帘遮盖处，窥看室内的某些陈设，大概那就是斯托夫人的父亲，那位哈特福德的牧师当年的布置？金黄外墙的建筑，正在整修，四周被脚手架包围，也是没有人，好不容易找到一个小门，门框有门铃的按钮，我上前按了门铃，但却没有听到响声，也没有前来开门的脚步，再按再等，也还是没有动静，只得放弃努力，来到门前的大枫树下。满地厚厚的红叶踩在脚下，感觉极好，坐在枫树下满地的红叶上拍照，还不过瘾，起身便拣了一大把装进包里，想着带回国内送人作纪念便是最好之物了。

马克·吐温故居的那位工作人员说，被中国作家的真诚感动，提前一个半小时开放。简直要欢呼了，我跟在他的后面，还是先到地下室，购门票，寄包，此刻已无怨言，且舒心，急着要和一个多世纪前的文学大师相会。第一个讲解点就在马车房前，并且介绍房子的全貌和历史的演变，现在的故居保持马克·吐温设计的木质结构的原貌，但是经过艺术的改造，房子曾易主，后来，由他第二个女儿克拉拉购回，赠给了哈特福德市政府。那语气中听得出哈特福德为马克·吐温而感到自豪，从故居情况也可以看出管理得很是精细，整个建筑的风格保留了马克·吐温设计中自由而热烈的特点，外墙砖与木的色彩都很亮丽，窗框条形装饰，回廊的木饰图案，都很用心地给予修复，这些装饰性的图案，虽然没有中国古典建筑那么具象和丰富，但线条简洁，色泽明朗，洋溢着抽象之美。

穿过回廊，登上五个台级，便进门入室，正厅光线暗淡，仅仅开了一盏50瓦的电灯。定神之后，室内的一切才看得清楚，比如中间围绕着柱子而设的圆周沙发，可以坐他们一家人，圆周沙发旁有一个小房间，那就是安装全世界第一部家用电话的地方，房间很小，只能站一人，观者立于一米开外，那部我们在好莱坞电影上看到的19世纪的电话机，就在眼前，黑色，喇叭形状的听筒与话筒，早先可能有着黄铜的光泽？直到1906年，马克·吐温在自传中，仍然不无自豪地回忆道，1878年初，"拉了一条电话线，从我家通到《新闻报》报馆，市内唯一的一条电话线，也是世界上用于私人住宅的第一根电话线"。当时安装一部住宅电话，可比现在发射一颗卫星还要惊天动地，马克·吐温能做出这种惊天之举。环顾四周，由打磨精细线条精致的上好木质的立柱与镶嵌的木板，与画框与地毯与家具上的台布，构成了一个金色大厅。从会客室入餐厅，重现英国贵族用餐派头，中国的陶瓷杯盘，挺括的金色餐巾，银质

水手马克·吐温在哈特福德已是贵族了

餐具，仆人立于屏风的背后，从一方小孔中注视着餐桌上的变化与需要，贵族气派的马克·吐温坐在中央。这时，我在心里很自然地给马克·吐温一个"贵族"头衔。有个发生在餐厅的故事，马克·吐温为了保护他的私有财产，安装了一个报警器，当时的报警器不像现在的红外装置那样先进，但在当时也是一颗卫星，既是富有的象征，也有某种威慑力量。但是，有几次，到了晚上，厨房的报警器便响，马克·吐温是个喜冒险、喜寻找刺激的人，报警一响，自己冲下楼去，却没有发现偷盗，而一上楼报警又响，克莱门斯夫人认为是报警器出了问题，希望请电工修理一下，可那时整个哈特福德市就一个电工，"没有维修"的报警器说不准什么时候就响了起来，后来在一次报警器响的时候，克莱门斯夫人亲自起来，发现不是报警器有问题，也不是来了小偷，而是餐厅的窗没有关闭，几次下来都是这个问题。原来，报警器响都是因为马克·吐温打开窗户巡视或检查一番之后，又往往是忘了或不及关窗便飞快上了楼，所以，报警器有时就追着他的屁股响。

再往前走就是书房了，一色精装的书排列在靠墙的矮书橱里，上方摆着包括中国陶瓷在内的各色古玩，墙上饰有金线墙纸，挂着欧洲名画，茶几与沙发铺着柔软的金丝绒，地上是厚厚的地毯，真是富丽堂皇啊！靠南还有一个圆形日本式的玻璃花房，哈特福德冬季漫长而寒冷，但马克·吐温的玻璃花房却是四季花开，绿色盆景常青不败。名义上这是一个书房，马克·吐温并不在此写作，倒是经常在此为孩子们讲故事，两个女儿苏西和克拉拉常常是坐在他椅子两旁的扶手上，听父亲讲各种各样惊心动魄的故事。

在我们哈特福德的家里，在书房的一边，书架挨着壁炉台——事实上，壁炉台两边都是书架。在书架和壁炉台上放着一些装饰品，一头是画着猫头鹰的油画镜框，另一头是一个美丽的少女，有真人那么大——名叫埃米休，因为她长得就是像——一幅印象派水彩画。在这样两样东西中间，放着刚才讲过的各式各样的装饰品，有十二种到十五种，包括伊莱休·维德的油画《年轻的梅杜萨》。孩子们常常要我编一段罗曼史——往往要你临时编——一点儿准备的时间也不给——在这段罗曼史中间，我得把所有这些装饰品和三幅油画都编进去。我每次非得从那只猫开始，到埃米休结束，不许我来点变化，换换口味，把次序颠倒一下，不按次序的先后，把装饰品装进故事里，那是不许可的。

这是马克·吐温自己对书房的描写，不知道现在书房是根据这段话重新复制，还是本来就保持着当年的模样，反正出现在我们面前的书房，与马克·吐温描写的完全一样。也许这个书房除了用来给孩子们讲故事，就是用来读书，因马克·吐温的写作总是在三层的阁楼上，"弹子房——那是我们工厂所在"，马克·吐温这样说。

三层实际上是阁楼，楼层不规范，尤其是楼顶与墙壁随时被尖顶的披檐切得或高或低或前或后，马克·吐温很巧妙地运用了阁楼的变化，将书柜与沙发镶嵌进去，中央的弹子桌球占据了大部分的空间，所以马克·吐温称之为"弹子房"，一张小小的书桌摆在靠南面阳台的顶端，这可能是马克·吐温在哈特福德别墅中最寒碜的一件家具，因为不能靠近，从弹子球桌那一端望去，又小又旧，伟大的《汤姆·索亚历险记》、《哈克贝利·芬历险记》等世界名著，就在这张又小又旧的写字桌上完成。马克·吐温背对着窗外的风光，面弹子桌而坐，低头书写，现实的世界就不复存在了。此时的马克·吐温回到了密苏里州童年伙伴中间，回到了密西西比河的船上，回到了流浪的生活之中，写过的手稿，马克·吐温不让它们存放于桌面，一页一页地将其抛到弹子桌上，单等克莱门斯夫人来此收拾、整理。

马克·吐温说，他在这个工厂干活，有些不守规矩，并不是总在干一件事，总在写一部作品，"在我从事写作的船坞里，没有一个时候不是停靠着两条以上没有完工的船只，给抛在一旁晒太阳"。也就是说，小桌的写作，往往是几部作品同时进行，这部写不下去了就去写另外的一部，等过了一两年后再回到这部作品的手稿上，也是常有的事情。马克·吐温风趣地称这是"油箱理论"，油箱干涸了，你就将它们搁置一旁，去干一点别的什么事情，或是睡上一觉，当你在睡觉或干一点别的事情的时候，比如打弹子球之类的事情，其实你的思维仍在进行，等到灵感再度出现，油箱里自然又有油，接着写下去，准是好东西。马克·吐温说，他是在写作《汤姆·索亚历险记》发现这个"油箱理论"的。那时，他的手稿写到 400 页的时候，再也发展不下去了，可故事并没有写完呀，一连几天，毫无进展，经过一段时间的休息，才重新激发出精力和兴趣。这时，他才惊奇地发现，原来是"我的油箱干了，空了，储存的原料用光了，没有原料，故事是无法前进的，空空如也是写不出东西来的"。

这个"油箱干涸"的理论，很适合中国深入生活的文艺理论观点。也就是说，生活枯竭了，需要到生活中去充电，需要去体验生活，需要去与工农大众打成一片，我们的作家从丁玲、赵树理、柳青到陈忠实，不都是将自己的艺术创造的高低与下层生活占有的多少混为一谈吗？他们用自己的聪明才智和艺术天分，雄辩地证明某种政治需要甚至谎言的正确与英明，而这一切到现在还在严重地束缚着中国作家艺术家的创作个性的发展。其实马克·吐温充实油箱的行为很简单，就是在他的三层阁楼上打弹子球，睡觉，喝咖啡。这一切，目前全都存列于此，沙发床就在我们当时站立的北墙边。再就是出去旅行，他在纽约的夸里农庄、意大利的佛罗伦萨和英国的伦敦都有住宅别墅，需要的时候，还可以在其他的地方再造一座，这对马克·吐温来说都不是难事。

有种观点，塞缪尔·朗赫恩·克莱门斯（马克·吐温本名）与纽约州一位资本家的女儿奥莉薇娅·勒·兰登结婚后，由于妻子对作品的"检查"，妨碍了他偏于粗犷的艺术才能的发挥。其实不然，倒是克莱门斯夫人为马克·吐温创造了生活的另一面，温情与伤感，从而大大地丰富了马克·吐温作品的艺术含量，在一定的意义上成全了马克·吐温。马克·吐温自己认为，与薇娅结婚，共同生活 36 年，是一位"绝对的真诚，绝对的忠实，绝对的坦白"的妻子，当她在佛罗伦萨去世时，马克·吐温说他沦为一个乞丐，已经一无所有。哈特福德的克莱门斯夫人不仅是他创作的助手，作品的第一阅读人，同时更重要的是为流浪、粗犷的水手马克·吐温营造了一个温暖、温情而又自由的家庭。这是哈特福德马克·吐温故居重要内容和精神实质！还在一层的会客厅，讲解员出示了他们家庭成员的全部照片，其中有一张格外动人：在门前的回廊

马克·吐温一家在这座房子前合影

上，马克·吐温叼着雪茄席地而坐，大女儿苏西靠在他的身边，小女儿吉恩面对父亲倚坐下一台阶，二女儿克拉拉低首站立，像在与父亲说话，父亲慈祥地聆听，克莱门斯夫人则端庄娴淑坐在一张小椅子上，含笑凝望她的一家，我当时真是被这张摄于 1885 年的照片深深打动，那时，离这个幸福家庭的破碎只距 11 年。

步入马克·吐温故居的第二层，你就仿佛进入到了当年那种温暖、温情而又自由的家庭氛围，马克·吐温的卧室与夫人的卧室相临，他可以在那张很考究的床上自由而卧，为了睡醒第一眼便能看到床头两尊可爱的小天使，便将头睡到本应放脚的那一头，所有房间都收拾得整齐有序，只有马克·吐温的床头拉了一根在房间晃动的电灯开关的拉线。克莱门斯夫人的卧室当然就不一样，一丝不苟，纤尘不染，没有任何一物不到位，这大概是纽约州资本家女儿自小的文明养成？孩子们的房间实在太丰富了，我没有办法描绘，所有的陈设也许都是后来的，但用了那么大空间做孩子们的活动室。孩子们的活动室比马克·吐温的书房还大，况且书房也是孩子们的天下。显然孩子的活动室是马克·吐温与克莱门斯夫人所为，各处的布置是那样的精心，又是那样的随意，这一点，我作为一个中国作家、一位父亲，感受极深。当孩子小的时候，中国作家有能力或存有此心为孩子们创造一个自由而温暖的乐园吗？马克·吐温从他的卧室，从餐厅上到"写作工厂"，总是不能忘记经过二层孩子们的家，或是问候，或是送去父亲慈祥而温情的眼神。如果不是克莱门斯夫人的到来，也许马克·吐温的生活是另一副模样，因为就他本人而言，从一个密西西比河的水手到成了哈特福德别墅的贵族，这中间的跨度多大？生活场景变化多大？反差又是多么明显！而这一切，我们在他的作品中也能感受得出来，黑人吉姆对妻子儿女的爱，对自由的追求与向往，不觉得这里有克莱门斯夫人的某些哺育和影响？

当然，这幢房子带给马克·吐温的并不都是美好的回忆，起码有两件事情，曾经给他以沉重或致命的打击。

1893 年，马克·吐温创作的鼎盛时期，但生活却险些跌落到深谷，这幢房子和他的著作版权差一点全部抵押给了债权人。事情是这样的：马克·吐温作品的出版商韦伯斯特公司，由于人员的使用与决策的错误，行将破产，马克·吐温希望挽救它，将在哈特福德的房子、地皮还有所有的家具作了估价，总计为 16.7 万美金。但当时处于经济危机，用这个数字的财产作抵押，连 3000 美元也贷不到，最后只得宣布破产。马克·吐温本来只是作为股东之一，但所有的投资人都是看在他的面子上、把他作为实际的老板而投入资金的，公司宣布破产后，实际上还欠着马克·吐温和克莱门斯夫人大笔的债务，而另外的 96 位债务人可不这么看，投资时他们相信马克·吐温，破产时也将马克·吐温作为实际的债务人，96 位债权人，平均每人 1000 美元，马克·吐温得拿出 10 万美金，而他银行存款只有 9000 元。于是，马克·吐温和克莱门斯夫人作出决定，公司对他们的债务一笔勾销（其中克莱门斯夫人借给公司 64000 美元，马克·吐温除版权外 26000 美元），再将这座属于克莱门斯夫人名下的房子和马克·吐温 7 本书的著作版权，用于偿还债权人的债务。果真如此，将会出现无以挽回的损

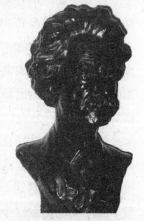

地下室铜质的塑像

失，甚至导致贵族马克·吐温与克莱门斯夫人将生活在穷困线下。后来，马克·吐温的朋友、金融家罗杰斯出来解救，以他的远见和真诚进行劝说，最后与除两三位之外的所有债权人达成了协议，请他们相信马克·吐温，他会在很短的时间，并且加倍地偿还一切债务。这样，这幢房子才保了下来。1895 年 7 月，马克·吐温带着克莱门斯夫人和第二个女儿克拉拉，重又开始了他的环球旅行，边演说，边写书。当年他就是靠这种生活的赐予步入文坛，又步进贵族生活。一场一场的应酬，一次一次的演说，就像今日"天皇巨星"们的个人演唱会，听众如云。这种 1867 年由英国作家狄更斯带入美国的作家赚钱方式，被马克·吐温发挥到了极致。重操旧业的马克·吐温，终于在 1899 年还清了最后一笔债务。回到哈特福德的别墅里，马克·吐温心如海浪，不能平息，但却三缄其口，不向任何人提起这段艰难的往事。

马克·吐温是一个爱冒险且勇敢坚定的人，哪怕就是破产也不可能击倒他，但在他表面粗犷之下所掩藏的温情与亲情的撕裂，则可能将他击毁。苏西就是在这幢房子里死去的，苏西去世时，只有 24 岁又 5 个月。马克·吐温最喜爱的女儿苏西，漂亮、聪明、温柔、善解人意，父亲马克·吐温认为，将全世界所有的赞美都献给苏西都不为过。她 13 岁，为父亲马克·吐温写传记，17 岁，写过一个很好的剧本，并且在父亲的"弹子房"里演出，马克·吐温在引用苏西对他的描写时，说一个字都是不能动的，动了一个字都将亵渎那颗纯洁的心灵。大文豪马克·吐温在他的自传中，大段大段地使用女儿为他写的传记，一字不改。苏西在她最美的年华逝去，当时，马克·吐温远在英伦，克莱门斯夫人与克拉拉在接到电报之后，日夜兼程地赶回，但当他们达到哈特福德时，美丽的苏西已经静静地躺在棺柩里，棺柩停放在哈特福德别墅的回廊上。

这两件事情对马克·吐温而言，极其痛苦甚至绝望，尤其是苏西的离去，根本不能接受这个现实，而哈特福德的别墅哪一处没有苏西音容笑貌？马克·吐温说，当他接到苏西死去的电报时，就像子弹穿过胸膛，根本不能估量这个损失有多惨重，也许只有多少年后，才能计清。但是，实际上马克·吐温对这种损失已经无力估量了，苏西死于 1896

年8月18日，7年之后，克莱门斯夫人害病22个月也在佛罗伦萨去世。这时，马克·吐温除了向他的助手口述自传之外，已经无力创作，而命运的打击继续向他袭来，1910年12月，小女儿吉恩在圣诞前夜的大雪中猝然而殁。马克·吐温欲哭无泪，望着飘飞的雪花默然无语，那时，第二个女儿克拉拉与她新婚的丈夫，正在前往伦敦住宅的途中，马克·吐温不想告诉她的姐姐，不愿让她知道家中的不幸。

马克·吐温将这一切独自咽下。那时，他已住在纽约的夸里农庄中于两年前盖起的房子里。无论是晚上还是白天，都在寻找女儿在房子里留下的踪影：说话、笑声与骑马归来的呼唤，还有少女的芬芳。他不理解自己为什么要盖这座房子，但他又认为这座房子因为吉恩的离去，显得有了特别的意义。但是，此时的马克·吐温已经不是粗犷而是枯槁了，不是温情而是脆弱了，形体枯槁内心脆弱的马克·吐温真能独自承受这一切吗？

小女儿吉恩死去4个月后，马克·吐温离开人世。

巴基斯坦的诗人

诗人在巴基斯坦有着至尊的地位，素有"先知"、"英雄"或"领袖"之誉。中国作家代表团分别在卡拉奇、拉合尔和白沙瓦拜谒了三座陵墓，其中两座陵墓的墓主是诗人，而另一座则是他们的国父真纳，可见诗人在巴基斯坦的分量了。

从白沙瓦前来与中国作家见面的当地作家、学者与诗人，有些很有一把年纪，并且看得出来是有地位、有身份的人。坐在前排位置上的都是这样一些老者，手执拐杖，长须飘忽，依然风骨如剑，神态专注，说起话来声如洪钟。有一位老者上台发言，唱出的是诗。无疑，诗在巴基斯坦是最优美、最高雅的语言形式，当台上唱出一句时，台下的人便"呵呵呵呵"地大声应和，一唱一和，全场为之兴奋为之骚动，我们都被这种狂热般的自我陶醉与表演而震撼。

见面会后，已是傍晚时分，在落日的余辉中离开会场，汇入白沙瓦朦胧的街巷，之后又驶入空旷的郊野。我所乘坐的汽车，司机和陪同只会说乌尔都语，无法沟通，只得一个人呆坐，汽车呼啸着向郊野驶去，好不容易在转入小道之后，在一棵大树下，在一群暮归的鸟雀叽叽喳喳

在阿卜杜勒·拉赫曼（Abdul Rahmman）的陵寝前

与当地的诗人聚会

唱诗班。拉赫曼第七代玄孙，一边弹着热瓦普，一边唱着古韵袅袅的拉赫曼

的唱晚声中停住。这时，方知我们到了一个神圣之地，17世纪白沙瓦普什图语伟大的诗人阿卜杜勒·拉赫曼（Abdul Rahmman）的墓地，墓地那一幢红砖的房子便是拉赫曼研究会。

就在那棵大树下，主人要求我们脱去鞋子，光着足涉过汉白玉广场，走进暮色中的拉赫曼陵墓。陵寝高峻，如清真寺的窗棂与穹顶，正中间是拉赫曼的灵柩，灵柩被覆着绿色的帷幔。一盏电灯，从穹顶直垂而下，陵寝的四周刻满拉赫曼的诗歌，昏暗的灯光下，什么也看不清楚。中国作家在拉赫曼的灵柩前照过相，出寝陵，被带到拉赫曼研究会。这儿有香甜的奶茶，有拉赫曼的介绍。原来，这是一位备受人们欢迎的家喻户晓的诗人，对普什图文学的发展起着重要的作用，被誉为普什图文学的先驱。他的诗多为爱情诗，不仅是写在纸上，更像是写在人们的心间。至今，这儿的人在日常生活中尤其是在谈情说爱时，常常引用拉赫曼的诗句。这个习惯可能是从拉赫曼时代遗留下来的，当时处于莫卧儿帝国统治之下，诗人借爱情诗的形式，表达对祖国的热爱和侵略者的痛恨，这种代表了人民情感与情绪的诗，自然在人民的口头广为流传。直到现在，每年四月的第一个星期，拉赫曼的生日演变成诗歌的节日，几近狂欢的拉赫曼诗歌节持续一个星期之久。据说，全世界有将近几亿人欢度这一个节日，包括阿富汗、伊朗等地拉赫曼诗歌信徒。

品茶的时候，来了一队唱诗班，一支热瓦普，一面铁皮鼓，唱诗者据说是拉赫曼第七代玄孙，他一边弹着热瓦普，一边唱着我们一句也听不懂但却可以感觉到古韵袅袅的拉赫曼，感受到《盛着爱情琼浆的酒坛》、《美人儿并不需要我》、《爱情的来信》中那忧郁而悲怆的情调。类似这样的唱诗班，在拉赫曼的故乡有很多，他们不仅仅是接待外宾

穆罕默德·伊克巴尔（Muhammad Ipbal）陵墓前的卫队

还有军乐队

的装饰，也不仅是参与每年一度诗歌节的狂欢，而是终年累月，以唱诗为生，以唱诗为荣，成了拉赫曼诗歌一代又一代流传的重要形式。所有的拉赫曼的活动，均是民间的自发行为，没有官方的指令与经费的资助，包括拉赫曼研究会这样的研究机构，也是民间自发组织与自费建造，300多年前的诗人拉赫曼，就这样生活在白沙瓦的土地上，生活在巴基斯坦人民的中间。

当代诗人穆罕默德·伊克巴尔（Muhammad Ipbal 1877～1938）的陵墓，与拉赫曼陵墓相比是完全两种不同的情景，它不在郊野的村落而处于莫卧儿王朝都城与可容纳6万人做祈祷的巴德夏席大清真寺之间。

四周古堡林立，寺院相拥，伊克巴尔就长眠在这片丰饶的文化沃土之中，一座精致的褐红色的陵寝，据说是诗人生前选就的墓址。伊克巴尔先世原属婆罗门种姓，居住于克什米尔，后皈依伊斯兰教，迁至旁遮普省。伊克巴尔在拉合尔公立学院就读，在旁遮普大学取得文学硕士学位后赴欧洲留学，回国后任哲学教授，1930年被选为"全印穆斯林联盟"阿拉哈巴德会议主席。伊克巴尔一生用乌尔都语创作了10部诗集，《秘密与奥秘》（长诗）是他的代表作。全诗分上下两篇，上篇《呼啼的秘密》（"呼啼"在波斯文与乌尔都文中即为"自我"的意思），揭示通过自我的"修炼"，成为"完人"，实现社会理想；下篇《贝呼啼的奥秘》，即非自我的奥秘，提倡个人为社会服务，为国家与民族做出贡献。全诗透出浓厚的资产阶级思想与意识，与他的其他诗歌一道，成为20世纪初民族解放运动中，民主思想与民族意识的旗帜。伊克巴尔的诗歌立足于社会现实与本土文化，善于用波斯的古典诗歌形式表现现代生活，追求一种伊斯兰式的乌托邦社会理想。他在表达强烈的爱国激情与对自由渴望的同时，更注重对人的本质、使命和人与社会之间、人与神之间的关系进行哲学性的探讨。他不仅是一位杰出的诗人，同时也是一位深刻的哲学家，对乌尔都语的诗歌创作与印巴社会生活与文化产生过重要的影响，成为他们的精神领袖。伊克巴尔也曾关心过中国革命，有过"沉睡的中国人民正在觉醒，喜马拉雅山的喷泉开始沸腾"（《侍酒歌》）这样的诗句。当巴基斯坦立国之后，伊克巴尔更是成了他们宝贵的精神财富，其地位也更高，国家将他的诞辰定为"伊克巴尔日"，每年都要举行纪念活动。

中国作家代表团敬献的花环

因而，当中国作家接近伊克巴尔的时候，就不像走近拉赫曼那般匆忙。我们在远远的地方便下了车，路旁身着鲜艳的民族服装的仪仗队和鼓乐队，一直将中国作家迎到伊克巴尔的陵墓前，献花与拜谒的

诗人汉白玉的陵寝

伊夫提哈尔·H·阿里夫主席介绍诗人的情况

中国作家代表团在伊克巴尔陵前的留影

仪式与在卡拉奇拜谒国父真纳墓的规格相等。持枪的卫队左右林立，军乐齐鸣，卫士将佩剑举至胸前，踢腿正步，一直将中国作家护送至陵寝。在献过花环之后，我们围着伊克巴尔的灵柩绕场一周，在正反面均用波斯文与乌尔都文刻着墓志铭的汉白玉墓碑前，全体肃立。阿訇用他洪亮高亢而又优美的声音进行祈祷，巴基斯坦文学院主席伊夫提哈尔·H·阿里夫亲自担任讲解。这一整套的仪式过后，我们在陵寝前与仪仗队合影，在那被鲜花拥立的签名台前，签下了中国作家代表团的名字。在一般的情况下，这样应该是可以离开了，但在伊克巴尔的陵墓前，离开也是有仪式的，中国作家只得退回到被指定的位置上，完成向巴基斯坦的精神领袖、杰出的诗人伊克巴尔告别的仪式。

在陵寝中，面对汉白玉的灵柩与乌尔都文的墓志铭，我曾想起了伊克巴尔《诗人》中的一句名言："身体一处痛苦，眼睛就会哭泣"，诗人将祖国和民族比作人的躯体，将诗人比作眼睛，我想，这一贴切的比兴与形而上的哲理思考，足以让诗人享受如此的殊荣了。

向井去来的落柿舍

俳句与和歌均为日本的文学传统，我在前后两天的时间里，与这两种文学传统的"真迹"相遇，实乃幸事。所谓与"真迹"相遇，指的是前一天在关西大学图书馆，观看了从平安时代到江户时代的 27 种《古今和歌集》与《新古今和歌集》的写本，大开了眼界，次日即前往京都的嵯峨野，不想竟是走近了俳句。

什么叫走近俳句？那是在傍晚时分的微雨中走进的那座简朴的院落——"落柿舍"，江户时代的俳句大师松尾芭蕉（1644～1694）的弟子向井去来（1651～1704）的茅屋。在豪华的红叶遍岭、庄重的寺院林立的嵯峨野，保存着这么一座古朴的茅舍，足见日本人对俳句传统的尊重。

对于松尾芭蕉，中国的文人知其名且有可能吟出一二俳句，像"古池塘呀，青蛙跳入水声响"，"绿叶翠滴，为师拂去眼中泪"，纯自然化的描写，却是深有寓意。虽说去来是芭蕉弟子中最有成就的一位，但他的俳句呢？甚至名字呢？不是记不起来，而是脑子里没有信息可供搜索。当陪同的牧野小姐说，去看看去来的"落柿

这就是落柿舍

正值柿子红时，只是未知秋风

参观小小的落柿舍也得按图索骥

朋友为俳句而来，写好了贴于墙上，供人吟咏与欣赏

向井来去读书与练句处

舍"时，竟是一个"听不懂"。于是，她先说俳句，后说芭蕉，再说去来，最后是"落柿舍"，我才恍然有悟，并且很快联想到成都的"杜甫草堂"，联想到了《茅屋为秋风所破歌》，牧野小姐连连说，对对对！

出于职业的习惯与爱好的偏执，我对任何一处的作家、诗人、艺术家的故居都情有独钟，只要与作家的生活与写作有关的信息，悉收不厌。"落柿舍"自然就是向井去来的故居，我可不入寺院的大殿，但不可不进去来的茅屋。于是，花了200日元，得了4页《落柿舍》刊，买得进门的资格，明白了"落柿舍"的由来。

贞享二年（1685年），去来在洛西（京都西部）嵯峨购置茅舍并庭院作为他的别墅时，那儿已有柿树40余棵。元禄二年（1689年）的秋天，满树的枝头挂满渐红的柿子，有商人路过，见此情景，付下定金，预订了树上所有果实。那个时代的武士也讲究"晴耕雨读"，满院的柿子能卖个好价钱，去来自是高兴，谁知夜里一场风雨袭来，吹落了尚未熟透的柿子，早间醒来，面对满院的落柿，去来风趣地用它来为茅舍起名："落柿舍"。这三个由去来题写的字，如今就立在柴门旁。我在与之合影时，也抬头看了看院子，依有柿树数株，枝头结满柿子，秋雨中，叶落柿红，只不晓晚间会不会也落个满地？

　　向井去来为长崎人，本名兼时，俗名平次郎，其父亲是儒医和天文学家。去来25岁随父来到京都，学习儒医和佛教天台宗，但他倾心是俳谐文学，34岁后拜入松尾芭蕉门下，成为"蕉门十哲"之一（其他九人依次为：其角、岚雪、丈草、野坡、杉风、越人、北枝、支考、许六）。去来一生清贫，但情趣高雅，不为富贵所动。他选择了这么一块修建国家级寺院的嵯峨野岚山，在小小茅舍，与农夫町人为伍，显示他恬淡的心境与自由的品格。或许嵯峨野岚山的自然风景，四季变换的色彩，也会成了他写作俳句的源泉。去来和芭蕉交往甚密，有很深的师生情谊，落柿舍也成了他们友谊的见证。元禄四年（1691年）4月18日到5月4日，芭蕉来看他的学生，落寓在舍，写作了一组《嵯峨日记》，成了对舍、对人的珍贵记录："四月十八日，游于嵯峨，至去来之落柿舍……因余仍要小住，去来使人补缀拉门，薙除野草，收拾舍中一间以为卧室，摆一桌，桌上置砚台、书盒、《白氏文集》、《本朝一人一首》、《世继物语》、《源氏物语》、《土佐日记》、《松叶集》，另，汉式花纹泥金绘之五层食盒内装有各色点心，名酒一壶，备有酒盅。卧具及食物皆从京都带来，不愁匮乏。"去来精细地安排他的老师，在此写作、读书，有书有酒有点心可食。芭蕉说，让他记忆了自己的贫穷之身，享起了清福来。芭蕉在此寓居时，去来曾有几次回到京都，有时是去来的嫂子遣人送来点心与菜蔬等物。芭蕉其他的弟子也有随师来到落柿舍者，曾有一夜留宿羽红夫妇，夏夜蚊多，竟然是"一顶蚊帐，挤卧五人"，不知道五个人（且有一对夫妇），在一顶蚊帐中如何挤卧？最后是憋得难以入眠，只得夜半起身，取出酒与点心，聊至天明。

　　落柿舍原本是一富商的别墅，后破败，去来购下时，未作改动，"破损坍塌，随处可见"。在俳人的眼中，"残破景象似比昔日之豪华气派更富情趣"。雕梁画栋，风吹雨淋，奇石怪松，艾蒿掩埋，竹廊前一株柚树芳花馨香，便是诗意的了。"芳香柚子花，诉说当年豪华事，厨房亦宽大"。这是芭蕉的女弟子、后来出家为尼的羽红所作。

　　"五月雨霖霖，墙上贴纸痕"，也是当年落柿舍的写照吧。但是，所见落柿舍却是贴上了很明亮的墙纸呢。显然，这不是当年的旧时之物，经打听果然是后人所为，眼前这座茅屋便是1896年左右当地的"好事者们"出于对去来的尊敬而重建的，那明亮的墙纸就有可能是现在的"好事者们"之所为吧？日本有许多的名胜古迹，由于地震灾害频繁，修缮以至重建的事情是经常的，但日本似乎不怎么主张"修旧如旧"，我所见到的奈良药师寺等，崭新明亮，做旧则留给了岁月的风霜。但按原貌修复却是不容置疑的。落柿舍就是典型的江户时代的建筑，厚厚的茅草盖成的屋顶，居室矮小，陈设简陋，最大的一间正房也只有4帖半（约13平方米），其余4间均为二至三帖，正房置一长条案台，想象着去来落座榻榻米上，对着窗前小院的风雨，冥思苦想。

　　　　雨中绿树茂　相映翠光浮

　　　　时雨不坠地　为有疾风吹

　　　　三月宴泥人　凡事兴正浓

后院有些杂芜，只因主人喜欢

去年旧玩偶 叨陪下座中

白木弓弦思满引 三秋金风今吹来
（《日本俳句史》）

还有"忙匆匆呀，海上阵雨里的主帆和偏帆！"（《猿蓑》）在这里，去来还与他的师友交谈、切磋，低沉的话语消失在嵯峨岚山的春雨秋露之中。松尾芭蕉对他的这个学生评价极高，他在《伊势纪行》跋中说去来的俳句："一吟有所感，二诵铭感忘心，三读觉其无事。此人尽致此道也"。芭蕉论俳句最高境界为闲寂、无事，他认为他的弟子去来达到了这种境界。

院内取水一瓢，以解旅途之渴。如今成了一道景观

小院中的另一座房子，立此存照

在落柿舍，向井去来常常是"柿主立树下，举头望岚山"。如今这首俳句刻在院内的碑石上，俳句在黄昏的秋雨中，已经沉默了一个多世纪吧，而我在此却是感受到了一个活生生的向井去来，站在院内的柿树下，举头凝望雨中岚山，待得好句之后，便回窗前落笔写下。还有一个形象，就在他的落柿舍外墙上，挂着一件蓑衣，蒙着一个斗笠，联想便有了一个身着蓑衣，头戴斗笠的去来，在风

雨中行走，从哪里来到哪里去，却是无以问清的。而这农夫与町人式的行走，让去来饮尽吸饱了人间的烟火与气息，平淡的"无事"之句便有了。不过，在秋雨中抬头，也见岚山，却无蓑衣斗笠翁。丰田汽车在郊道上缓行，靓丽的人力车上的游客正让车夫停驻田埂，以落柿舍，以岚山为背景，摄影留念。

穿过落柿舍后的杉林，可寻得去来的墓地，在经过院落的次房时，却对一个挂在墙上似信箱般的木箱产生了兴趣。木箱旁挂有白纸条，自由取用。牧野小姐说，那是"投句箱"，在日本还是有许多的人喜欢并写作古典俳句的，他们写好后，便可投入"投句箱"中，每年组织评选，将好的俳句评选出来，在《落柿舍》的会刊上张榜公布。

当时我真也想取下一纸条，写上一句："落柿舍呀，薄暮细雨寂无声，庭院几许深?"

走进川端康成文学馆

位于日本茨木市的川端康成文学馆

馆内的陈列展览

　　在 20 世纪的外国作家中，我最喜欢的是川端康成。此次来日本做访问学者，我只带 4 本书，其中便有一本《川端康成小说选》（人民文学出版社）。在日本时几乎是重读一遍，且在秋风秋雨中。川端康成出生于大阪，父母先后在他幼时谢世，两岁之后便随祖父生活。川端家族原是茨木市的大户人家，到了祖父这一辈开始中落，但位于丰川村的住宅与院落还是相当宽裕的，有 3 亩地，1 幢主房，3 幢次房，庭院中有 10 余棵松树，川端康成常躺在树下的石椅上，手枕着头，穿过松叶，望着切碎的天空而奇想。我多次自大阪去京都，都要经过茨木，有时还在此换车，茨木有川端康成文学馆，我当然要去参观访问。只是先前不知，那日与牧野小姐在"藤之家"喝酒，提及此事，牧野在网站上搜索出茨木有此文学馆。自然一阵兴奋，此次来日本，为

能参观川端康成文学馆
为一大幸事。

9 时半在茨木站下
车，约好 10 时与牧野在
此会面。但我走下站台，
牧野却在站台等待，错
过 20 分钟。其实，她也
于 9 时 40 分钟便到达，
直到 10 时，才走下站台
找我，方知会面的地点
有误。走出阪急电车站，
牧野问路，却被指给另

川端康成初登文坛的始发刊

《伊豆的舞女》初版本

一条道路，待寻得"川端通"又朝着相反的方向走去，直到在松下电器
厂路边的中央公园，问到了一个明白人，才算顺利找到了"茨木市立川
端康成文学馆"，与市立青少年中心并立。

我以冰心文学馆的名片，从门票处唤出馆长田中洋子女士。田中女

伊豆的舞女（水墨画）

士为一中年妇人，很是热情，进
入展览室，开始了滔滔不绝地介
绍，连翻译的时间也不给留出，
牧野却也一直听着，并不要求停
顿。我只得失礼地打断她们的絮
叨，请求是否可以拍摄。田中馆
长先是说，全景可以，细部不可
以，我请求拍摄川端 9 岁时写下
的毛笔字，田中说，那字有明信
片。我则笑言，咱们是同行，以
后您去中国，冰心文学馆的存列
任您拍照。这才算是解了围，引
来笑声，我可以自由了。

川端康成回到茨木丰川村后，

祖母在他7岁时去
世。之后，相依为命
的祖父也病重在床。
展览中存列了一架碾
药机，但田中馆长
说，那不是川端祖父
使用的。而那"日月
小孩"的大字，是不
是川端的真迹呢？田

少年时的家园（模型）

中馆长答曰，真迹。扫帚的绘画也为真迹，川端儿时曾经想当画家，川
端芳子是他的姐姐，"草叶"那一页字便是她写的。可见，他们在儿时
的学习成绩很不错，老师改作业时，在写得好的字上划了红圈，这与中
国老师改作业的习惯相同。

《文艺春秋》是川端的文学恩师菊池宽创办的刊物，川端既为编辑
同人，也在刊物上发表作品，甚至他与夫人秀子的相识，也是因为这个
刊物。这里有大正十二年（1923年）《文艺春秋》5期，以它黑白的庄
严，显示出厚重的分量。《文艺时代》记忆中则是川端大学毕业后与横
光利一等创办的刊物，新感觉派的大本营。也是存列5期，其中有这个
刊物的创刊号（1924年）。川端执笔《发刊词》，声称："《文艺时代》
诞生的目的，是新作家对老作家的挑战，可以说它是一场破坏既有文坛

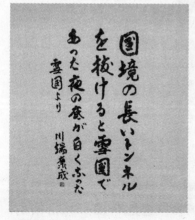

川端康成的手迹

的运动。"这不仅是以一种反叛的姿
态，为自己走向文坛开路的生存战法，
而且有着他们深刻的思考："我们的责
任是革新文艺，从而根本上革新人生
中的文艺和艺术观念。"现在这些观念
也都成了传统了，正如《文艺时代》
杂志本身所显示出的历史含量。

《伊豆的舞女》是川端的成名之
作，存列着初版本，尤有一幅舞女的
画像，非常艳丽鲜亮，且有纤细与哀

愁之美。田中说，那是画家根据川端在作品中的描写而绘制，舞女身上本来很脏，但是川端不写她的脏只写她的美。"舞女的身上很脏"，田中对另一幅作品，即《雪国》中驹子的绘画作品上再一次这么说，这让我第一次感受到这个行业的艺人在女人眼中的地位与形象。我猜想，如果以一个女性的眼光去写伊豆的舞女，定是另外的模样了。田中说，川端就是喜欢年轻的女性，16 岁至 20 岁之间，身材苗条，性格泼辣。所以，他会一直跟随着她（指伊豆舞女），或者离不开她（指驹子）。对于《雪国》，我告诉她，这是在中国影响最大的一部作品，许多人都能背诵，第一句是"火车穿过县界长长的隧道，便是雪国"。田中说，日本人也能背诵，川端有许多经典的句子，日本人都能背诵。展柜中有川端所描写的清水隧道的照片，有越后汤泽雪国的情景，有前往雪国的地图等等。从试验性写作中走出来的川端，常常是在真实的地点与风情上，展开他的故事与想象，包括他的新感觉。《雪国》的三个版本，这里均有存列，三个版本不同在于结局不一样，我讲述了中国的译本，田中说，那是最后一个版本的结局，银河从天上泻落下来。川端康成本人也许特别珍爱《雪国》，在他去世前两年，曾以毛笔整部抄写过这部作品。现在这个两大厚本的手抄本就在眼前，一种书法艺术珍品。

　　川端在《千羽鹤》中描写了一种乱伦的情感，并且不是一般的乱伦，有着多重的乱伦关系，菊治爱上了父亲爱过的女人、并且是母女俩。有关这个乱伦的故事是人所共知的，但田中馆长告诉我，在《古都》中也有乱伦的描写，只是非常含蓄罢了，比如和服批发商太吉郎看他的养女千重子的眼神。这是专家研究出来的，后来，电影导演认同了

自筆の『雪国抄』

《雪国》抄本

这个研究，演员也表演了这种眼神。这让我吃惊，并且极力地回忆中译本中这对父女的描写，却是没有搜索出可以说是乱伦的眼神。如果分析开去，千重子是那样的喜欢父亲随意为她剪裁的和服的腰带，他们在嵯峨野的尼庵中的一场相会，是不是

川端康成的出生地

也隐喻了这种情感呢？和服批发商太吉郎年轻时放荡，千重子是他收养的弃婴，长得那么漂亮，在某些场合下出现那种眼神，是不是可能呢？或许，中国的译者与读者，较为粗心，没有觉察到这种眼神？川端描写过的北山杉，我在京都没有见到，这里倒是有北山杉的照片。我问，北山杉的情景是否如故？田中说，那儿已是非常的荒凉。川端写到的京都的不少地方，在六七十年代发展时遭到破坏，当时，川端就呼吁要保留这些文化财产，还请他的朋友、著名的画家东山魁夷画下京都的许多寺院。他对文化遗产保留的观念是很早的，比如，在大阪的建设时期，曾写信主张保留日本江户时代非常有影响的剧作家近松门左卫门的墓地，当局果然接受了他的意见，所以，现在还可能看到墓碑，只是感觉到怪怪的，怎么在高楼林立中，有这么一处低矮的墓地？川端的这封信，也在此存列。但我在观看北山杉树磨光的情景再现时，心却被揪起：原来千重子的同胞姐妹苗子，竟是以手掌之皮肉，磨光北山砍伐下来的杉

在斯德哥尔摩作《我美丽的日本》的演讲

木？成了京都的寺院上等的建筑材料？

我问到《名人》的情况，田中对此作似不怎么熟悉，但她知道吴清源。后来找到一本川端《名人》与《吴清源对话》的合本。吴清源我当然是知道的，吴也为福建

人氏，幼年便显示出他的围棋天才，后被带到日本发展。于是，说到福建的另一位作家林语堂与川端的关系，他们曾有一张在机场拥抱的照片，那是在日本召开世界笔会，他们一为日本笔会会长、一为中国台湾笔会会长，又都是世界笔会的副会长。田中说，正是通过这个世界笔会，川端作为副会长，大力向世界介绍日本当代的作家，包括三岛由已夫等。我在展厅没有看到川端康成作品的中译本，问及，田中说，有，在楼上的图书室，并破例带我上了楼。

所谓图书室，实际是在一间会议室的墙体前，有一排书柜，放着川端的各种版本的书。中译本只有中国社会科学出版社出版的那一套书，叶渭渠主编。实际上中国出版川端的译作是大量的。问及川端与中国作家的交往情况，田中馆长也不清楚，其实，除林语堂之外，他与巴金、冰心均有由交往，他们还曾在镰仓的家有过合影。但田中馆长却告诉我一个惊人的消息：1941 年，川端曾应邀到"满洲"访问（即中国的东北三省），最近找到一个未经冲洗的胶卷，冲洗后发现，那是他在"满洲"的照片。我知道川端对战争的态度，如《重逢》中，川端对战败后回国的士兵，有过这样的描写："事实是，这些复员兵总是一副纯朴的表情。""战败后日本人的样子，还不至于虚脱得像外国人认为的那样严重。复员兵的激情，可能还在翻腾吧。的确，他们吃过人类不能吃的东西，干过人类不能干的事情，九死一生，终于回国了。他们身上似乎有一种纯洁之情。"我也似乎知道他三四十年代去过中国的东北，回国后没有写过任何文章。可为什么没有冲洗这个胶卷呢？没有冲洗而又加以保留，这又是一种什么样的复杂感情呢！

与许多大作家相比，川端的照片不多，而川端各个时期少量的照片，均为忧郁而严肃型的，只有一张在笑，那是他在寓所得知获诺贝尔奖的消息后，记者抢拍下的镜头。我不用"开怀大笑"，只是说在笑，虽然他那消瘦的脸上堆满笑容，但仍似一种苦笑，也许他的一生中就没有开怀大笑过。所以，报社、杂志的女编辑，很怕向他约稿，他太严肃了，太忧郁了，而一旦收到他的稿子，便都会激动地哭了起来。

川端在自杀之前，没有任何的迹象，也没有留下只言片语，"他大概只是突然想到自杀便自杀了"，田中馆长这样说。我想，大概不是突然，自杀也许是他一生的课题，只是在那一天实施罢了。你看他那一张自小就忧郁的脸，和他那对自杀的赞美之词（对芥川，对三岛），自杀也可能是他人生的必然之旅，只是接踵而至的成功，使他推迟了自杀的时间罢了。展览室中自然没有川端自杀时的任何实物与图片，只有一张自杀前一年写给比他小24岁的忘年交石滨恒夫的一个"亥"字。一只黑色的狗，本命年的手书。时为昭和四十六年二月，即1971年2月。

一年之后，1972年4月16日，川端康成在逗子市小坪的玛丽娜公寓的工作室，打开了煤气的阀门，口含煤气管，不是突然，而是从容地、静静地躺在他自己铺好的棉被上，陪伴他的是威士忌酒与酒杯。

展览室门前那尊铜塑头像，也是忧郁的，那是留在人间永恒的川端康成。

附记：田中馆长陪同我参观，直至午后一时三十分，却是没有让我坐一会，没有喝一杯水，未赠送一张明信片，但她的讲解却是充满了热情。

再记，茨木市立川端康成文学馆，面积500平方米左右，由市政府拨款，人员定额3人，临时工2人，门票200日元，茨木市民无料（免费），却是无人前来参观，日本各地、世界各地来此参观者时有。

又记，举办川端康成文学讲座时，听众均为60岁以上的老人。川端康成纪念馆在日本尚有两处，即镰仓市川端康成纪念馆与东京日本近代文学馆中的川端康成部分。

阅"古都"

《古都》

20世纪80年代的一段时间，我对川端康成喜爱到了有些痴迷的程度，曾熟读过《伊豆的舞女》、《雪国》、《名人》、《古都》等。川端康成的小说，常常在真实的地点、现实的风情中，设计他的故事与人物（有

《古都》的初版与始发刊

时故事与人物也是真实的，其如《名人》），寻找他的新感觉，展开他的近乎病态般的想象。所以，在读他的小说时，有时很想也到他所描写过的地方走走看看。回到"前小说情景"，是我阅读与研究的一个怪毛病。有人说，你吃了鸡蛋，干吗非要知道那是什么鸡生的蛋呢？而我不仅想知道是什么鸡生的蛋，还希望了解一下这只鸡是在什么窝里下的蛋，吃的是什么饲料。我曾经以这种还原方式，为一个诗人写过传记，有人不以为然，也有人觉得有意思得很。这话说得就远了一些。

2004年与2005年，我先后两次前往日本，2005年还在那里生活了一段时间。2004年那一次，我对接待单位提出去看东京郊外的热海与箱根。热海是秀哉名人与世长辞的地方，川端康成在《名人》中写到了

秀哉名人与大竹七段在热海与箱根的告别赛。而在去热海的路上，又有路标的箭头指向伊豆，也就是《伊豆的舞女》中的那个伊豆岛，如今，舞女的铜像就立在岛上。2005 年的秋冬，则在大阪吹田市一处叫佐井寺的镇上度过，这儿离《古都》描写的京都很近，尚属京畿的范围，乘电车只需 55 分钟，途中经茨木市，那是川端康成童年的故乡。

以《古都》《雪国》等作品获得诺贝尔文学奖,忧郁的川端康成在得知消息后那一刻的笑容

我曾经专程拜访过"茨木市立川端康成文学馆"，在田中馆长的陪同下，详尽地参观了川端康成的手稿、始发刊、著作版本等。果然，在这个展览中，凡川端康成作品描写过的地方，均有现场照片存列，其如《雪国》中的清水隧道、《古都》中的京都北山杉等。

《古都》完成于 1962 年，最初在《每日新闻》副刊上连载，以作品中所写的景点作为插图。这部作品连同《雪国》、《千羽鹤》，于 1968 年获得诺贝尔文学奖。川端康成的获奖演说是《我在美丽的日本》，赞美日本的文化与传统，而在他的小说中，最完美地展示日本的美丽与日本的文化，则可能当属《古都》了。

简单说来，《古都》描写的便是京都，写的是弃儿相认的故事——千重子与苗子一对双胞胎姐妹相认的过程。但故事和过程却被处理得很单纯，单纯的线条在京都这座古老的都市中游动。人物的命运是值得关注的，但人物命运在古都文化中运行，似乎也更有意思。

垂　樱

"真一给千重子来电话，邀她去平安神宫观赏樱花。"川端康成是这样将人们带入古都——京都的。我在日本关西大学文学部荻野脩二教授

平安神社内的碎石广场与清洁工　　遍布京都的神社，作者遇见的法事队伍

的带领下，便从这儿走进川端康成的京都。

平安神宫是为纪念第 50 代桓武天皇迁都而建的，建造的时间为明治二十八年，即 1895 年。这是一座非常有气势的神社，占地宽阔，屋宇峻立，全日本最高大的鸟居（如中国的牌坊），横跨在神社前的大道上，与"应天门"遥相对应。日本是一个神社林立的国度，有 13 万座之多，而平安神社是最有名的三大神社之一。我在步入神社内宽大的广场时，感觉特别，广场不是水泥地面，也不是广场砖地面，甚至不是草地，而像静夜的水面，铺满白色的粗砂石。询问萩野先生，得到的解释是：如在夜深人静时步入阔大庭院，脚下发出沙沙的声音，肃穆而幽远。川端没有做此描写，甚至对神社的太极殿也没有理会，只有简单的一句："右有橘木，左有樱树"，却是真实的情景。眼前的橘树上结满青果，樱树苍虬上的细枝，在秋雨中静立。

平安神社令川端感兴趣的是樱花。这很自然，尽管他在创作《古都》时，想回避被日本作家写滥了的樱花，想以北山杉来替代，但是如果写京都不写秋天的红叶，也不写春天的樱花，那就缺少了色彩。川端迷恋日本春夏秋冬季节更换时色彩变化，所以，《古都》开篇还是以《春花》出现，便有了樱花的描写。川端不在神社停驻，而将笔触迅速转入神社的后院即神苑之中，便是为了樱花。

日本可称为花之国，给人印象最深的当然是樱花，但樱花的品种却是多达 200 多种，东京上野公园的樱花与京都平安神苑的樱花是很不一

千重子曾在清水寺远眺，追寻自己的身世

样的，常人只以樱花二字便能会意，而文学描写就要具体得多，垂樱的描写便是川端的选择，川端的樱花"不论是垂下的细枝，还是花儿，都使人感到十分温柔和丰盛……""仔细一看，它确实是女性化了的呀！""真想把所有的花都看遍呀。""这一带的花儿，我最喜欢这种啦。"这是真一与千重子的对话，同时也体现了川端的樱花的隐喻：女性的、温柔的、丰盛的与伤感的。垂樱也就体现了川端的审美观了。我在参观川端康成文学馆时，田中馆长告诉我，川端喜欢年轻的女性。萩野先生则告诉我，晚年的川端，更喜欢年轻的女性，如果有年轻的女记者、女编辑来访，川端会推辞与改变哪怕非常重要的约会，而在与年轻女性交谈时，川端会主动握着她的手，一直到访问的结束。

秋天不是赏樱的季节，但我与秋野先生在秋雨中寻找垂樱，而且几乎是按照川端描写的线路走去。

所谓垂樱，川端是这样描写的："这也是有名的樱树。它的枝桠下垂，像垂柳一般，并且伸张开去。"平安神苑为一色的垂樱，不知道有了多少的年岁了，粗壮的树与如盖的枝条，低垂至水面，以至要以粗实的木桩来支撑。大概，在川端描写时，这些垂樱便是高大的吧。"那边的红色垂樱美丽极了。千重子走到樱树荫下，微风轻轻地吹拂过来，花儿飘落在她的脚边和肩上。""装饰着神苑的一簇簇的红色垂樱……千重子一走进神苑入口，一片盛开的红色垂樱便映入眼帘，仿佛连心里也开满了花似的。"千重子在神苑中寻找真一，真一躺在垂樱树下，身上落满了垂樱花瓣……

踏石与桥殿

神苑有好几个水池，流动的清水相连。秋雨中路面更是湿漉，水中有彩色的鲤鱼溯水而上，在潺潺流淌的浅水中游动着红的、花的、白的鱼儿，尾巴稍稍摆动，水便溅上了岸边人的脚背。池子的周围，栽着樱树，相连的垂樱，环绕在水面，我和萩野脩二先生在垂樱下，寻着川端的千重子与真一的步行线路，从一个池子走到另一个池子，观赏着池水、池边的景色，樱树之外还有青松和杞木，还有紫薇。在步入一个大的池子中的踏石时，真一提出要背着千重子过去，千重子却自己一脚踏了上去，"有时还得稍稍撩起和服的下摆"，踩着"就像把华表切断排列起来似的"的踏石涉水而过，川端如许地描写，好开心。此景如今依旧，只是踏的人多了，踏石的中间都已凹陷下去。只不过用华表来形容踏石，我有些疑问，是川端的用语，还是译者的用词？因为，"华表"是中国文化中的符号，萩野先生说，日本没有华表，显然这是用遥远而陌生的符号比喻近前简单的景物，似有犯忌。

踏石之后便是"泰平阁"。这是一座华丽的桥，古木飞檐，从宽阔的池面越过（此处的池在中国应称之为湖），因为它的豪华，令人联想到"宫殿""神殿"，故也称"桥殿"。日本都是这样，将小的东西做精做美，然后便有很豪华的名字。这种桥在中国的公园中，并不罕见，在日本变得那样的名贵。川端写道："桥两侧有矮靠背折椅，人们坐在这里憩息，可以越过水池眺望庭园的景色。"将千重子与真一引至此，还有一层含义，让他们看景，因为在此观景，确实很美，日本庭院的特色在此体现得鲜明、生动，而日本庭院美学是川端文学思想的重要组成部分。"日本庭园大体上是造成不匀整，或许因为不匀整要比匀整更能象征丰富、宽广的境界吧。"（《我在美丽的日本》）眼前的庭园就是由一些不匀整的桥、亭、树、石等组成的大千世界，并有远处的比山作为隐约的背景，观久而不生厌。川端写千重子与真一先是坐下观景，之后，活泼的千重子便去买了鱼饵，"把饵食扔到池子里，鲤鱼便成群簇拥上来，有的还把身子挺出水面。微波一圈套一圈地扩展开来。樱树和松树的倒影也在波面微微摇荡。"这一切，也都成了现代游人保留的节目，眼前便有一双小儿女，在母亲的关照下，正扔着鱼饵喂食一群红色、白银与青色的鲤鱼，也如川端所写，鲤鱼挺出水面追食，在清水中卷出一层层的涟漪。

嵯 峨 野

　　嵯峨野位于京都西北郊，离都市有一段的距离，虽然具有相对的独立性，但却是京都不可或缺的组成部分。或者说，京都要是没有嵯峨野，其古典的意义便会大减，川端康成在《古都》中自然不可不写到嵯峨野。

　　可以作如是观，嵯峨野是自平安时代以来，日本皇家的寺院与墓地。如天龙寺、大觉寺、祇王寺、二尊院、清凉寺等等无数的寺院就坐落在这一大片的山野。而这一片山野，与日本古典文学也有着很深的缘

嵯峨野的寺院

分与很广泛的联系，所以有人说，走进嵯峨野，等于走进《源氏物语》、《平家物语》、《枕草子》和《徒然草》等古典文学辉煌的殿堂。当然，这里还有一种远

离尘世的幽静，有着艳丽的四季变化的色彩。我曾专门前往嵯峨野观红叶，桂川岚山上的红叶，在多云的天气里，在移动的阳光下，色彩极是艳丽，层次极是丰富，我也在一些寺院与墓地上观红叶，发现后来日本的大企业家、电影明星等，如松下幸之助、田春家族身后在这里也有一席之地。

川端康成的嵯峨野却是别致，他选择了一座掩隐在竹丛中的尼姑庵，"这庵几乎与观光游览无缘，显得冷冷清清"，一个年过65岁的庵子，还经常外出教人插花。这显然是川端有意所为，茫茫的嵯峨野，何处寻得一个

八坂神社御旅所，千重子与苗子在此相认

小小的尼姑庵？川端将和服绸缎批发商佐田太吉郎，差遣到这个庵里来静养，来做和服花样的设计绘画，其真实的意图是让千重子来嵯峨野的小尼姑庵，探望他的养父，让他们父女俩有一次单独的幽会。

川端的人物描写需要这样一个独处的静庵。

这"幽会"二字显然有了一些暧昧的色彩。

千重子中午时分，一个人来到庵里，老尼姑已经下山了，只有养父太吉郎一人在庵里，千重子为养父带来了京都有名的森嘉的烫豆腐，太吉郎是这样期期艾艾地回答的："哦，好极了……吃森嘉豆腐，我固然高兴；可千重子来了，我更高兴啊！呆到傍晚，好让爸爸松松脑筋，构

思一幅精彩的图案好不好……"川端接下来写他们父女俩的对话，写太吉郎嗔怨女儿的印花腰带太素，希望她穿得"花哨"一些，而千重子太素的印花腰带恰恰又是太吉郎挑选的。这些描写与对话，表面读去显示的是父女情感的信息，但若进入深层，便会发现着文字背后流动着一层暧昧与含蓄。我在参观川端康成文学馆后，再次阅读《古都》时，倒真是感觉到了这一层感情的流动，也才理解了川端描写一处无人能找到的小尼姑庵、描写太吉郎与千重子的会面的用意。

所以我用了"幽会"二字。川端是这样为嵯峨野续上自己的文学情缘的。

在嵯峨野有"周恩来诗碑"，上面刻有周恩来年轻时的诗作"风雨岚山"。若论位置，似乎并不偏僻，但游人驻足者寡。旁边有一临时搭起的小店铺，出售饮料及纪念品。不同的是，这儿有一本名片夹，来此参观者可夹进一张名片。余观之，多为中国人的名片矣！

那是 20 世纪 70 年代建立起来的诗碑，《古都》作于 60 年代。

四条大桥与祇园节

在日本，河皆称之为川。从地铁河源町站登陆，便是横贯京都东西的四条通（大街），往东走，要经过一条浅水漫流的内河，名为高濑川。高濑川的流量小、河道狭，本来没有多少名气，但因为日本著名作家森鸥外（与夏目漱石同时代）有篇小说《高濑川》，人们才记住了它。再往前走，便是大名鼎鼎的鸭川了。鸭川的上游叫贺茂川，《古都》中经常出现。

无论是高濑川还是鸭川，水流量均不大，薄薄的一片，清澈见底，可见小鱼溯水而上。鸭川且真有鸭子游玩嬉水，全是自然之物，而非家养。横跨于鸭川之上的桥，便是《古都》中大名鼎鼎的四条大桥，如果不是身临其境，则可能以为这是一座又长又宽的大桥呢。川端写祇园节的"宵山"（即祇园节前的那个晚上，7 月 16 日夜晚），千重子在桥上

川端康成多次描写到的四条大桥

　　走了许久，后来遇上了真一与他的哥哥龙助，偶然的相遇却是一个很重要的情节，虽然真一与千重子两小无猜，但自从这次相遇之后，勇敢的哥哥却是冲到了弟弟的前头，不是说就赢得了千重子的芳心，而是以他的自信与力量，毅然中断了京都大学的学业，获取了进入这家和服绸缎批发商管理账房的资格，也是养老女婿的资格。川端在这座桥上，在热闹的宵山，让他们三人相遇，便是赋予了某种隐喻。现实中的四条大桥，普通得如同中国任何一座公路大桥，直通通地连接着四条大街的东西两端，水泥桥面，平行4个车道，两旁有较宽的人行道。只是桥栏杆扶手别致，铜铸的花饰显示了日本的风格。文学的力量竟是那般神奇，它曾经使人神往，但真的走近它时，走过它时，原来如此平常。也许宵山彩车与花灯将它妆扮得美轮美奂，也许宵山时的人山人海将它粗陋的一切淹没，呈现出海市蜃楼般的花团锦簇。

　　"在节日甚多的京都，十月二十二日的时代节，同上贺茂神社、下贺茂神社举办的葵节、祇园节一起，被公认为三大节日。"下贺茂神社就是位于祇园的八坂神社。祇园节，从7月10日在鸭川的四条大桥上，以"洗神桥"作为这个盛大节日的序幕，一直到十七日进入最高潮。十六日晚即为"宵山"，因为怕第二天看不到热闹的场面，便加上了头天的晚上，亦如圣诞节前的平安夜。据说现在旅游的人太多，还有"宵宵山""宵宵宵山"等，以满足人们狂热的情绪。"十八日之后的进山伐木仪式，二十三日的宵山祭祀、屏风庙会，二十四日的山上游行，此后还有慰神演出，二十八日'洗轿'，然后回到八坂神社，二十九日举行奉神祭，至此结束整个神事。"一个祇园节，时间就长达二十余天，京都人的神事竟也是如此的豪华。

走在四条大桥上，只能想象着祇园节的狂欢的情景，从地铁中冒出来的人流，一拨又一拨地涌过，全都步履匆匆，全无川端笔下人物的从容。川端对日本民俗文化偏爱，但出现在他笔下的民俗，却是人性化了的、性格化了的，他不会因为偏爱而作客观的展示，也不是以主观视觉来替代，他的民俗是在人物活动的画面中出现的，是在人物的视觉下出现的，因而，给读者是一种进入的关系，而非展示的关系。祇园节在川端笔下是一个动态的形式，纵是在今天遇上了京都的祇园节，也不是川端式的。我曾阅读了不少祇园节的资料，看过许多的图片，也与日本的学者有过交流，所述均与川端的祇园节有别。实际上，川端的祇园节是千重子姐妹的祇园节呢！

八坂神社与御旅所

从四条大桥往东步行 300 米左右，便是八坂神社了。我在日本时，日本各个神社正在举行秋季"七五三"活动，即是当年逢三（岁）、逢七（岁）的女孩，逢五（岁）的男孩，都要到神社举行庆贺活动。孩子们穿上漂亮的和服，在父母亲的陪同下，高高兴兴来到神社，祈祷、祭祀，祈求神保佑他们健康地长大。八坂神社管区范围很大，来此过"七五三"的人自然很多。进入神社是不要钱的，在神的大门前祈拜也只要献上一点心意（投掷硬币即可），但如果进入殿内，每人则要 5000 元。

川端也没有对八坂神社作描写，祇园节期间，他将八坂神社的神请到"御旅所"来。御旅所座落在从"新京极"走出四条大街的南边，离四条大桥仅一箭之地。所谓"御旅所"，即是神的行宫。"八坂神社御旅所"，便是八坂神社的神的行宫，它是祇园节的神，是祇园地区的神，祇园节期间，外出接受管辖区域臣民的朝拜。如今，在寸土寸金的四条大街，在全球有名的高岛屋檐下，"八坂神社御旅所"赫然在目，一根两米多高的黑色的方形木立柱，赫然写作"八坂神社御旅所"七个大字。对面便是京都最为繁华的小商品市场"新京极"了。

八坂神社

八坂神社御旅所，因其是神的行宫，所以门面并不大，也不像中国的庙宇那般的金碧辉煌，而是呈黑色，庄严肃穆。神殿的门是关闭的，神不在，只有神位，还是有不少人到此朝拜。

千重子从怀疑自己"弃儿"的身世，到解开这个疑团，中间可以是一个完整的故事，但川端不事故事的曲折，往往凭了感觉的片断连缀成人物的跌宕起伏的命运。因而，从千重子开始对身世的追问到身世的认定，即与同胞姐妹苗子的相逢，便是借助了祇园节中神的力量，让她们在御旅所相见相认：

四条大街的夜景

在御旅所前，千重子发现一个姑娘像是在做七次参拜的样子。虽然只看到背影，但一眼就能明白她在做什么。所谓七次参拜，就是从御旅所神前往前走一段距离，然后再折回神前叩拜祷告，如此反复七次。在行进中，即使遇见熟人，也不能开口说话。

"哎哟!"千重子看见那位姑娘，觉得好生面熟。她就不由自主地也跟着开始做七次参拜了。

姑娘朝西边走，再折回御旅所。千重子则相反，朝东边走，然后再折回来。但是，那位姑娘比千重子更虔诚，祷告时间也长。

姑娘好像已经做了七次参拜。千重子没有姑娘走得那么远，所以和姑娘差不多同时参拜完毕。

姑娘直勾勾地望着千重子。

"你在祷告什么?"千重子问道。

"你都看到了?"姑娘的声音有点颤抖。"我希望知道姐姐的下落……你就是我的姐姐。是神灵让咱们见面。"姑娘的眼睛里噙着泪水。

就这样相认了，这令许多人都感意外，川端是用感觉的片断来缀叙人物的命运，而非以故事演义之，这是他最重要的文学观念。因而，他的小说都不长，哪怕是有着极大的人生容量的作品，也在一个中篇里便完成了，其如《雪国》与《名人》都是如此。同时，川端的感觉，常常借助自然的力量与神的力量，这就使他的感觉有些神秘甚至玄妙。他相信，有一种力量，这种力量可能是神的，也可能是自然的，甚至还可能是别的什么，指引着人物命运的走向。所以，在完成上述的对话后，川端插入了这样一段的描写：

悬挂在御旅所的虔诚者敬献的灯笼，以及参拜者供奉的蜡烛，把神前照得一片通明。姑娘的眼睛本来已经泪花花的了，所以灯光投在姑娘的脸上，反而显得更加闪闪有光。

红格子门与小格子窗

  京都的城市格局，类似于唐代的长安，街道与建筑正北正南，方方正正。在现代化的建设过程中，京都完全保留了古都的原貌，不曾有大的改动，就是建筑一座高一些的楼房，也要得到市民的通过。川端康成在那时是绝对的守旧派，六七十年代日本大发展时，川端到处呼吁要保留好这些文化遗产。他担心京都的一些寺院会在建设中惨遭破坏，便请他的朋友、著名的画家东山魁夷来京都作专题的创作。如今我们看到的东山魁夷的《京都画稿》，便是那时带有抢救性质式的作品。

  由于城市的方正规则，我只凭借对地图的记忆，穿过四条大街，便进入"新京极"，从丛林般的小商品市场，步行经过京都役所，前往京都御苑，古代的皇宫。宫殿的门都是关闭的，就像紫禁城周围，间有警察站立，警车也在苑内广场开来开去地巡视。

  京都分为上京、中京与下京三个区域，中京最为繁华，自四条大街至京都御院属于中京区，当年和服面料批发商太吉郎的店铺、同时也是住宅，便在中京区内。我在这里一人独自步行40多分钟，体味和享受醇厚的文化之光。

  京都寺院与神社林立，这是一种文化，同时，京都的文化还隐藏在民间，包括街道、古巷和民居建筑等等，川端笔下的京都，其描写的笔触在伸向寺院、神社时，更细腻的还是伸向了民间。

  和服面料批发商太吉郎的住宅，也即是他的店铺，有个狭窄的院落，院内有棵长满青苔树干的枫树，弯曲的枝桠下有两个小洞，寄生着紫花地丁，枫树的根旁，竖直一个古香古色的灯笼，灯笼的脚上雕刻着石像。川端说，中京的商家在明治维新前大都遭至"炮击、火烧"的浩劫，但这一带的铺子还是保留着红格子门和二楼小格子窗这样一些古色古香的京都风格。太吉郎的住宅还保留着土间，狭长的土间直通内宅，对面的墙边上，有一排黑色的炉灶，虽然有了煤气炉子，原来的炉灶都用不上了，但是，灶具并没有拆掉，因为那儿供奉着灶王爷，炉灶后面还供着镇火的神符和从伏见稻荷神社请来的布袋神。川端康成在这里使用的"狭窄的院落"、"灯笼"、"石像"、"红格子门"、"小格子窗"、"土间"和"布袋神"等符号，是典型的京都住宅或小店铺的形象，走在京都古老的街道或小巷，一定要细细地品味这种文化，从新京极至京都御苑，随处可见这种古色古香的住宅与店铺，似乎有一种特别的魅力，常常使我驻足。只是每一处并不都像川端描写得那样完整、齐全。比如，有的可能没有了院落（而在附近小城市中，这种院却是极普遍的，虽小，却是一树一花一石一灯笼等，筑成一个包容万千的日本庭院，有的门前还得空出一停车位，其面积的大小，仅能恰恰容下一部小车，你甚至怀疑车主不是将车倒进去的，而是用吊车将它吊放在那儿，因为车的前后左右或靠着墙，或顶着门，或倚着栅栏，非超凡的泊车本领而不能），有的则可能没有了土间，但那红格子门、小格子窗确是随处可见的。

　　苗子从北山下来，到千重子的家来与同胞姐妹相会，这样，川端就让我们走进了那座古色古香的店铺。"入夜，苗子来了。她砰砰地敲了几下格子门。这敲门声只有千重子听见。"千重子的养父母为有这么一个姑娘长得这样像自己的女儿，惊得目瞪口呆。之后，千重子拉着苗子的手走过狭窄的过道，上了后面的二楼，打开暖炉，千重子从壁橱取出卧具，屋顶上传来雷阵雨的声音，苗子争着要为千重子铺一次床铺，千重子默默地钻进并排铺着的被窝里，苗子将千重子紧紧抱住，用自己的体温为千重子温暖被窝。之后，才回到自己的被窝里，隔着被窝说着她们陌生而又亲近、相隔而又相亲的姐妹情话。半夜，屋外的雨转成了雪，静静地听着小格子窗外的落雪，在天还未亮之时，在寒冷的早晨，苗子便要回去了，要回到她的北山，回到属于她的世界去，她谢绝了千重子的挽留、天鹅绒大衣、折叠伞和高齿的木屐，消失在还在沉睡的市街，消失在飘洒的细雪之中。

　　"千重子抓住红格子门，目送苗子远去。"

　　千重子与苗子的故事在现实中是不存在的，而川端康成的描写却是永恒的，这种永恒，在十分看重民族文化的日本人看来，那是很自然的事情。这又使我想起日本著名的汉学家吉田富夫先生说过的话："真正的京都文化不在风景名胜，而在民间，这就好像北京的文化不在故宫，而在胡同里一样。"

西阵与先斗町

当然，丢失的还是有的，改变的也是有的。《古都》中曾有专门的章节，写西阵和服街，这是一处手工作坊式的、以老式的手织机，织造和服的腰带与面料地方，和服中最有名的西阵织便是这儿的特产。

在和服店林立的西阵一带也是这样，虽然挤满了看上去挺寒碜的小铺子，而路面却比较干净。即使有小格子，上面也不积灰尘。

在这些小铺子里，摆着手工织机，远远便可听到织机的声音。但现代工业无情地冲击了这个行业，也使得西阵许多古老的町屋被拆，或被改装成了唱卡拉 OK 的场所或时尚的店或摩登的餐厅、咖啡屋等。实际上就是川端写作《古都》时便已出现，他曾借书中人物的口说："腰带商人中也有像伊津仓先生那样的人……他那里盖了一座四层楼的洋房，搞现代工业……像我们这种手织机的家庭手工业，也许用不了二三十年就会全部被淘汰哩。"萩野脩二先生告诉我，果然到了八九十年代，和服面料连在日本生产的已经难找了，别说手工织造，大量的廉价的中国制造的绸缎涌进了日本，成了和服制造商的首选。

现在的西阵对当年的手工作坊也有保留，甚至旅游者还可亲临观看，那是在西阵织的博物馆，这里有各种西阵织物，旁边还有人在操作纺车、刺绣与挑花等，他们本身也成了一件展品，完全不是川端笔下町屋里的西阵织了。

整条街巷保留得最好的，当数位于高濑川与鸭川之间的先斗町，也是川端到过的木屋町。"在祇园一带，走进僻静的小胡同里，虽有成排昏暗的小房子，但路面却并不脏。"川端是在写春天清新，实际上不仅不脏，先斗町的每一间町屋，都保留了古色古香的风格，木板墙、小格子的门窗、粗织布的门帘、圆筒式的灯笼，有的在入门处还设计了流水与花圃，将人引进内室。白墙外有竹片儿做成的弧形挡板，原本的意思是既可以防止雨水打湿墙皮，也可以挡住马车溅起的污水。如今马车不再，春日的雨水却是不曾减少的，那成排的弧形竹挡板，在雨水的渗透下，似有了一些年代了。当小巷中有着和服的女性，踏着高高的木屐，从先斗町款款而过，看到那和服的身影，听着那石板上发出的木屐声，感觉中已经坠入了时光隧道。

后　记

　　十几年前，我在筹建冰心文学馆的时候，为了收集世纪老人冰心的资料，几乎是跑遍了她生活过的地方，上海、烟台、北京、昆明、重庆和福州等，每到一地，对她居住过的房子、使用过的东西，甚至是有联系的一桌一椅、一草一木，都发生了浓厚的兴趣。我用心观察、用镜头记录，取得了不少书斋中无法得到的宝贵资料，也使我加深了对她的文学作品与爱心精神的理解。

　　渐渐地，我便形成了一个习惯，每到一地，都要去寻访作家艺术家的故居与故地，就像有的人每到一地爱逛古玩市场，我则爱跑作家的故居与故地，哪怕是没有开放的或者仍然有人居住的。参观、拍照，有时还一坐好久，不肯离去。记得有一年参加茅盾文学奖的评奖，住在国务院西山招待所，近处便是黄叶村曹雪芹故居，我常常在日落黄昏后，独自来到故居前，在那棵歪脖子的槐树下，望着眼前的一排低矮而苍凉的平房，半天无语，想象着多少年前曹雪芹十年辛酸写作《红楼梦》的情景。有些寻访是就便的，有些则是专程的，比如，我曾乘了飞机，专程飞到哈尔滨，就是为了要去看看萧红写过的冰冻大地的情景，去看呼兰河畔萧红少女时代的故居，我还曾专门开车到了浙江，去看乌镇的茅盾故居，去看重建的丰子恺的"缘缘堂"。近些年，我先后两次到日本、也两次到美国访问，我对接待人员提出的要求，就是要去看作家故居，去看作家生活过或描写过的地方。异国他乡，有时就不得不劳驾朋友，开着车陪了我到处乱转。无论是在国内还是在国外，有些寻访是为了研究与传记创作的需要，这使我的写作有了感性的描述与现场的发挥；但更多的情况下则是精神的需求，这种精神长旅式的寻访，使我的内心世界充实而丰盈。因而，我愿将其珍藏在自己的精神世界之中，写成文章者，则是盼望与人分享。《中华读书报》《作家》《文景》《书城》《海燕·都市美文》等报刊为我提供过不少的版面，现在福建教育出版社又给了结集出版的机会，在此一并表示感谢。

2007 年 3 月 15 日于根叶绿营

后记

257

图书在版编目（CIP）数据

雪里萧红：亲聆作家故居/王炳根著. －2版.
—福州：福建教育出版社，2015.1
ISBN 978-7-5334-6082-2

Ⅰ.①雪… Ⅱ.①王… Ⅲ.①随笔－作品集－中国－
当代 Ⅳ.①I267.1

中国版本图书馆CIP数据核字（2014）第 260865 号

Xieli Xiaohong：Qinling Zuojia Guju

雪里萧红：亲聆作家故居

王炳根　著

出版发行	海峡出版发行集团
	福建教育出版社
	（福州梦山路27号 邮编：350001 网址：www.fep.com.cn
	编辑部电话：0591－83726971
	发行部电话：0591－83721876 87115073）
出 版 人	黄　旭
印　　刷	福州华彩印务有限公司
	（福州市福兴投资区后屿路6号 邮编：350014）
开　　本	700 mm×1000 mm 1/16
印　　张	16.25
字　　数	242 千
插　　页	2
版　　次	2015 年 1 月第 2 版 2015 年 1 月第 1 次印刷
书　　号	ISBN 978-7-5334-6082-2
定　　价	33.00 元

如发现本书印装质量问题，影响阅读，
请向出版科（电话：0591－83726019）调换。